강한 재료 회귀

강한 채로 회귀 2

홍성은 퓨전 판타지 장편소설

초판 1쇄 찍은 날 § 2023년 10월 20일
초판 1쇄 펴낸 날 § 2023년 10월 27일

지은이 § 홍성은
펴낸이 § 서경석

총괄팀장 § 황창선
편집책임 § 김우진
디자인 § 스튜디오 이너스

펴낸곳 § 도서출판 청어람
등록번호 § 제387-1999-000006호
등록일자 § 1999. 5. 31
어람번호 § 제1-3216호

본사 § 경기도 부천시 부일로 483번길 40 서경B/D 3F (우) 14640
편집부 § 서울특별시 구로구 디지털로 272 한신IT타워 404호 (우) 08389
전화 § 02-6956-0531 팩스 § 02-6956-0532
http://www.chungeoram.com
E-mail § chungeorambook@daum.ne

ⓒ 홍성은, 2023

ISBN 979-11-04-92497-2 04810
ISBN 979-11-04-92495-8 (세트)

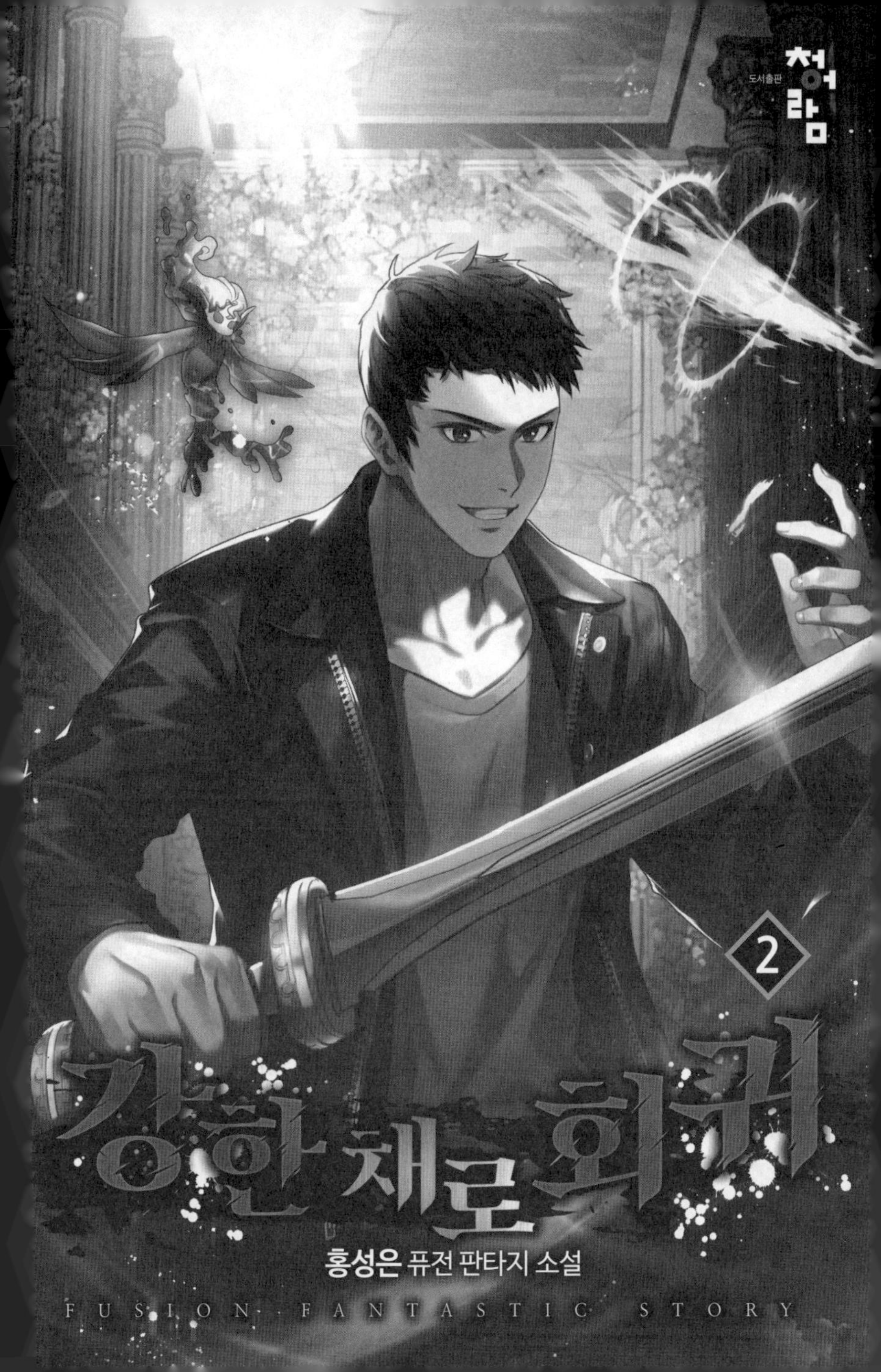
도서출판 청어람
2
강한 채로 회귀
홍성은 퓨전 판타지 소설
FUSION FANTASTIC STORY

목차

1장
—

제10층

[혈기 65]

[피투성이 피바라기가 당신의 [혈기] 수준에 흡족해합니다.]

[피투성이 피바라기는 당신이 앞으로도 자신을 만족시킨다면 축복을 내려 주겠다고 약속합니다.]

"가, 감사합니다?"

그러나 감사에 대한 대답은 돌아오지 않았다.

하긴 이게 정상이지.

성좌는 방임주의가 기본이다.

[행운의 여신]처럼 나 하나에게 들러붙어서 이것저것 조언하고 잔소리하고 혼나고 하는 성좌가 특이한 부류다.

물론 부르지도 않았는데 나타나서 일방적으로 선물을 주고 사라진 [피투성이 피바라기]도 특이한 쪽에 속하기는 한다.

그저 [행운의 여신]보다는 덜 특이할 뿐.

성좌 이야기는 이쯤 해 두자.

그보단 [혈기]다.

나는 [혈기]로 무엇을 할 수 있는지 생각해 보았고, 그 답은 자연히 떠올랐다.

[피 끓이기]: 피를 끓여 공격력과 공격 속도를 상승시킨다. 이 능력은 [혈기] 능력치가 높을수록 강해진다.

[피 식히기]: 피를 식혀 집중력과 저항 능력을 상승시킨다. 이 능력은 [혈기] 능력치가 높을수록 강해진다.

이건 피의 온도를 조절하는 능력이 아니다. '열혈'과 '냉혈'의 이미지를 떠올려 보라. 그 특성을 끌어와 능력으로 승화시킨 것이 이 두 능력이다.

그렇기에 상반된 이미지와는 상관없이 이 두 능력은 동시에 발동시킬 수 있다.

다만 이것이 좋은 생각이라는 뜻은 아니다.

이 두 능력 중 하나를 유지하는 데에 초당 1씩의 혈기를 소모하는데, 두 개를 동시에 유지하려면 초당 3씩의 혈기를 소모해야 하니까.

그러니 필요한 능력만 켜서 쓰는 게 더 효율적이라는 뜻이다.

[혈기 왕성]: 활성화된 혈기 능력의 효율을 3배 높인다.

더욱이 이 능력의 존재를 생각하면 더더욱 그렇다.

이 능력은 정직하기 짝이 없어서, 능력 효율을 3배 올리는 대신 혈기 소모도 3배 올린다.

그러니까 [피 끓이기]와 [피 식히기]를 동시에 활성화 시키고

[혈기 왕성]까지 켜면 초당 9의 혈기 소모를 감당해야 한다.

65인 내 혈기로는 10초 유지도 버겁다는 소리가 된다.

"흠, 흠."

나는 고개를 갸웃거렸다.

60대를 초반을 찍자마자 마법들이 주루룩 들어온 [지식]이나 [신비]와 달리 [혈기]는 그 성능이 좀 처지는 것 같았기 때문이다.

물론 [지식]은 강력한 만큼 페널티도 강렬했으니 논외로 쳐야겠지만, [신비]는 그런 것도 아니니 더욱 비교가 되었다.

"그냥 [신비]가 좋은 건가?"

뭐, 내가 여기서 고민한다고 해서 [혈기] 성능이 변하는 것도 아닌데.

나는 그냥 있는 그대로 받아들이기로 했다.

구려도 좋다, 건강하게만 자라다오.

그렇게 생각했었다.

80레벨을 찍기 위해 복층 9번 방에 다시 들어와서, 실제로 [피 끓이기]와 [혈기 왕성]을 사용해 보기 전까지는.

카가가가각!

쩍!

―레벨 업!

"어!"

오닉스 골렘이 파괴되었다.

그것도 첫 연격만으로.

"아니……"

물론 모든 공격이 치명타로 들어가긴 했다.

[피투성이]도 켜진 상태였고.

아무리 그래도 그렇지.

이번 전투에서는 [피칠갑]까지 실전 운영해 보려고 했는데, [피투성이] 상태에서 [피]를 20점 쌓기도 전에 모든 게 다 끝나 버렸다.

"이, 이거 강화 계수가 어떻게 돼 먹은 거지?"

소름이 돋았다.

이전에는 공격 루틴을 세 번 돌리고 마무리 일격까지 넣어야 했던 오닉스 골렘이, 이번에는 첫 공격 루틴에 터졌다?

물론 지난번에는 첫 루틴 들어가기 전에 [피보라]를 켜느라 [피] 스택이 부족하기도 했고 [피투성이] 상태도 아니긴 했지만…….

그렇더라도 만전의 상태에서 루틴 두 번은 쳐야 했던 걸 감안하면 결론이 이렇게 나온다.

"최소가 2배, 어쩌면 3배……!"

능력 두 개를 동시에 켜야 해서 30초도 유지하지 못하는 스펙이라지만, 그럼에도 이 강화 계수는 틀림없이 선을 넘었다.

나는 그제야 깨달을 수 있었다.

Simple is Best.

이런 문구가 괜히 있는 게 아니라는 것을.

"터무니없는… 선물을 받아 버렸군."

지금 와서 냉정한 척해 봐야 이미 등을 흥건히 적신 식은땀 때문에 산통이 다 깨졌지만.

그딴 건 아무래도 좋았다.

"감사합니다, 감사합니다!"

정말 아무래도 상관없었다.

*　　　*　　　*

[이철호]

레벨: 80

나는 아무 문제 없이 80레벨을 찍었다.

문제가 있을 리가 없었다,

문제랄 건 없었다. 그저 신경 쓰이는 일이 하나 있을 뿐.

"…여신님?"

그동안 레벨을 올리고 전쟁검을 애지중지하느라, 이제까지 [행운의 여신]이 한마디도 안 했다는 것을 뒤늦게 눈치챘다.

[행운 65]

그리고 9층에서 광기 어린 레벨 업을 반복하는 동안 행운을 하나도 안 올렸다는 것 또한.

…삐쳤나?

삐칠 만도 하다.

상담도 안 하고 다른 성좌의 성검을 손에 쥔 데다, 그 성좌에 채널까지 개설하게 놔두고 선물까지 받아 챙겼으니.

이거에 비하면 행운을 안 올린 건 별거 아닐 정도에 속한다.

그런데, 흐음.

행운, 올릴 필요 있나?

80레벨을 찍고 나서야 나는 행운 능력치의 가치에 대해 재고하게 되었다.

[지식], [신비], [혈기].

이름만 늘어놔도 쟁쟁한 다른 특별 능력치에 비해, [행운]은 상대적으로 하는 일이 없었다.

그럼에도 불구하고 나는 [행운의 여신]과의 관계를 위해 레벨이 오를 때마다 찍어 놨었지.

65까지 올린 것에 후회는 없다.

행운이 낮았다면 치명타도 그만큼 안 터졌을 거고, 그럼 전쟁검을 성장도 못 시켰을 거고, 결과적으로 [혈기]도 못 얻었을 테니까.

이러니저러니 해도 축복도 두 번이나 받았고.사실 처음에는 저주부터 받았지만, 여기서 그건 묻어 두도록 하자.

하지만 이제부터는?

여기서 15라는 막대한 미배정 능력치를 투자해 행운을 80까지 찍을 가치가 과연 있을까? 고민이 된다.

"여신님!"

나는 한 번 더 행운의 여신을 불러 보았다.

[행운의 여신이 갔냐고 묻습니다.]

그러자 뜬금없는 질문이 돌아왔다.

"어, 예? 누가요?"

[행운의 여신이 피바라기 갔냐고 묻습니다.]

"예… 뭐… 갔습니다?"

[행운의 여신이 안도의 한숨을 내쉽니다.]

아무래도 [행운의 여신]은 [피투성이 피바라기]와 불편한 사이인 것 같다.

일방적으로 불편해하는 사이인지, 서로 불편한 사이인지까지
는 모르겠지만.

[행운의 여신이 피바라기로부터 [혈기]를 받았냐고 물어봅니다.]

"어… 네. 받았는데요."

[행운의 여신은 한숨을 내쉽니다.]

뭐야? 뭔데?

[행운의 여신은 [혈기]를 취하면 취할수록 피를 갈구하는 괴물
이 될 수 있다며 주의를 촉구합니다.]

피를 갈구하는… 괴물?

흡혈귀 말인가?

[행운의 여신이 피바라기는 자신의 힘을 받은 자를 시험하길
즐긴다고 악평합니다.]

[행운의 여신이 한숨을 내쉽니다.]

[행운의 여신이 긴 한숨을 내쉽니다.]

[행운의 여신은 어쩔 수 없으니 가호를 내려 주겠다고 합니다.]

어, 이게 어떻게 이렇게 되지?

[행운의 여신이 무작위의 가호를 내립니다.]

[5… 4…….]

"앗!"

나는 재빨리 행운을 80까지 찍었다.

―[행운의 여신]의 [무작위의 가호]가 내립니다.

―[황금 열쇠: 우대권].

허공에서 반짝거리는 황금빛의 열쇠가 내려오더니, 내 몸에
흡수되어 버렸다.

가호: [황금 열쇠: 우대권]

서둘러 상태창을 열어 보니 가호가 따로 등록되어 있었다.

[황금 열쇠: 우대권]: 불상사를 한 번 방지한다. 사용 후 소모된다. 운이 좋다면 소모되지 않는다.

"…불상사?"

[행운의 여신은 네가 괴물이 되어 버리거나 하는 걸 불상사라고 부른다고 말합니다.]

아니, 뜻을 몰라서 물어본 게 아닌데.

하지만 뭐, 이거면 됐다 싶긴 하다. 이 가호만 있으면 흡혈귀가 되지 않는다는 이야기니까 앞으로 안심…….

[행운의 여신은 가호만 믿지 말라고 합니다. 피바라기는 자신보다 강한 성좌라, 운이 나쁘면 저주가 가호를 뚫을 수도 있다고 합니다.]

그런데 이걸로 된 게 아니었다.

아니, 가호가 뚫릴 수도 있다고?

[행운의 여신이 너는 운이 좋으니 당분간은 괜찮을 거라며 안심시킵니다.]

당분간? 안심시키는 것 맞나?

[행운의 여신은 피바라기는 질이 나쁘지만 사악한 성좌는 아니라며, 네가 잘 버텨 내면 더 나은 보상을 줄 것이라 말합니다.]

잘 버텨 내면…….

이건 버텨야 할 일이 생긴다는 뜻이겠지.

[행운의 여신이 무운을 빈다고 말합니다.]

여신의 이야기를 듣고 있으려니 솔직히 불안밖에 안 남지만,

그렇다고 공짜로 가호를 넘겨 준 여신에게 불만을 털어놓기도 뭐
했다.

"감사합니다, 여신님."

[행운의 여신이 걱정합니다.]

보통은 내가 감사해하면 기뻐하는 여신이었는데, 여기선 갑자
기 걱정한다는 말이 떠 버렸다.

대체… 뭐지?

내가 무슨 죽을병이라도 걸려 버린 건가?

아니면 그거보다 안 좋은 건가?

[행운의 여신이 걱정한 거 아니라고 안심하라고 합니다.]

저기, 하나만 해 주시면 안 될까요?

*   *   *

심란한 건 심란한 거고, 그렇다고 할 일을 안 할 수는 없는 노
릇이다.

"후!"

나는 9층 출구 쪽 로비에 비치된 치유의 샘물로 몸을 씻어 냈다.

사실 이 정도는 [운디네]로도 충분히 할 수 있지만, 그래도 펑
펑 솟는 샘물로 마음껏 씻는 건 기분이 또 달랐다.

게다가 [운디네]를 불러내려면 하이 엘프로 변해야 하는데, 그
건 영 내 몸 같지 않았다.

9층의 몬스터들은 전부 리젠되는 놈들이라. 죽을 때 그 시체
는 물론이고 혈액과 살점까지 전부 소멸해 버린다.

따라서 내 몸에 묻었던 피와 살점, 그 외의 더러운 것들도 전부 사라졌다.

내 몸이 별로 더러워지지 않은 것은 그 때문이었다.

그래도 9층 내내 [피] 점수를 쌓는답시고 [피투성이]에 [피칠갑]까지 되고 보니 영 찝찝했다.

몸이 아니라 마음이, 기분이 더러워진 느낌이라고 해야 할까.

[행운의 여신]으로부디 [혈기]에 관한 내용을 들어서 더 그런 것 같기도 하다.

7층에서 만든 비누로 거품을 만들어 가며 몸 구석구석까지 깨끗하게 씻고 나니 기분이 많이 나아졌다.

나는 [해의 지식]으로 불을 크게 피워서 아예 불 속으로 들어가 몸을 말렸다.

이것도 [불꽃 초월] 덕에 할 수 있는 짓이다.

눈썹은 물론이고 머리털조차 안 타는 걸 보면 새삼스레 놀라곤 한다.

"후……"

나는 긴 숨을 토해 내며 불에서 나왔다. 동시에 불은 훅 꺼졌다.

잘 생각하면 불에서 나올 필요 없이 불만 껐으면 됐는데.

이것도 습관인가.

인벤토리에서 옷을 꺼내어 입었다.

그러고 보니 복층 9번 방에서 오닉스 골렘의 빔을 막다가 알몸이 된 후, 9층을 돌아다니는 내내 알몸 상태였다.

뭐, 혼자 있는 층이니 이런 짓도 못 할 게 없지.

"자, 그럼."

나는 출구 쪽을 바라보았다.

"갈까."

80레벨을 찍는 데에는 생각했던 것보다 훨씬 시간이 덜 걸렸다.

[혈기] 능력을 남용하면 흡혈귀가 될 수 있다는 사실을 모른채 능력을 실컷 활용해, 오닉스 골렘을 잡는 데에 시간을 그리 많이 쓰지도 않은 덕이다.

뭐, 능력 좀 쓴다고 바로 흡혈귀가 될 일은 없다. [행운의 여신]도 오남용만 경계하라고 했고. 심지어 가호라는 보험까지 들어 놨다.

그래도 기분이 영 찝찝한 건 어쩔 도리가 없었다.

당연히 막상 필요하게 되면 안 쓸 리야 없겠지만, 그래도 가급적이면 쓰지 않을 생각이다.

그거야 뭐 아무튼, 레벨 업이 빨랐던 덕에 9층이 무너지기까지는 아직 시간이 많이 남아 있었다.

그렇다고 여기서 일반 기술을 단련할 게 있는 것도 아니고 뭐 더 얻을 것도 없으니, 굳이 늦게 내려갈 이유가 없었다.

"후우……."

오랜만에 심호흡으로 마음을 가다듬으며, 나는 출구를 향해 나아갔다.

*   *   *

미궁 10층은 여러모로 특이한 층이다.

"캬아!"

제로 콜라 캔 하나를 따서 한 모금 크게 들이켠 나는 청량감에 취해 탄성을 질렀다.

그리고 킹룡과는 달리 살이 야들야들하고 잡내도 나지 않는, 먹기 위해 개량된 닭의 살코기에 튀김옷을 입혀 바삭하게 튀긴 후 소스를 묻힌 음식, 그러니까 양념치킨을 한입 크게 물었다.

눅진한 소스와 함께 치킨의 육즙이 입안에서 팡팡 터지며 형언할 수 없는 감칠맛이 폭발했다.

"이거지!"

미궁에서 아무리 50년을 들여 [요리 8]을 찍어 봐야 전 인류의 지혜를 수천 년에 걸쳐 쌓아 올린 문명의 맛을 이기긴 힘들었다.

조금만 더 올리면 이길 수 있을 것 같긴 한데.

아무튼 지금으로써는 힘들다.

좌우지간.

여긴 미궁 10층이다.

그런데 왜 제로 콜라가 있고 양념치킨이 있느냐?

이 질문에 대한 대답은 간단하다.

여긴 미궁인 동시에 지구이기 때문이다.

*   *   *

21세기 지구, 대한민국, 서울.

그게 여기다.

뭐가 어떻게 된 거냐고?

나도 잘 모른다. 심지어 이것이 환상인지 실제인지조차 모른다.

애초에 내가 여기 오는 건 처음이다.

공략 영상으로 접하지조차 못했다.

여긴 커뮤니티 기능으로 영상을 찍는 게 불가능한 공간이었기에.

아니, 영상뿐만이 아니다.

모든 커뮤니티 기능도 완전히 잠긴 상태다.

그래서 나는 10층에 대한 정보라고는 여길 통과한 사람이 나중에 문서로 기록한 것으로밖에 접하지 못했다.

그런데 내가 실제로 접한 미궁 10층은 글로만 읽을 때 상상한 것, 그 이상이었다.

"이거 진짜 현실인 거 아냐?"

내가 아는 지구의 서울과 다른 점이 하나도 없다.

살짝 매캐한 미세먼지.

그럼에도 푸른 하늘.

콘크리트로 덮인 강변 너머 강물은 푸르게 넘실대었고, 그 강을 끼고 사람들은 걷거나 뛰거나 자전거를 타고 질주하거나 하고 있었다.

그러한 사람들의 표정은 어떠한가.

모두 여유로웠다. 강변에서 조금 올라온 둔치에는 사람의 손에 닿은 것이 분명하게도 일정한 높이로 자란 잔디가 깔려 있었다.

그 잔디 위에 돗자리를 깔고 앉거나 누운 사람들은 도란도란 이야기를 나누거나 도시락을 먹거나 배달된 치킨을 먹거나 하고 있었다.

그 강 주변에는 콘크리트와 유리로 세워진 빌딩이 빼곡히 벽을 이루고 있었고, 빌딩 아래로 난 아스팔트 도로 위에는 자동차가 질주하고 있었다.

문명.

모든 것이 풍요로운 인류 문명이 펼쳐져 있었다.

"하."

나는 짧은 웃음을 터트렸다.

"마치 시간이 멈춘 것 같네."

물론 여길 뜬 지 50년 가까이 흘러서 기억이 잘 안 나기는 한다.

그래도 적어도 제로 콜라의 청량감과 양념치킨의 매콤달콤한 맛은 옛 기억을 단번에 되살릴 정도로 강렬했다.

"후……."

좋다.

좋긴 한데…….

한강 둔치에 혼자 앉아, 누가 먹다 남긴 치킨을 먹고 있으려니 처량하다.

아니, 어쩔 수 없잖아.

돈이 없는데.

휴대폰도 없다.

신분증도 없다.

친구도 없고, 아는 사람도 없다.

아무것도 없다.

입은 옷은 어째선지 청바지에 흰 티다.

7층에서 엘프들 도움을 받아서 비단옷을 몇 벌 지었고, 10층에 입고 내려온 옷도 그거였는데.

인벤토리도 잠겨서 안 열린다. 안에 잔뜩 든 물건 중 일부만 꺼내서 팔아도 돈이 되긴 될 텐데.

미궁에서 얻은 능력치도 모두 초기화된 건지, 아니면 처음부터 아무것도 없었던 것처럼 일반인의 그것과 다를 바가 없다.

능력도 모두 잃었다.

고유 능력도 마찬가지다.

축복, 가호, 권능.

뭐 하나 남은 게 없다. 그냥 돈도 없고 인맥도 없는 일반인.

그것이 지금의 나다.

"오랜만에 한강 봐서 좋긴 한데……."

나는 미궁에서 얻었던 막강한 힘을 기억한다.

[지식]을, [신비]를, 그, [혈기]도 기억한다.

그곳에서 나는 분명 초월적인 무언가였다.

그러나 지금의 나는?

아무것도 아니다.

그렇기에 선택은 쉬웠다.

"나 돌아갈래."

출구가 열렸다. 마치 처음부터 거기 있었던 것처럼, 미궁이 다시금 입을 쩌억 벌리고 기다리고 있었다.

막상 돌아가려니 좀 아쉽긴 한데…….

치킨 먹었으니까 됐지, 뭐.

나는 그렇게 위안 삼으며, 출구로 걸어 들어갔다.

처음과는 달리, 스스로의 의지로.

*   *   *

미궁 10층은 사람에 따라 다른 곳을 보여 준다.

나는 그 사실을 알고 있었다.

"꿈이라도 꾼 것 같아요."

이수아, 그러니까 꼬맹이가 말했다.

"엄마랑… 아빠랑… 셋이서 테마파크에 갔어요. 일본에 있는… 유명한. 가서 이것저것 타고… 퍼레이드도 보고……."

꼬맹이의 말이 떠듬떠듬 끊겼다.

"이상하죠. 그런 게 가능할 리 없는데……."

꼬맹이는 진짜 꼬마처럼 보였다.

어린 꼬마.

"이상한 걸 눈치채면 '나 돌아갈래' 라고 말하라고 하셨잖아요."

그랬었지. 나보다 먼저 9층을 깨고 나갈 사람들을 위해서 나는 미리 공략을 작성해 커뮤니티에 올려놨었다.

물론 커뮤니티 점수를 쏠쏠하게 벌기 위해서 한 짓이었다.

하지만 미궁 10층에서 겪게 되는 일은 모험가마다 다르다.

그렇기에 적을 내용은 한정되어 있었다.

"그래서 그렇게 말했더니… 이제까지 손잡고 다녔던 사람이 모르는 사람이었다는 것을 알게 됐어요."

꼬맹이는 고아 출신이었다.

뭐, 지금 세상에 그리 특이한 것도 아니었다.

연민을 갖기엔 세상에 고아들이 너무 많았다.

"저랑 같이 있던 사람들이 갑자기 싹 다 사라졌어요. 사람들도 많고 그렇게 활기찼던 테마파크도 폐허로 바뀌어 있고……."

당연한 일이다.

오직 사람들에게 즐거움을 주기 위해 넓은 부지에 많은 양의 자원을 투자하고 대량의 에너지를 소비한다는 것은 있을 수 없는 일이 되었다.

나는 그 시대를 기억하지만, 오로지 이야기로만 그 시대를 듣는 이들이 있다. 꼬맹이도 그런 세대였다.

"그렇죠. 지구는 그렇게 되어 있었던 거죠."

그렇다, 지구는 그렇게 되어 버렸다.

"알고 있었어요. 알고 있었는데……."

꼬맹이는 울지 않았다.

그러나 김이선, 훌쩍 커 보이지만 실은 19살인 여자애가 꼬맹이를 확 붙잡아 억지로 끌어안았다.

꼬맹이의 얼굴이 김이선의 가슴에 파묻혔다.

꼬맹이는 저항하지 않았다.

＊　　　　＊　　　　＊

나도 알고 있었다.

내가 본 것이 다시 볼 수 없는 풍경이었다는 걸.

사람들이 왁자지껄 떠드는 한강 둔치.

쉴 새 없이 배달 오토바이가 오가고, 심지어 치킨이 남아 버려지기까지 하고…….

그러한 풍경은 내가 10대 때에나 경험할 수 있었던 것이었다는 사실을.

언제부턴가 미궁에는 이런 말이 떠돌았다.

미궁은 소원을 들어준다.

미궁의 마지막 층까지 가면 신을 만날 수 있다.

신을 만나서 소원을 빌면 이뤄진다.

그리고 어느샌가, 미궁을 모험하는 모험가들의 목적도 바뀌어 있었다.

지구를, 인류를 되살리는 것으로.

마지막까지 도달한 모험가가 그런 소원을 빌기로.

그러한 무언의 약속이 맺어졌다.

정말로 미궁이 소원을 들어주는지에 대한 진실 여부는 우리에게 그다지 중요하지 않았다.

미궁이 지구 인류를 재생시켜 줄 수 있을 것이라는 망상은 버리기엔 너무나 달콤했으니까.

우리에게는 희망이 필요했고, 이 망상은 희망의 대용품이 되기에 충분했다.

지난번의 김민수도 이 소원 하나를 품에 안고 미궁을 내려갔다.

40층을 넘어가 혼자 남게 된 녀석은 커뮤니티의 유일한 대화 상대인 내게 '인류의 미래가 네게 달렸다' 라고 말해 주길 간청했다.

나는 녀석의 뜻대로 해 주었다. 그냥 해 달라고 해서 해 준 건 아니었다. 나도 녀석에게 희망을 걸었었기 때문이다.

그러나 김민수는 실패했다.

기록조차 남기지 못한 채 죽어 버리고 말았다.

그 탓에 49층의 뭐가 녀석을 죽였는지는 모른다.

남은 힌트라고는 녀석이 버릇처럼 중얼거린 후회.

'더 많이 살려서 내려가야 했다.'

그래서 나는 더 많이 살려서 내려가기로 했다.

이번에는.

이번에야말로.

모두의 소망을 이루기 위해서.

설령 그것이 망상에 불과한 것일지라도.

남은 희망은 그것뿐이기에.

*　　　　　*　　　　　*

유상태 어르신께서 돌아오셨다.

정확히는 미궁 11층의 로비로 내려온 것이지만, 그거야 뭐 여하튼.

"어르신, 진짜 어르신이 되셨네요."

몇 시간 전의 우울한 분위기는 편린조차 남지 않은 해맑은 얼굴로, 이수아는 유상태에게 악담을 했다.

…꼭 저렇게까지 말할 필요는 없지 않나?

나는 반사적으로 생각했지만, 유상태 선생님의 몰골을 보고 있으려니 공감이 안 갈 수가 없어서 착잡했다.

이마의 주름과 눈주름이 짙어지고 피부가 퍼석해진 것은 그렇다 치자. 하지만 분명 아무리 얇고 숱이 적었어도 머리 전체를 덮고는 있던 머리카락의 존재도 드문드문해진 것은 말 그대로 결정타였다.

"한 20년쯤 있다 오셨습니까?"

나는 나도 모르게 유상태 선생님께 높임말을 써 버리고 말았다.

예전에는 동갑인 줄 알면서도 의식해서 높임말을 썼었는데, 이번에는 자연스럽게 높임말이 나왔다는 게 다른 점이었다.

"아이고, 아닙니다. 선생님. 기껏해야 7~8년쯤 밖에 안 있다 왔어요."

그러자 유상태 어르신께서 손을 내저으시면서 내게 과분한 말씀을 해 주셨다.

아니, 그보다.

7~8년?

진짜로?

몰랐던 건 아니다. 미궁이 얼마나 집요한지, 나는 잘 알고 있었다. 예전의 공략 기록을 보면 미궁 10층에서 30년, 40년을 살고 나온 사람도 있었다.

그 정도 세월이 지나도 미궁은 모험가를 포기하지 않는다.

장난으로라도 '나 돌아갈래'나 비슷한 말을 했다 하면 다시 미궁에 끌려오게 되는 것이다!

물론 본인이 10층 출구로 들어가지 않으면 되긴 된다.

그렇더라도 이수아의 경우에서 알 수 있듯 '그 말'을 한 시점에서 10층이 변해 버리니 뭐.

불행인지 다행인지는 모르겠지만, 10층에서 그렇게 오래 산 후에 '나 돌아갈래'를 외치고 나와도 미궁에선 시간이 얼마 지나지도 않은 채다.

이렇다 보니 일단 시간적인 면만 볼 때는 좀 늦게 오더라도 진도 따라가는 게 어렵지 않다.

그러나 미궁 10층에 오래 머물면 안 좋은 점이 많았다.

일단 미궁의 다른 층에선 멈춘 상태였던 노화가 10층에서 시간을 보내는 동안에는 다시 시작된다.

노화가 뭐가 무섭냐면, 일단 능력치가 떨어진다.

사실상 레벨 하나에 능력치 하나인 걸 생각하면, 그만큼 레벨이 떨어지는 거나 마찬가지다.

게다가 미궁 10층의 특징인 능력치 초기화로 인해 병에 걸리기도 쉬워진다.

미궁에선 체력 1점만 투자하면 나아 버리는, 그리고 다시 걸릴 일도 없는 감기에도 걸린다.

가벼운 병은 미궁에 돌아와 능력치가 회복되면 자연히 나으니 큰 문제는 아니다.

어지간한 후유증도 치유의 샘물로 어떻게든 할 수 있고.

문제는 이런 병으로 인해 죽어 버리기라도 하면 그걸로 끝이다.

진짜로 죽는다.

사실 교통사고를 당하거나 살해당하거나, 다른 방식으로 죽어도 마찬가지다. 미궁에 돌아오지 못하게 되어 버린다는 뜻이다.

그래서 나는 공략에다 돌아올 거면 어지간하면 늙기 전에 돌아오라고 명기해 두었다.

미궁 10층, 그러니까 '바깥'에서 행복하게 평생 살 거면 그곳에서 그대로 평온하게 종언을 맞이하는 것이 낫다.

그게 더 나은 사람도 있을 것이다.

아니, 적지 않겠지.

그럼에도 무심코 내뱉은 후회의 말 한마디에 미궁에 다시 끌려오는 모험가가 많았다.

지난번엔 그랬는데, 이번엔 어떨지 모르겠다.

아무튼 그래서 유상태 어르신께서 제때 돌아오셨냐고 물으면… 모르겠다.

나는 착잡한 심정으로 어르신을 쳐다보았다.

특히 눈썹보다 조금 윗부분을.

…아니, 이제 '조금'이 아닌가.

"그거 [모발 부적]으로 회복할 수 있는 거 아니에요? 상태 이상일지도 모르잖아요."

그때, 이수아가 이상한 소릴 했다.

손가락질까지 하진 않았지만, 시선의 위치가 너무나도 명백하다.

어지간하면 그냥 못 본 척 넘어갈 텐데.

애가 아직 어려서 그런가.

"음? 그런가? 한번 해 볼까."

유상태 어르신께서 또 그걸 받아 주신다.

예전부터 생각했지만, 그릇이 크신 분이다.

그런데 유상태 어르신께서는 그냥 빈말로 받아들인 게 아니셨다.

"[모발 부적]!"

그럴 필요가 없음에도 불구하고 굳이 고유 능력의 명칭을 우렁차게 외치시며 희소해진 만큼 그 가치가 더욱 귀해진 머리카락을 한 가닥 뽑자.

뽕.

"어?"

유상태 어르신께서 유상태가 되었다.

아니, 이게 아니라.

"머리가… 다시 났어?!"

나는 너무 놀라서 큰 목소리를 내고 말았다.

"아니, 정말로?"

말한 이수아도 놀라고 있었다.

"진짜로 상태 이상 취급이었나 보네."

정작 머리가 다시 난 유상태는 태연했다.

아니, 그저 아직 실감이 안 난 것에 불과했던가.

그의 동공에 수분이 차오르고 있는 게 보였다.

"정말로… 돌아오길 잘했어……!"

결국 유상태는 참지 못하고 눈물을 흘렸다.

…음.

어…….

똑같은 눈물인데… 왜 이렇게 이수아 때랑은 분위기가 다르지?

*　　　　*　　　　*

이건 후일담이지만, 그날의 커뮤니티 실시간 동영상 1위는 유상태가 먹었다.

영상 내용은 탈모를 치료하는 거였다.

미궁에는 유상태보다도 늦게 미궁으로 돌아온 사람이 많았고, 그만큼 '환자'의 수도 많았다.

유상태는 그러한 '환자'들을 치료해 주었다.

공짜는 아니었다.

6층에서 내가 했던 대로 커뮤니티 점수를 대가로 받았으니까.

그럼에도 불구하고 치유와 회복의 현장은 그야말로 눈물바다였다.

커뮤니티에선 [모발 부적]의 간증과 유상태에 대한 찬양이 가득했다. 그리고 동시에, 미궁도 그렇게 나쁜 곳이 아니라는 이야기도 올라오기 시작했다.

나는… 아니다.

아무 말도 하지 않겠다.

2장
—

제11층

  미궁 10층에서 7~8년을 보낸 결과, 유상태는 노화로 인해 능력치를 2나 잃었다.

  체력과 민첩을, 각각 1씩.

  그래도 유상태의 기본적인 역할은 서포터니까, 치명적인 손해까지는 아니다.

  그냥 좀 아까울 뿐.

  그리고 사실 굳이 비교하자면 유상태보다도 바깥에 오래 머문 사람이 많았다.

  이런 사람들은 능력치 4~5쯤 잃는 게 보통이었다.

  더불어 그들 중 상당수는 유상태에게서 '치유'를 받았다.

  다름도 아니라 유상태를 실시간 1위로 올려놓은 사람들이 이런 사람들이다.

그런 '평범한' 모험가들에 비하면 유상태의 상태는 오히려 좋은 편에 속했다.

그런데 비교 대상이 김명멸이 되어 버릴 경우에는 정반대가 되어 버린다.

11층으로 내려온 김명멸.

어딘가 애송이인 느낌이 진하게 남아 있던 외견은 나이를 먹은 탓인지 얼굴선이 좀 더 진해졌고, 키도 커졌고, 근육도 커졌다.

이야기를 듣자 하니, 미궁 10층에서 낮에는 건설 현장을 뛰면서 돈을 벌고, 그 돈을 전부 보충제와 헬스장에 들어다 박았다고 한다.

주경야독 아닌 주경야헬이라고 해야 할까.

그런 생활을 무려 3년이나 해 왔다고 한다.

체구가 작았던 건 영양실조 때문이라, 잘 먹고 운동하니 20대 들어서도 오히려 키가 컸다든가.

그래서 김명멸은 능력치를 잃고 온 다른 사람들과 달리 오히려 근력과 체력을 1씩 올리고 왔다.

게다가 김명멸이 얻은 건 능력치뿐만이 아니다. 사실 능력치보다는 체격이 커지고 팔다리가 길어지면서 얻는 이점이 훨씬 컸다.

비슷한 능력치를 지닌 상대와의 싸움에선 의외로 체중이나 체격, 키 같은 피지컬이 승패를 가르는 결정적인 요소가 될 때가 많으니까.

같은 근력을 써도 위에서 아래로 내리누를 수 있을 때 더 큰 우위를 가져갈 수 있는 데다, 체력이 같아도 체격이 크면 보통 생명력을 더 높게 책정받으니까.

특히나 미궁에선 레벨로 인한 능력치 제한 때문에 의외로 이런 상황을 자주 맞이하게 되는 만큼, 결코 가볍게 볼 수 없는 이점이다. 결론적으로 김명멸은 미궁 10층에서 할 수 있는 최고의 선택을 한 셈이다.

"10층에서 미궁에 돌아올 생각으로 운동한 건 또 처음 보네."

나는 탄복했다. 너무 감탄스러워 어이가 없을 정도다.

아직 어린 축이었던 나이를 몇 살 더 먹으며 그 세월을 온전히 신체 단련에 투자하다니. 어지간히 의지가 단단한 사람이 아니었다면 이런 게 가능했을 리 없다.

"선생님께서 미리 조언을 해 주신 덕입니다."

키도 덩치도 커졌고 근육질이 되었음에도 녀석의 인성은 여전했다. 눈이 부셨다. 사람이 이렇게 완벽할 수가 있나!

"나도 운동이나 하고 올 걸 그랬나. 나는 테마파크에서 놀이기구나 실컷 타고 왔는데."

그런데 옆에서 김명멸을 멀거니 쳐다보던 이수아가 아쉬운 듯 중얼거렸다.

나는 아무 말도 안 했다.

김명멸도 아무 말도 안 했다.

김이선은 원래 별말이 없다.

상냥한 세상이야……!

"커흠, 그……."

"어르신, 오늘 날씨가 좋습니다. 산책이나 함께 가실까요?"

"아이고, 선생님. 말씀 좀 낮추시지요."

나는 유상태를 데리고 산책을 다녀왔다.

그리 즐거운 산책은 아니었다.

＊　　　　＊　　　　＊

넷 중에서 가장 많이 바뀐 것은 김명멸이었지만, 인상적으로 바뀐 것은 김이선이었다.

원래부터 키가 커서 어른스럽게 보이던 김이선이었지만, 그래도 나이를 알고 나서 자세히 보면 앳된 티가 났었다.

그런데 11층에서 재회한 김이선은 묘하게 어른스러워졌다.

외견은 물론이거니와 행동거지도 그렇고, 말투도 나긋나긋해졌다. 거기까지 생각한 나는 놀라운 사실을 깨달았다.

김이선의 말투를 평가할 수 있을 정도로 말수가 늘었다!

이수아가 백 마디 말을 할 때 김이선이 한마디도 하지 않았다면, 이제는 한마디 정도는 한다.

0에서 1이라니, 어마어마한 발전이다.

"그래서 너는 어땠어? 10층."

한참 떠들고 나서 만족한 건지, 이수아가 김이선에게 이런 질문을 던졌다. 마침 듣고 싶었던 이야기였기에, 나는 모르는 척하고 귀만 쫑긋 세웠다.

그러자 김이선은 나를 바라보면서 이렇게 말했다.

"저 스무 살이 됐어요, 오빠."

그건 질문에 대한 답이 되지 않잖니?

그리고 그걸 왜 나한테 말하니?

"오, 그럼 우리 동갑이네? 나한테 반말해도 돼!"

그럼에도 이수아는 굴하지 않았다.

"아뇨, 언니. 언니는 언니니까요."

김이선의 대답은 단호했다.

이런 걸 보면 확실히 자기주장이 강해졌다. 아니, 잘 생각해 보면 10층 갔다 오기 전에도 자기주장만큼은 강했다.

그냥 아저씨라고 부르랬더니 계속 오빠라고 부르고 말이야.

"나도 세 살 더 먹고 왔으니, 나한테 오빠라고 불러도 돼."

그런데 이때, 김명멸이 치고 나왔다. 물론 김이선에게 말한 게 아니라 이수아에게 말한 거였다.

그러자 이수아는 이렇게 대응했다.

"아뇨, 아저씨. 아저씨는 옆 부대 아저씨니까 그냥 아저씨라 고 부를게요."

…수아야, 너 혹시 진짜로 군필자니?

*　　　　　*　　　　　*

[10층의 모험가 1782명 중 생존하여 11층까지 내려온 모험가 는 1천, 2백, 1십, 1명입니다.]

10층에선 시스템 메시지가 아예 표시되지 않았기 때문에, 두 층 만에 보는 생존자 카운팅이다.

9층에선 100명 좀 안 되게 죽은 모양이다.

거의 100%에 가까웠던 7층과 8층의 생존자 비율을 생각하면 희생자가 좀 많아지긴 했다.

아무래도 뒷바라지해 주는 파티원이 있을 때와 없을 때 차이가 좀 큰 것 같았다.

하지만 10층에서 죽은 사람 숫자는 그보다 훨씬 많았다.

미궁보다 바깥이 더 위험하다니.

놀랄 만한 결과다.

심지어 10층은 인류 문명이 멸망하기 전의 지구를 구현해 놨을 터라, 멸망 이후의 지구보다는 훨씬 안전했을 텐데도 결과가 이렇다.

뭐, 아무리 그래도 사고사나 병사보다는 자연사가 많으리라고 생각한다. 사실 살면서 단 한 번도 후회의 말을 입에 올리지 않아야 한다는 조건을 감안하면 자연사의 비율이 높을 리는 없지만.

나는 그냥 내 마음 편하자고 그렇게 생각하기로 했다.

그거야 뭐 아무튼, 미궁에 돌아온 사람들은 돌아온 사람들대로 또 살아야 한다.

다행히 11층은 그냥 거쳐 가는 층이라고 봐도 될 정도로 쉬운 층이다. 그냥 쉬운 정도가 아니라, 본인이 잘 판단하기만 하면 목숨을 위협당할 일이 아예 없을 정도다.

그럼에도 11층에서 죽는 사람이 꼭 나오는 건 어쩔 수 없다.

*　　　　*　　　　*

파란 하늘 아래 푸릇푸릇한 잔디가 난 평화로운 언덕 위에 거대한 건물. 새하얀 대리석을 조각해 만든 기둥 여럿이 서 있고, 그 기둥 위에 같은 소재의 거대한 지붕을 올린 건물의 이름은

'11성좌의 전당.'

모험가들은 여기서 전당을 방문하여 성좌에게 접견을 요청할 수도 있고, 그냥 언덕을 돌아 출구로 나갈 수도 있다.

성좌의 전당에서 접견을 요청하는 것은 미궁에서 스스로 성상을 발견해 즉시 채널을 개설하는 것만은 못하다.

하지만 성좌와의 궁합이 좋고 접견한 성좌의 기분까지 좋다면 채널 개설은 물론이고 축복도 받을 수 있다.

반대로 성좌의 기분이 나쁘거나 본인이 나쁘게 만들었다면?

죽을 수도 있다.

죽을 확률이 꽤 높다.

11층의 희생자는 대부분 성좌 탓일 정도다.

그러니 자신이 없다면 그냥 바로 출구로 나가는 걸 추천한다.

반대로 자기 실력에 자신이 있다면?

역시 출구로 나가는 것이 낫다.

능력이 있다면 본인 능력으로 성상을 찾아 손에 쥐거나, 더 아래층에 나오는 전당에서 접견을 요청하는 것이 낫기 때문이다.

11층의 전당에서 접견할 수 있는 11성좌는 군이 분류하자면 하위 성좌에 속해서 그렇다.

그렇다고는 해도, 11층의 전당에 꼭 가야 하는 사람들이 있긴 했다. 지금의 능력치나 고유 능력으로 10층 대의 미궁을 돌파할 자신이 없다면, 여기서 궁합이 맞는 성좌와 접견해 축복을 받아서 능력을 보강해야 한다.

12층부터는 미궁의 난이도가 확 오르므로, 본신의 능력이 부족한 사람들에게는 더더욱 성좌의 도움이 필요해진다.

하지만 누가 무슨 수로 이걸 판단할 수 있을까?

본인의 능력이 얼마나 부족한지, 혹은 넘치는지. 위험을 무릅쓰고서라도 성좌와 접견을 해야 하는지, 아니면 이번에는 그냥 넘어갈 것인지.

이 판단을 스스로 하긴 쉽지 않은 게 현실이다.

이럴 때 필요한 게 바로 경험자의 지혜다.

이 경우에는 회귀자의 지혜가 되려나.

판단 자체는 본인이 해야 하겠지만, 그 판단을 도울 조언자가 있다면 더 좋은 판단을 내릴 수 있지 않을까?

적어도 나는 그렇게 생각했다.

해서, 열었다.

무엇을?

상담소를.

                    *   *   *

11성좌의 전당이 세워진 언덕 기슭에 벽돌로 작은 집을 짓고 상담소 간판을 걸었다.

원래 이렇게 본격적으로 할 생각은 없었지만, 어쩌다 보니 흥이 돋아서 그만. 아무튼 이 작은 상담소를 세움으로써 내가 얻는 이득은 다음과 같다.

"선생님, 이게 제 능력치고 제 고유 능력입니다. 저는 어떻게 해야 할까요?"

바로 각 모험가의 개인 정보 열람이다.

굳이 아까운 [비밀 교환] 아이콘을 소모할 것도 없이, 모험가들이 제 발로 들어와 스스로 상태창을 공유해 주는 걸 보기만 하면 된다.

당연히 비밀은 엄수해 준다.

그간 모은 커뮤니티 점수로 계약까지 걸어서 안심시킨다.

그러나 이 비밀을 '내'가 알게 됐다는 사실은 변하지 않는다.

그렇다고 내가 이 정보를 나쁜 곳에 쓰진 않을 것이다.

모두의 생존을 위해, 나아가 지구 인류의 재생과 문명의 회복을 위해 쓰일 예정이다.

덤으로 내 이득을 좀 추구하기도 할 테지만.

흐흣.

그런 좋은 의도로 연 상담소지만, 아무리 그래도 며칠 만에 천 명 넘는 인원과 개인 상담을 하려니 미칠 것 같았다.

그냥 노동량이 많은 것도 그렇지만, 이만큼 사람이 많다 보니 진상도 없을 수가 없었다.

"아니, 선생님! 다시 한번만 봐주십시오! 제가 진짜 그냥 내려가야 하는 겁니까? 저하고 맞는 성좌가 하나는 있을 거 아닙니까!"

상담 내용에 납득을 못하는 사람은 그나마 좀 온건한 편에 속하고.

"저, 선생님. 이거 선물입니다만……."

뇌물을 슥 찔러 넣는 사람도 있는 데다.

"말도 안 돼! 내가… 내가 고자라니!"

맥락도 없이 이상한 소릴 늘어놓는 사람까지.

그나마 내가 세서 그런지 협박하거나 폭력을 쓰려고 든다거나 하는 사람이 없는 건 다행이었다.

다행인가? 그냥 난동이라도 부리면 패서라도 제압할 수 있으니 더 편하지 않았을까?

상담 도중에 이런 생각이 들기도 했지만, 그거야 뭐 아무튼.

나는 기어코 거의 모든 모험가와 상담하는 데에 성공했다.

거의 모든 모험가라 한 이유는 끝까지 상담하지 않으려고 든 사람도 있었기 때문이다.

이번의 김민수가 그랬다. 하긴 [시체 먹기] 같은 뒤숭숭한 고유 능력이 있다고 말하기는 좀 그렇겠지.

이런 사람들한텐 부득이하게 [비밀 교환]을 사용해서, 나는 지금까지 생존한 사람들의 고유 능력을 데이터베이스화 하는 데에 성공했다.

이렇게 고생해서 모은 정보지만, 이 정보만 갖고 모험가의 성패를 가늠하기란 쉽지 않다.

사실 10층 이후부터는 고유 능력보다 어떤 성좌와 채널을 열고 무슨 축복을 받는지가 더 중요해지기 시작하기에 그렇다.

그래도 딱 그 능력이 필요할 상황에 누굴 불러야 할지 아는 것만으로 이미 가치가 있는 정보기는 했다.

더불어 이렇게 상담하면서 성장 방향을 잡아 주고 조언해 주는 게 모험가들의 생존율을 높여 줄 테니, 내 목적에 부합하는 행동이었다. 그동안 각 모험가 개개인에게 맞춤 조언을 해 줄 기회는 거의 없었으니, 뭐 의미 있는 시간이기는 했다.

그래도 두 번은 못 하겠다.

그래도 두 번은 못 하겠다.

중요한 말이라 두 번 말했다. 하지만 앞으로 이 짓을 몇 번 더 해야 한다는 사실을 나는 이미 알고 있다.

"이것이 회귀자의 괴로움인가······."

이젠 공공연한 비밀이 되어 버린 사실을 입밖에 꺼내놓기까지 하며, 나는 한숨을 내쉬었다.

*   *   *

당연히 나는 11층의 그 어떤 성좌와도 접견하지 않았다. 이미 [행운의 여신]과의 채널이 개설된 데다, [지식]에 [신비]에 [혈기]까지 얻어놨으니 고작 11층의 하위 성좌와 알현할 이유가 없었다.

그래서 상담소 문을 닫은 후 나는 다른 일을 했다.

그 다른 일이란 당연히 11층의 탐사였다.

매번 하던 건데 이번에 빼놓을 순 없지. 다만 다른 사람들이 전당에 들어가 알현을 신청하든 먼저 12층에 내려가든 하면서 바쁘게 시간을 보내는 시간을 골라 탐사를 다니는 데에는 이유가 따로 있다.

아무것도 없는 동산에 올라가 '나는 회귀자다. 아, 회귀자라고.' 이렇게 중얼거리는 장면을 상상해보라.

내가 몰래 탐사를 다니는 건 단순히 [비밀 교환]에 대해 들키고 싶지 않기 때문만은 아니다.

순수하게 쪽팔리기 때문도 큰 비중을 차지한다.

가급적이면 그냥 다들 12층에 내려간 뒤에 하고 싶었지만, 그냥 멍하니 아무것도 안 하고 시간을 보낸다는 것을 스스로 용

납하지 못했다.

그래서 그냥 했다. 눈치 보면서.

그러나 이러한 위험을 감수하고도 나는 11층에서 그리 큰 수확을 거두지는 못했다.

"음… 전당에 들어가 봐야 하려나?"

성좌들과 마주치기 싫어서 전당에만 안 들어갔는데, 다른 곳의 탐사가 모두 성과 없이 끝나 버리고 나니 괜히 신경이 쓰인다.

[행운의 여신이 내가 막아 줄 테니 걱정하지 말고 전당에 들어가라고 합니다.]

그때, 행운의 여신님께서 고마운 말씀을 해 주셨다.

하긴 명색이 여신님인데 하위 성좌들이야 쉽게 커트해 주시겠지.

"감사합니다."

[행운의 여신이 기뻐합니다.]

역시 행운은 높고 볼 일이다.

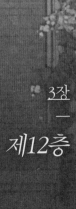

3장
—
제12층

　아무튼 나는 행운의 여신만 믿고 전당 안에 들어갔다.

　원래대로라면 전당 안에 들어가자마자 성좌들의 얼굴 평가, 몸매 평가 등등이 담긴 메시지가 들려와야 하건만 그런 거 없었다.

　여신님 성능 확실하네!

　나는 홀가분한 기분으로 전당을 쭉 돌면서 [비밀 교환]을 시도해 보았다.

　그리고 비밀을 11개 발견했다.

　그 11개의 비밀이란 바로 11개 하위 성좌의 진짜 이름이었다.

　…아무짝에도 쓸모없는 비밀이었다.

　그래도 혹시 모르니 개인 노트에 기록은 해 두고, 나는 11층의 탐사를 끝냈다.

　　　　*　　　　　*　　　　　*

　나는 11층에서 얻은 게 그리 크지 않지만, 모험가 세력 전체를
두고 따지자면 상당한 전력 상승을 얻었다.

　내 적절한 조언으로 인해 상당수의 모험가가 성좌와 채널 개
설에 성공해 향후의 성장을 기대할 수 있게 됐으니 말이다.

　심지어 몇몇은 그 자리에서 축복까지 받았다.

　그리 큰 기대를 하지 않았는데, 의외의 성과였다.

　하지만 무엇보다 나는 11층에서 저주를 받아 죽은 모험가가
한 명도 없었다는 사실에 자화자찬하고 싶다.

　…저주를 받은 모험가가 아예 없진 않았지만.

　성좌들의 외모 평가에 화가 나서 욕을 질러 버린 건 뭐, 그리
지혜로운 행동은 아니었지만 그다지 비난하고 싶지도 않았다.

　그래도 이 정도면 호투했다고 봐도 되겠다.

　조언을 받았다고 해서 모두가 그 조언을 그대로 따른 것도 아
니거니와, 아예 나와 상담을 하지 않은 인원마저 있었으니.

　최악을 피한 것만 해도 어딘가.

　이렇게 얻은 성과가 크다지만, 그렇다고 방심해서는 안 된다.

　미궁 12층은 두 자릿수 층계가 어떤지 본격적으로 보여 주는
첫 층계이므로.

　이미 공략을 써서 게시하긴 했지만, 이제부터는 공략을 아는
것만으로는 쉽게 지나갈 수 없다.

　일단 먹지 않아도 버틸 수 있었던 5층 이전 층과 달리 6층에

서부터 허기가 모험가들을 습격했던 것처럼 12층에서도 비슷한 일이 일어난다.

이번에 풀려나는 것은 수면욕.

12층부터는 모험가도 잠을 자야 한다.

이 문제가 생존율을 크게 떨어뜨린다.

이제부터 모험가들은 팀을 이뤄 다니며, 잘 때가 되면 불침번을 세워야 한다.

그러나 갑작스레 몰려오는 잠기운을 버틸 수 있는 모험가는 많지 않으며, 이로 인한 경계 실패는 팀의 전멸로 이어진다.

더욱이 12층은 밤이 계속해서 이어지는 환경에, 필드가 숲이라 경계 난이도도 높다.

게다가 등장하는 적도 만만치 않다.

12층의 현지 세력은 밤 추적자라 불리는 놈들인데, 나무 위에서 소리 없이 접근해 사람을 잡아 소리 없이 사라지는 위험한 포식자다.

잡아 보면 흑표범처럼 생긴 인간형의 생물인데 사람과 닮았으면서 명백히 사람이 아니라 보고 있으면 기분이 나빠진다.

이놈들은 인간, 특히 모험가에 대한 적개심이 강하고 성질이 사나운데, 경계심까지 높다.

일단 한 번 목표로 삼으면 대상을 계속해서 추적하다 빈틈이 보이면 바로 습격한다.

좀 버거워 보이는 상대라면 떼로 몰려와 서로 교대해 가며 연이어 습격을 걸어 지치게 만든 후 공격하기도 한다.

덤벼 오는 적은 밤 추적자뿐만이 아니다.

습지대 쪽에는 거대 모기가 무리를 이뤄 모험가고, 밤 추적자고, 가리지 않고 습격한다.

밀림 쪽에는 뭐든 가리지 않고 잘 삼키는 뱀이 도사리고 있다.

그리고 모험가는 6층에서부터 느끼기 시작했던 허기와도 싸워야 한다.

다행히 숲은 풍요롭다.

나무 열매와 각종 버섯, 뿌리채소와 야생 콩 따위가 있으니까.

포식자를 피해 풀을 뜯는 초식 동물도 중요한 단백질원이다.

문제는 미궁의 식생은 지구의 그것과 사뭇 달라, 뭘 먹을 수 있고 어떤 것에 독이 있는지 모른다는 점이다.

초식 동물이라고 위협적이지 않은 것은 아니며, 개중에는 어지간한 육식 동물보다도 사나운 것들도 있다.

이런 생명의 위협 하에서, 모험가는 숲을 뚫고 출구를 찾아야 한다.

당연히 쉽지 않다.

쉬울 리 없다.

사람들을 많이 모아서 큰 무리를 이루면 밤 추적자 따위의 위협으로부터 안전해지지만, 이렇게 하면 채집만으로는 식량 보급이 안 된다.

그래서 보통은 입구에서 모험가들끼리 5~10명 정도 규모로 팀을 이뤄 출발하게 되는 편이다.

그나마 다행인 건, 11층 이전까지 손을 잡고 들어가든 꼭 껴안고 들어가든 상관없이 강제로 흩어 놓던 것과는 달리 12층은 파티를 짠 사람과 함께 들어갈 수 있다는 점이었다.

12층에서는 나도 독고다이로 다닐 생각이 없었다.

졸음이라는 걸 50년 가까이 느껴 보지 못한 입장이라, 내가 얼마나 잘 버틸지 자신이 없었기 때문이다.

졸음도 허기와 마찬가지로 나 자신이 느끼는 거라 외부의 상태 이상에만 저항하는 [불변의 정신+]으로 버틸 수 있을 것 같지는 않았다.

그래서 믿을 만한 사람들과 파티를 짜서 돌아다닐 생각이다.

내 경우는 뭐, 이번에도 유상태, 김명멸, 이수아, 김이선과 같이 다닐 예정이었다.

1딜탱 4서폿이라는 극단적인 조합이지만, 내가 다 해 먹을 수 있으니 성립하는 조합이기도 했다.

"음?"

그런데 12층에 내려오자마자 예상외의 사태가 벌어졌다.

"이거 [졸음]도 상태 이상이네."

유상태가 자기 머리카락 하나를 뽑으며 이렇게 말하는 것 아닌가?

아니, 사실 예상외까지는 아니었다.

[탈모]도 상태 이상 취급이라 머리카락 하나 뽑고 고쳤는데, [졸음]이라고 다를까.

"허허, 이번에는 선생님의 은혜에 작게나마 보답할 수 있겠군요."

내 머리카락도 한 올 뽑아 주니, 무거웠던 머리가 가벼워지고 졸음이 싹 가셨다.

사실 나는 내심 오랜만에 좀 자 보고 싶은 생각도 있었는데, 이제는 잠도 오지 않았다.

그런데 유상태가 뽑은 머리카락을 잘 챙기는 것 아닌가?

"어르신, 그건 왜 챙기시는 겁니까?"

"아, 이게 좀 수상해 보일 수도 있겠습니다만… 이유가 다 있습니다."

듣자 하니 [모발 부적]이 강화되면서 상태 이상을 뽑아 낸 머리카락으로 다른 사람을 푹 쑤시면 그 상태 이상을 그대로 전이시킬 수 있다고 한다.

뭐야, 미친.

나는 두려움에 몸서리쳤다.

[탈모]를 전이시킨다고?

유상태가 저런 상호 확증 파괴 무기를 손에 쥐리라 예상한 사람이 있던가?

있을지도 모르지.

하지만 난 못 했다.

나는 절대 이 어르신만은 적으로 돌리지 말아야겠다고 속으로 맹세했다.

*　　　　*　　　　*

아무튼 유상태 덕에 잠을 자지 않아도 되니 가용 시간이 30% 이상 늘어난 셈이 되었다.

비록 매일매일 한 번씩 유상태에게 들러 머리카락을 하나씩 뽑혀야 하긴 했지만, 이 정도는 충분히 감수할 만한 불편이었다.

그래서 나는 남는 자투리 시간을 활용해 12층 탐사에 나섰다.

물론 [비밀 교환+]의 비밀을 들키기는 싫었기 때문에, 나는 일행과 좀 떨어질 필요가 있었다.

그러기 위한 핑계도 충분했다. 내가 앞서가서 정찰한다는데 누가 말리겠는가?

서포터들을 위해 위험을 미리 걷어 내는 행동은 딜탱으로서 당연히 해야 하는 역할이었다.

지금 와서 굳이 다시 할 필요도 없는 이야기지만, 밤 추적자 놈들은 내 경험치원이 되기엔 너무 약했다.

그래서 나는 밤 추적자를 발견하면 그냥 퇴로를 끊고 아군에게 알람을 울려 직접 잡도록 했다.

나 외엔 다 서포터라곤 해도, 전원이 다 40레벨을 넘어 50레벨을 바라보는 우량 파티인지라 사냥 자체는 어렵지 않았다.

내가 잘 키우긴 잘 키웠어.

원래 12층은 무난한 클리어까지 한 달 정도는 잡아야 하지만, 이 파티로는 열흘 정도면 충분했다.

일단 잠을 잘 필요가 없으니 매일 야영지를 찾아 헤맬 필요가 없어진 게 컸다.

더불어 일정이 단축되면서 필요한 식량의 양도 줄었고, 그러면서 채집과 사냥에 낭비되는 시간도 대폭 줄었다.

물론 12층 자체가 풍요로운 층이니만큼 다음 층을 위해 여기서 식량을 비축해두어야 했지만, 그래도 이 정도 일정 단축은 놀라운 수준이었다.

"이렇게 시간이 남으면 좀 옆으로 새도 되겠는데?"

12층의 한계 레벨은 60레벨.

그럼 여기서 다들 60레벨은 찍게 하고 내려보내는 게 파티장으로서 해야 할 일 아닐까?

"아, 안 그러서도 되는데요……."

"거절은 거절한다!"

이수아의 작은 반항은 못 들은 척하고, 나는 일전에 봐 뒀던 밤 추적자 소굴로 일행을 안내했다.

"위험해지면 개입할 테니까 너무 쫄지 말고… 자, 돌격!"

나는 뒤에 남은 채 다른 파티원들을 전장으로 내몰았다.

필드에서 만나는 밤 추적자와 달리, 소굴에 모인 정예들은 레벨이 더 높았으므로 숫자만 따지고 보면 좀 버거워야 할 전투긴 했다.

그러나 이쪽에서 선공권을 가지고 기습을 건 게 컸다.

이놈들은 자기들이 기습하는 데에는 도가 텄어도 기습당하는 데에는 익숙하지 않았기 때문이다.

다른 누구보다 김명멸이 가장 활약한 전투였다. 10층에서 잘 먹고 열심히 운동한 보람이 있었다고 해야 할까.

물론 이건 다른 이들의 백업이 유효하게 작용한 결과물이라 할 수 있었다.

김이선으로부터 [급속 거대화]을 받은 김명멸은 일단 적들을 기세로 압도하고 들어갈 수 있었다.

작은 생채기는 신경 안 쓰고 과감하게 공격할 수 있었던 것도 이수아가 있으니 그런 거였고.

독이나 저주 같은 변수를 경계하기에는 유상태의 [모발 부적]이 지나치게 강력했다.

그렇다고 다른 이들이 전투를 김명멸에게만 맡긴 채 놀고 있었던 건 또 아니었다.

김명멸이 거대화로 적의 시선을 확 끌어당긴 와중에, 적들의 빈틈을 찔러넣는 형태의 전술을 활용해 이득을 취했다.

어쩌다 보니 팀 내에서 가장 약해진 유상태도 우리한테서 뽑은 [졸음] 상태 이상이 담긴 머리카락을 꺼내 적에게 푹 찔러 위기를 극복했다.

결국 이들은 마지막까지 내 개입 없이 소굴 하나를 처리해 냈다.

서포터로만 이뤄진 파티가 이렇게까지 전투를 잘 해낸 것을 보고 있으려니, 나는 묘한 보람을 느낄 수 있었다.

내가 정말… 잘 키웠구나!

*　　　　　*　　　　　*

밤 추적자들이 외견은 반쯤 짐승처럼 보여도 괜히 현지 세력이 아니다.

이래 봬도 작은 문명을 세운 엄연한 종족이니만큼, 이들은 식량을 비축하는 기술을 갖고 있었다.

즉, 모험가들은 이런 저장된 식량의 약탈이 가능했다.

"이거 정말 저희가 다 가져도 돼요?"

밤 추적자 소굴에 비축된 식량과 물자를 본 이수아는 내게 몇 차례나 이런 질문을 던졌다.

"아니, 당연하지. 내가 한 게 뭐가 있다고."

"저희 뒤 봐주셨잖아요. 그게 얼마나 큰데."

틀린 말이 아니라서 반박이 생각 안 나네.

"아무튼 너희 다 가져."

귀찮아진 나는 논리로 설득하길 포기하고 그냥 억지로 밀어붙였다.

사실은 여기 물자보다 더 좋은 게 내 인벤토리를 꽉 채우고 있어서 필요 없을 뿐이다.

기껏해야 원시적인 채집과 수렵 수준의 문명인 밤 추적자 무리가 물자를 모아 봤자 얼마나 좋은 물자를 모았겠는가?

비단옷을 입고 치즈를 먹는 내게 그슬린 육포와 반쯤 상한 건포도가 필요할 리 없다.

하지만 이걸 말하면 좀 기만 같지 않은가?

게다가 내가 저축한 물자의 출처가 사람들을 미리 내려보내고, 나 혼자 남았던 미궁 7층이었으니, 더더욱 말하기가 조금 그랬다.

이뿐만이 아니다.

나는 밤 추적자 소굴에서 따로 골라 갈 게 있었다.

[비밀 교환+]

강화된 비밀 교환은 이 소굴의 땅속에 뭔가가 있음을 알려 주고 있었다.

밤 추적자들이 땅에 구멍을 판 후 뭔가를 던져 넣고 다시 메운 흔적에 내 비밀 교환이 반응하고 있었다.

굳이 공을 들여 땅을 파고 다시 메우는 노동을 한 것을 보면, 밤 추적자 입장에서 뭔가 두렵거나 꺼림칙한 게 들었을 거라 예측할 수 있었다.

밤 추적자의 습성을 생각해 보면 뭔가 반짝이거나 빛나는 것일 확률이 높았다.

즉, 보석이나 귀금속류 정도가 유력한 후보겠다.

지나치게 희망적인 관측인가?

뭐 밤 추적자 입장에서 볼 때도 두렵고 꺼림칙한 존재와 관련된, 즉 악마나 악령이 깃든 물건일 수도 있긴 하다.

만약 그렇다면 땅을 파고 꺼내는 순간 강력한 악마가 소환될 확률도 제로는 아닌 셈이다.

그러므로 나는 이들 넷을 다른 곳으로 피신시킨 다음에 땅을 팔 계획이었다.

…당연히 좋은 게 나오면 말없이 혼자 꿀꺽할 생각도 품고 있었지만 말이다!

"그거야 뭐 아무튼."

"예?"

"뭐해? 다음 소굴 가야지."

나는 일행을 이끌고 다음 소굴로 향했다.

어차피 [비밀 교환+]이 없으면 존재조차 모를 땅 밑의 비밀이다.

두고 간다고 해도 누가 먼저 가져갈 염려 따위는 하지 않아도 된다.

"아… 또요?"

이수아의 낙담한 표정이 재미있다.

이걸 재밌다고 느끼는 내가 잘못된 걸까?

아니다.

재밌는 표정을 짓는 이수아가 잘못한 거다.

"이번에는 네가 메인 탱커 해 볼래?"

그러니 이런 제안을 하지 않을 도리가 없다.

여기서 메인 탱커란 당연히 이번에 김명멸이 한 것처럼 김이선으로부터 [급속 거대화]를 받고 시선을 끌어모으는 역할이다.

사실 탱커 역할이라기보단 보스 역할이라는 말이 더 어울릴지도 모르겠다.

"아니아뇨안해요안할래요!!"

내 제안에 이수아는 쉼표 없이 고속으로 외치며 동시에 도리질을 쳤다.

이러니저러니 해도 이수아도 레벨이 오르고 능력치를 찍어서 강력해진 터라, 저렇게 기세 좋게 고개를 흔들어도 목뼈에 한 점 흔들림이 없다.

하긴 체력 안 찍었어도 젊어서 괜찮았으려나.

"오빠, 제가 해 볼게요."

"응? 응… 그래도 되고."

그에 비해 김이선에겐 놀리는 맛이 영 없었다.

아니, 그 정도가 아니라 때때로 내가 놀림 받는 느낌마저 들 정도였다.

왜 계속 오빠라고 부르니?

이 질문을 실제로 던지면 뭔가 되돌릴 수 없는 미증유의 사태가 일어날 것 같아 두려워 입에 올리지도 못하고 있었다.

"아……."

뭔가 아쉬움이 가득 찬 눈빛의 김이선을 뒤로 하고, 나는 먼저 앞으로 나섰다.

"뭐해? 얼른 가자!"

*　　　　*　　　　*

12층에서 등장하는 밤 추적자의 레벨이 적절한 것에서 이미 눈치를 챈 사람도 있겠지만, 여긴 우리 파티만 쓰는 층이 아니다.

들어오는 입구가 여럿이라 바로 인지하기는 쉽지 않지만, 엄연히 모든 모험가가 다 모이는 층계였다.

그럼에도 불구하고 다른 모험가 파티와 마주치지 못한 건 우연 같은 게 아니다.

이동에만 한 달을 잡고 시작하는 것에서 알 수 있듯, 12층이 어마어마하게 넓기 때문이다.

게다가 우리 파티는 유상태 덕에 잠도 안 자고 숲을 돌파한 터라 가장 먼저 출구에 도착할 수 있었다.

이렇다 보니 다른 파티와 만나지 못한 게 차라리 당연하기까지 했다.

뭐, 아무리 그래도 사방의 밤 추적자 소굴을 다 파헤치고 다니다 보면 다른 파티와 만나지 않을 수가 없었다.

잠을 자지 못해 양 눈이 퀭하고 굶주린 탓에 배가 홀쭉하게 들어갔지만, 그래도 강행군을 한 덕에 불과 2주만에 출구 근방까지 도달한 파티였다.

"회, 회귀자님이시군요."

나는 저들 중에 아무도 몰랐지만, 상대는 바로 나를 알아보았다.

뭐, 아는 게 당연하지.

현세대 모험가 중 나를 모르면 간첩, 아니, 도플갱어라 의심해도 될 정도다.

"괜찮나? 피곤해 보이는데."

"밤 추적자가 밤낮 가리지 않고 쫓아와서 쪽잠도 못 잤습니다."

사실 12층엔 낮이 없으니 밤낮 안 가린다는 말은 어폐가 있었지만 나는 굳이 지적하지 않았다.

"아, 그래? 여럿 따라왔나?"

"한 10마리쯤은 되는 것 같습니다."

"좋아."

나는 흡족하게 고개를 끄덕였다.

"전투 준비."

우리는 이미 이 주변의 밤 추적자 소굴을 거의 다 파헤쳐 버렸다.

게다가 놈들 사이에서도 뭔가 소문이 돌기라도 한 건지 소굴을 버리고 도망쳐 버리는 케이스도 늘어난 터다.

이제 몇 번만 더 싸우면 60레벨을 찍을 것 같은 터라 더 답답함을 느끼고 있는 참이다.

이런 상황에서 밤 추적자 무리를 끌고 와 주다니, 이게 바로 자다가도 떡이 생긴 격이다.

뭐, 잠은 안 자고 있지만 말이다.

"퇴로는 내가 끊도록 하지."

내가 먼저 적들의 포위망을 혼자 뚫고 나가서 퇴로를 막는 동안 다른 네 명이 기계적이고 유기적인 움직임으로 밤 추적자를 색출해 죽여 나갔다.

그동안 합을 맞춘 게 벌써 몇 번째인지 생각도 안 날 정도니, 저 정도 연계는 차라리 당연하게까지 느껴진다.

그러나 다른 이들 입장에선 그럴 리 없다.

밤 추적자 무리를 끌고 와 준 고마운 모험가 파티는 내가 직접 키운 4서폿 파티의 전투를 직관하며 탄성을 멈추지 못했다.

"저, 저게 회귀자의 아이들!"

"역시, 듣던 대로군!"

회귀자의 아이들?

그게 뭔데?

어느새 이상한 별칭마저 붙어 소문이 돌기 시작한 모양이었다.

소문의 출처는 커뮤니티겠지.

달리 뭐가 있지도 않으니 뭐.

"아마 여기서부터는 괜찮을 걸세. 이 주변의 밤 추적자 소굴은 전부 초토화시켜 놨거든. 한숨 자고 출구로 가게나. 아, 그래도 불침번은 세우고."

나는 그들의 입에서 나온 이상한 별칭에 대해 애써 무시하고, 작은 조언을 건넨 후 헤어졌다.

"고맙습니다!"

"감사합니다!!"

다른 무엇보다 잠 한 조각이 절실했을 이들에게 진심에서 우러난 감사를 받을 수 있었다.

하지만 아마 우리가 빠진 후엔 누가 불침번 몇 번 초 설 건지 한참이나 다투겠지.

당연한 수순이다.

그거야 뭐 저들 소관이다.

우리는 우리 할 일을 하면 된다.

"이제부터는 굳이 소굴 찾아다닐 것 없이 모험가들 파티 찾아다니면 되겠군."

내 혼잣말에 이수아가 반응했다.

"사람들 살려야 하니까요?"

"아니, 편하잖아. 이게 안 편해?"

"편하긴 하지만요."

이수아는 이상하게 툴툴거렸고, 김이선은 뭔가 반짝이는 시선을 내게 던지고 있었다.

"역시 선생님이십니다."

김명멸은 뭔가 오해라도 한 듯 존경의 눈빛을 보내고 있었고 말이다.

그리고 유상태는…….

"허허, 이거 먹을 때마다 [배탈] 하나씩 뽑히는 게 의외로 쏠쏠합니다."

밤 추적자 소굴에서 약탈한 상한 건포도를 주워 먹으며 [모발부적]으로 [배탈] 머리카락을 양산하고 있었다.

실로 창의적인 능력 활용이었다.

실로 자기희생적인 풍모 아닌가.

저 [배탈] 상태 이상이 [졸음]보다도 즉각적이고 효과적이어서 더욱 감탄스러웠다.

*   *   *

다른 모험가 파티를 만날 때마다 묻어오는 밤 추적자 무리를 퇴치하면서, 결국에는 4서폿 모두가 60레벨을 찍는 데 성공했다.

물론 나의 의도는 그냥 오는 적을 맞아 싸움으로써 쉽게 쉽게 레벨을 올리는 거였지만, 다른 모험가 파티에겐 다르게 받아들여진 모양이었다.

잠도 못 자고 숲속을 헤매던 그들에겐 우리의 행동이 '자원봉사'로 보였을 여지가 뭐, 지금 생각하면 아예 없진 않았다.

이러한 '자원봉사'를 통해 나 외의 4서폿, 그러니까 '회귀자의 아이들' 모두가 다른 모험가들에게도 강한 인상을 남긴 모양이었다.

기존에는 내 뒤를 따라다니며 남는 부스러기를 먹는 집단이라는 인식마저 있었다던데, 그런 이미지를 불식시키는 데에 도움이 됐다고 한다.

하긴 이전까지는 그저 막연한 이미지로만 받아들여졌다면, 싸우는 모습을 직접 보면서 고착화됐던 이미지가 붕괴됐다고 해야 할까.

영상도 여럿 올라왔고 반응도 뜨거웠다.

"괜히 회귀자님이 데리고 다니는 게 아니네."

"다 서포터라고 안 했나? 그렇게 안 보이는데?"

"서포터도 서포터끼리 지원해 주니 장난 아니네."

이런 반응을 어디서 들었는지, 이수아가 실실거리고 웃었다.

"재수 없는 인간들 구해 주고 호구 잡히는 거 같아서 기분 나빴는데, 이게 이렇게 될 줄 몰랐어요."

아, 이 꼬맹이 녀석 처음에 표정이 안 좋았던 게 그런 이유였나.

지금 되새겨 보니 그럴 만도 했네.

내 부스러기 취급을 당하고 있었을 줄은 꿈에도 몰랐다.

'회귀자의 아이들'이라는 별칭이 그나마 순화된 축이었을 줄이야.

"내 눈치 보지 말고 화풀이하고 다녀도 돼. 내가 뭐 여기서 대통령 선거에 출마할 것도 아닌데."

"그랬으면 이미지가 더 안 좋아졌을걸요? 이렇게 돼서 하는 말이긴 하지만, 역시 선생님 말씀이 정답이었네요."

"내가 무슨 말을 했는데?"

"…잘 생각해 보니 말씀을 하시진 않았네요. 그냥 행동으로 보여 주셨을 뿐."

그러냐.

"네가 이걸로 만족했다면야 뭐, 내가 더 할 말은 없다만."

"네, 만족해요."

그럼 됐지, 뭐.

아무튼 레벨도 다 찍은 사람들을 이 이상 굴릴 이유가 없으므로, 나는 4서폿을 다음 층으로 내려보냈다.

"너무 무리는 하지 마세요."

"무리? 무슨 무리?"

"아… 하긴 무리는 아니네요."

헤어지면서 이수아와 이런 영문을 알 수 없는 대화를 하긴 했다.

그거야 뭐 아무튼.

나는 뒤로 미뤄 놓았던 비밀을 회수하기 위해, 주인이 모두 죽어 폐허가 되어 버린 밤 추적자의 옛 소굴로 향했다.

"흐흐흐……."

한밤중에 홀로 웃으며 폐허의 땅을 파고 있는 사내를 보았나?

그것이 나다.

"흐흐흐흐!"

고작 7~8m 깊이의 땅을 파는 데에 그리 많은 시간이 필요하지는 않았다.

나는 금방 목적을 이룰 수 있었다.

"웃, 눈부셔!"

그것은 빛을 발하고 있었다.

밤 추적자가 싫어할 만한 물건이었다.

그런데 보석의 빛이 아니다.

보석은 스스로 빛을 내지 않으니까.

미궁의 보석 중 몇몇은 빛을 내긴 하지만, 이건 그런 식의 빛이 아니었다.

—크흐흐흐! 감히 나를 땅에 파묻어? 감히? 너절한 밤 추적자 따위가?

그것은 무덤가에서 간혹 볼 수 있는 망령의 푸른빛이었다.

—저주 받아 죽어라!

섬뜩한 냉기와 함께, 저주가 내게 날아들었다.

—미쳐 버려라!!

그러나 아무 일도 일어나지 않았다.

—[불변의 정신+]이 [월하광란]에 저항합니다.

—저항 성공!

정확하게는 아무 일도 일어나지 않은 건 아니지만, 어쨌든 결과적으로는 아무 일도 일어나지 않은 게 맞다.

—뭐, 뭐야?!

내가 미쳐 버리지 않은 것에 망령은 꽤 놀란 반응을 보였다.

"[신비한 화살]."

실질적인 피해는 없었다지만, 그렇다 해도 공격받았다는 사실은 변하지 않는다.

따라서 이건 정당방위였다.

—끄, 으아악?!

먼저 공격한 주제에 반격받을 거라고는 전혀 생각도 안 한 건지, 망령은 멍하니 있다가 신비한 화살에 꿰뚫렸다.

하긴 어지간한 공격에는 무적인 놈이다 보니 이런 반응도 무리는 아니다.

하지만 [신비한 화살]은 어디까지나 [신비] 자원을 쓰는 마법이다.

당연히 망령도 꿰뚫을 수 있다.

—느, 누구냐! 밤 추적자 놈들이 이런 마법을 부릴 리가 없는데!

그러고 보니 이 망령 놈, 나를 보자마자 밤 추적자라 불렀다.

죽어 마땅한 죄다.

그럼 죽여야지.

이미 죽어 있는 것 같긴 하지만.

"[신비한 화살]."

—그, 그만둬! 으악!

푹! 푹!

망령의 몸에 주먹 크기만 한 구멍이 뻥뻥 뚫렸지만, 망령은 의외로 멀쩡해 보였다.

이렇게 보여도 레벨이 꽤 높은 건가?

그렇다면 죽어서 경험치를 먹어야지.

—네, 네놈! 지금 보니 모험가로구나! 용서 못 해! 죽어라!!

망령은 뭐라고 시끄럽게 떠들었지만 나는 무시하고 계속해서 공격했다.

"[신비한 폭발]."

펑!

*　　　　　*　　　　　*

"에휴."

나는 망령을 처치했다.

경험치는 전혀 나오지 않았다.

[신비한 화살] 두 방을 버티고 [신비한 폭발]을 얻어맞고도 버틴 놈인데도 말이다.

아마 상성이 안 좋았겠지. 망령 주제에 신비 마법에 대한 저항력이라도 갖고 있었나 보다.

뭐, 반대로 따지자면 망령 입장에서는 내가 상성 안 좋은 상대이긴 했을 것이다.

죽어 가면서 온갖 저주를 다 날렸지만, [불변의 정신+]으로 다 무효화 당했으니까.

그냥 기분만 더럽고 말았지, 뭐.

좌우지간 전리품은 [제령된 흑요석 단도]였다.

원래는 [망령 깃든 흑요석 단도]였는데, 망령을 처치하고 나니 아이템의 이름이 바뀌었다.

미궁에서 흑요석의 가치를 생각하자면, 이 정도면 뭐 흑자라 봐도 무방하겠다.

"이러니저러니 해도 다른 사람들을 미리 내려보내길 잘했네."

망령이 소멸하기 직전엔 발악이라도 하듯 사방팔방에 저주를 흩뿌려 대서, 만약 나 말고 다른 사람이 있었다면 낭패를 봤을 수도 있겠다 싶었다.

물론 유상태만 멀쩡하다면 어지간한 상태 이상은 다 벗겨 낼 수 있겠지만, 그랬다면 이 단검 지분을 나눠 줘야 했을 테니 역시 내 판단이 옳았다.

그렇다고 이 단도를 당장 써먹을 곳은 없다.

보통 저주나 주술의 매개로 쓰는 게 가장 좋은데, 나는 둘 다 쓸 줄 모르니 말이다.

미궁 4층에서 얻었던 [드레이크의 홍옥]과 마찬가지로 잘 보관해 뒀다가 물물 교환에나 써먹는 게 나을 성싶었다.

"그런데 내가 필요한 게 나와야 말이지."

나와 다른 모험가들 사이의 수준 차이가 너무 커서 거래라는 개념이 성립하질 않았다.

자급자족을 하는 데에 지나치게 익숙해진 내 탓도 있긴 할 것이다.

필요한 건 어지간하면 스스로 다 알아서 구할 수 있으니 거래를 할 필요성도 느끼지 못하고 있다.

"…뭐, 억지로 엿 바꿔 먹을 필요는 없으니까."

나는 단도를 인벤토리 안에 던져 넣었다.

*　　　*　　　*

졸음은 생각보다 참을 만했다.

"어우, 졸려."

하지만 그건 일주일 정도였다.

일주일이 넘어가니 졸려서 정신이 하나도 없더라.

그나마 출구 쪽에 있는 치유의 샘물에 머리를 처넣고 나면 좀 버틸 만해지긴 했다.

그런데 이것도 얼마 안 가더라.

아무리 치유의 샘물로 머리를 적셔 봐야, 잠을 안 잔 기간이 길어질수록 더 심하게 잠기운이 몰려오는 것 같았다.

사흘, 이틀, 하루.

치유의 샘물 힘을 빌리지 않아도 버틸 수 있는 기간은 확실하게 줄어들고 있었다.

치유의 샘물과 비슷한 역할을 맡길 수 있는 운디네가 있긴 한데, 운디네의 힘을 빌리려면 하이 엘프의 형태를 취해야 했다.

이러면 체력 능력치가 깎여서 그런지 오히려 더 졸려지는 문제가 발생했다.

"[모발 부적]이 진짜 대단한 거였네."

새삼 유상태의 빈자리를 느끼며, 나는 결국 12층의 탐사를 도중에 포기하기로 했다.

그나마 비밀을 두 개 더 발견하긴 했는데, 경험치는 아예 벌수 없었고 별 가치도 없는 석영 조각과 다이아몬드 원석만 발견했다.

과거 지구 문명에선 다이아몬드가 꽤 가치 있는 보석으로 분류됐지만, 문명 멸망 후엔 별거 없어졌다.

그리고 그건 미궁에서도 마찬가지였다.

당장 싸워야 하는데 아무 기능도 없이 예쁘기만 한 보석이 가치 있게 느껴질 리가.

심지어 이 다이아몬드 원석은 예쁘지도 않다.

커팅을 하지 않으면 제대로 빛나지도 않는 보석이니까.

언뜻 듣기론 이 문제로 지구에서도 현대 이전에는 다이아몬드는 높게 쳐주지 않는 보석이었던 걸로 기억한다.

아닌가?

아니면 말고.

결국 가장 큰 소득은 흑요석 단도였다.

"쳇."

나는 고개를 흔들어 머리를 적신 치유의 샘물을 털어 내며 동시에 12층에 대한 미련도 함께 털어 내었다.

"가자!"

일부러 큰 소리로 선언하곤, 나는 12층을 뒤로 했다.

4장
—

제13층

"어우, 졸려."

당연한 이야기지만, 13층에 내려왔다고 해서 잠기운이 사라지는 건 아니었다.

그럼에도 불구하고 내가 13층에 내려온 이유는 어쨌든 입구 주변은 안전하기 때문이다.

13층은 1인용 층계로, 통로로 향하는 문을 열 때까지는 별다른 위험이 존재하지 않는다. 대신 내 레벨에 맞는 적이 나올 터라, 가능한 한 좋은 컨디션을 확보해야 할 필요가 있다.

즉, 여기서 내가 해야 할 일은 명확했다.

"자야지."

치유의 샘물에 뒤통수를 밀어 넣은 채, 나는 잠을 청했다.

물속에 머리를 넣고 잔다는 발상을 평소라면 떠올리지도 못

할 테지만, 지금 나는 그냥 너무 졸렸다.

　그래서 잤다.

　그냥 잤다.

＊　　　　＊　　　　＊

　"와우."

　나는 감탄했다.

　"꿈을 꾸다니!"

　실로 50년 만의 일이었다.

　이상하고도 기묘한 꿈이었다. 꿈속의 나는 고등학생이었다.

　유상태가 아버지고, 김이선이 어머니고, 이수아가 여동생으로
나왔다.

　참고로 김명멸은 베프였다. 배역만 봐도 이미 미쳐 버린 꿈이
라 할 수 있었다. 유상태가 아버지 역할인 거야 뭐 그냥 그렇다
칠 수 있지만 막내인 김이선이 어머니?

　그거야 뭐 여하튼.

　네 가족이 둘러앉아 아침 식사를 하며 이수아와 투닥거리다
가 갑자기 장면이 바뀌더니 김명멸과 만나서 학교에 갔다.

　그런데 학교는 아카데미라고 불리며, 모든 학생이 고유 능력을
지니고 있고, 괴물을 얼마나 잘 잡느냐로 성적이 결정됐다.

　그래서 내가 꽤 잘나가고 있었는데, 갑자기 하늘에서 운석이
떨어지더니 세상이 멸망했다.

　그리고 잠에서 깼다.

"꿈이란 게 이렇게 맥락이 없는 거였던가?"

하도 오랜만이라 잘 기억이 안 난다.

이런 걸 개꿈이라 불렀던가.

"으……."

아직 무거운 머리를 치유의 샘물 속에 푹 처박고 나니 정신이 좀 들었다.

"레벨이나 올리러 가야겠다."

처음 3층에서 1인용 층을 경험했을 때는 적지 않게 당황했었지만, 지금 이 시점에 와서는 그 감상이 완전히 바뀌었다.

내 레벨이 레벨인지라 1인용 층이 아니면 레벨 업이 힘든 게 현실이다.

물론 중간중간 비밀을 찾아서 어떻게든 레벨을 올리긴 했지만, 안정적으로 레벨을 맞춰 주는 건 역시 1인용 층 밖에 없었다.

그런 의미에서 볼 때, 13층도 내게 소중한 층이 될 가능성이…….

…가능성이…….

"뭐야, 왜 이래. 망가졌나?"

13층은 3층과 마찬가지로 코너를 돌 때마다 적이 등장하는 구성으로 되어 있었다.

평균적인 레벨로 방문한 나 외의 모험가는 여기에 와서야 내가 3층에서 해치운 지옥 개를 상대하게 된다.

그런데 지금, 내 앞을 가로막은 적의 모습을 보라.

"지옥 개?"

머리 개수가 더 많지도 않고, 가죽 빛깔이 다르지도 않다.

뿔이라도 나 있으면 좋겠는데 그렇지도 않을뿐더러, 뭔가 이상한 빛이나 어둠 같은 것도 뿜어내지 않고 있었다.

설마설마하면서도 혹시 모르니 주의하면서 접근해 잡아 보니, 그냥 평범한 지옥 개가 맞았다.

경험치는 당연하다는 듯 들어오지 않았고.

고개를 갸웃거리며 다음 코너를 도니 나온 건 3층에서 잡아본 적이 있는 돌연변이 지옥 개였다.

"…나 혼자 3층에라도 온 건가?"

순식간에 해치우고 다음 코너를 도니 케르베로스.

역시 같다.

"진짜 3층인가?"

죽이고 나니 출구가 나왔다.

"뭔데, 이거."

[비밀 교환]을 써 보니 3층과 똑같은 곳에서 비밀 통로가 발견되었고, [훼손된 성상]이 있었다.

[비의 계승자]의 성상이었다.

"…하……"

나는 잠깐 고민했다.

고민했다가, 고개를 들었다.

"이거 어떻게 된 거라고 보십니까?"

[행운의 여신은 십중팔구 [비의 계승자]의 짓일 거라고 말합니다.]

역시.

여신도 나와 같은 추리를 한 모양이었다.

성좌 정도가 되면 미궁의 구조를 바꾸는 것도 불가능하지만 은 않다.

물론 성좌에게도 막대한 자원이 드는 일인지라, 언제나 아무 때나 이럴 수 있는 건 아니다. 어느 정도 자원에 여유가 있는 성 좌라도 성좌 자리를 내놓을 각오 정도는 해야 할 수 있다.

그러나 여기, 13층은 나 혼자 있는 층이다. 게다가 그 구조는 3층과 유사하기까지 하고.

그러니 13층을 3층으로 뒤바꾸는 것 자체는 비싸게 먹히기는 하나 아주 불가능하지만은 않으리라. 애초에 나 혼자 다른 게임 을 하는 게 특이한 것이지, 이게 원래 13층의 형태였다는 것까지 감안하면 더욱 그렇고.

그러나 여기서 중요한 건, 아무리 깎고 깎아도 미궁의 구조를 바꾸는 건 공짜가 아니라는 점이다.

아무 목적도 없이 그냥 돈만 뿌리는 인간은 얼마 없다.

물론 미친 인간이라면야 이야기가 달라지지만.

그렇다면 [비의 계승자]가 미쳐 버린 것일까?

…나는 반반으로 봤다.

그냥 미쳤을 확률 반.

나머지 반은 역시 나를 끌어내기 위함이겠지.

"어쩔까요?"

판단하기가 어려웠기에, 나는 여신에게 물었다.

현재 내 행운은 80.

여신의 호의를 믿어 보기에 충분한 능력치다.

[행운의 여신은 성상을 집어 보는 것도 나쁘지는 않겠다고 말

합니다.]

여신의 대답에 나는 고개를 한 번 끄덕이고, 곧장 성상에 손을 댔다. 여신의 호의를 믿는 것도 믿는 것이지만, 설령 불상사가 생기더라도 [황금열쇠: 우대권]으로 어떻게든 해결되리라고 내다봤기 때문이다.

이 우대권도 여신으로부터 받은 거니, 어느 쪽이건 여신을 믿는 것이긴 하다.

반대로 상대인 [비의 계승자]에게선 악의를 경계한 것이었지만.

[비의 계승자가 당신에게 반갑게 인사합니다.]

재회한 [비의 계승자]는 그저 해맑기만 했다.

왜, 왜 저러지?

[비의 계승자는 당신이 새로운 비의 계승자가 되어 줄 것이라 기대하고 있습니다.]

[행운의 여신이 끼어들어 웃기지 말라고 쏘아붙입니다.]

[비의 계승자는 너털웃음을 터트리며 당신의 [지식] 능력치를 가리킵니다.]

[지식 62]

[비의 계승자는 이대로만 하라며 즐겁게 웃습니다.]

[행운의 여신이 비의 계승자에게 당신의 [행운] 능력치를 공개합니다.]

[행운 80]

아니, 여신님. 이런 개인 정보를 제 동의도 안 받고 공개하시면 제가 좀 곤란합니다만.

[비의 계승자의 얼굴이 차갑게 굳습니다.]

[행운의 여신이 통쾌하게 웃습니다.]

[비의 계승자가 당장 [지식]에 투자하라라며 당신을 윽박지릅니다.]

[행운의 여신이 웃는 낯으로 막아섭니다.]

[비의 계승자가 행운의 여신에게 침을 뱉습니다.]

[행운의 여신이 피합니다.]

보고 있으려니 재밌네. 어디 팝콘 없나?

그러나 이런 생각을 할 수 있었던 것도 잠시였다.

[비의 계승자의 침이 당신에게 맞았습니다.]

아니, 무슨!

—[지식] +17

—[위대한 지식]이 당신의 정신을 침범합니다.

—[불변의 정신+]이 [위대한 지식]에 저항합니다.

—저항 성공!

—당신은 제정신입니다.

지난번엔 이 정도 시점에서 기억이 없어졌는데, 지금은 어마어마한 두통을 느끼곤 있어도 어쨌든 정신을 차리고는 있다.

[불변의 정신+] 덕을 톡톡히 보고 있는 셈…….

…그런 건 모르겠고 머리가 아프다!

"으아악, 개■■!!"

내 입에서 나온 욕설이 자동으로 기괴하게 필터링 되는 감각은 기이하기 짝이 없었다.

더 정확히는 그런 감각에 신경 쓸 여유가 없었다.

나는 치유의 샘물 속에 내 머리를 처박고도 모자라서 용케 하이 엘프로 종족 변경을 하고 운디네까지 불러낼 생각을 했다.

사실 생각 같은 건 안 했다. 그냥 했다.

[비의 계승자가 분노합니다.]

[행운의 여신이 비의 계승자를 비웃습니다.]

[비의 계승자가 채널을 끊고 떠나갑니다.]

"으……."

나는 그대로 정신을 잃었다.

*　　　　*　　　　*

개인적으로는 약간 고통스러웠지만, 이번 사건으로 얻은 것은 생각보다 많다.

먼저 성좌에 관해서.

설령 성좌와 채널이 끊어졌다고 하더라도, 해당 성좌는 나를 엿볼 수 있다.

정확히는 부여한 능력치의 증감을 파악할 수 있는 것이리라.

아니, 그거 밖에 모를 수도 있었다. 나 자신을 엿봤다고 하기엔, [비의 계승자]가 나에 대해 아는 것이 너무 적었다.

고작 [지식 62]를 찍어 둔 것만 보고 희희낙락해 막대한 자원을 소모해 가며 미궁의 구조까지 변경해 나와의 채널을 되살리려고 든 것을 보자.

이러한 [비의 계승자]의 행동은 나의 추론이 단순한 추측에 불과하지만은 않다는 방증이라 할 수 있다.

하지만 내가 [지식 62]를 달성한 건 6층이었는데 [비의 계승자]는 왜 이제야 내 앞에 나타났을까?

그냥 지금 알아서? 그럴지도 모르겠다.

그래도 그보다는 13층을 3층으로 바꾸는 게 가장 경제적이어서 그랬으리라는 추측이 좀 더 그럴듯해 보인다.

그리고 또 하나.

성좌는 채널이 연결된 모험가에게 자신이 관장하는 능력치를 부여하고, 모험가가 그 능력치를 올리면 뭔가 얻는 게 있을 것이라는 가설이다.

사실 이미 [행운의 여신]의 사례로 대충이나마 눈치를 챈 사항이긴 했다.

그냥 행운 높은 사람 좋아하는 것 치고는 나한테 과하게 친절해졌거든.

그런데 이게 이번 [비의 계승자]의 태도로 더욱 확실해진 셈이다.

더군다나 [비의 계승자]는 내 지식 능력치를 보고 '새로운 비의 계승자'가 되어 달라는 의미심장한 발언까지 했다.

그 직후, [행운의 여신]이 나의 행운 능력치를 공개하자 좌절하고 분노하기까지 했다. 이러한 일련의 흐름으로 미루어 볼 때, 또 하나의 추측이 가능해진다.

성좌에게서 부여받은 특별 능력치를 다른 특별 능력치보다 높게 찍으면 해당 성좌가 뭔가 유리해지는 게 아닐까 하는 점이다.

[비의 계승자]가 채널을 끊고 나가기 직전, 내게 [지식]에 투자하라며 옥박지른 것에서 할 수 있는 추측이다.

더불어 지금 [행운의 여신]이 성좌치곤 이상할 정도로 내게 길고 상세한 메시지를 자주 보낼 수 있는 것도 이것과 관련이 있으리라.

그러니 만약 [지식]이나 [혈기] 같은 위험한 능력치를 [행운]보다 높게 찍었다간 뭔가 안 좋은 일이 일어날지도 모른다는 추론 또한 가능하다.

이렇게 보면 [행운의 여신]이 나를 보호하고 있는 셈이 되나?

이건 너무 나한테 유리하게 해석한 것 같으니 일단 덮어 두자.

그리고 단순한 정보가 아닌 실질적인 이득도 보았다.

[지식 79]

이번에 정신적인 고통을 감수한 덕에 능력치 투자 없이 [지식]이 17이나 올랐다.

이것으로 기존의 마법이 더 강력해진 것은 물론, 새로운 마법 또한 사용할 수 있게 되었다.

그 마법이란 [죽은 자와의 대화]였다.

이 마법은 [별의 지식]을 통한 소환 계열의 마법으로, 시체나 유품을 매개로 죽은 자의 영혼을 불러와 대화하는 마법이다.

이렇게 불러온 죽은 자의 영혼은 살아 있는 자를 질시해 거짓을 말하거나 묵비권을 행사할 경우가 많다고 한다.

하지만 내게는 이게 그리 큰 문제가 되지 않는다.

왜냐하면 내게는 [비밀 교환+]이 있으니까.

불러서 비밀 하나 먹이고 내가 원하는 비밀을 뱉어 내게 만들면 끝이다.

말을 걸 필요조차 없다. 아이콘만 만들고 쓰면 되니까.

그런 의미에서 볼 때, 나와 궁합이 잘 맞는 마법이라 할 수 있었다.

뭐, 결과적으로는 이득을 봤다.

결과적으로는 말이다.

다만 [비의 계승자]를 만날 때마다 내 정신이 지나치게 깎여나가는 건 좀 문제였다.

더욱이 [비의 계승자]를 상대할 때만큼은 여신이 내 몸의 안위보다는 자기 재미를 우선시하는 경향도 보였다.

적어도 [비의 계승자]에 얽힌 일에 대해서만큼은 여신을 신뢰하지 않는 게 좋을 것 같다는 게 내가 이번에 얻은 교훈이었다.

그리고 이 교훈은 그저 나 혼자 담아 둔다고 되는 일이 아니다.

나는 진실을 알 권리가 있다.

"여신님, [비의 계승자]와는 사이가 나쁘십니까?"

모르는 건 물어본다.

이것이 인생의 진리지.

[행운의 여신이 그렇다고 말합니다.]

생각했던 것보다 쿨한 인정이다.

"대체 왜 나쁘신 겁니까?"

[행운의 여신이 말할 수 없다고 합니다.]

하지만 인정이 빨랐다고 해서, 답을 해 준다는 보장은 없었다.

"그렇군요."

하지만 이런 일에 두 번이나 휘말린 이상 '아, 그렇습니까?' 하고 그냥 넘어갈 순 없다.

"[비밀 교환]을 사용하겠습니다."

따라서 나는 선언했다. 그냥 선언만 한 건 아니었다.

인벤토리 구석에 처박아 놨던 [행운의 여신 성상]까지 꺼내며 한 협박이었다.

[행운의 여신이 알았다고 외칩니다!]

[행운의 여신이 아니, 말해 주겠다고 정정합니다.]

진작 그럴 것이지.

나는 [행운의 여신 성상], 정확히는 성상 위에 떠오른 [비밀 교환] 아이콘을 향해 가리키고 있던 손가락을 천천히 치웠다.

＊　　　　＊　　　　＊

[행운의 여신]은 긴, 아주 긴 이야기를 했다.

개인 노트에 모두 기록하자면 5700자를 넘어가는 내용이었으나, 간단하게 한 줄로 요약하자면 이런 내용이 된다.

"그러니까 [비의 계승자]와는 종교적인 견해 차이로 다투신 거로군요."

[행운의 여신]은 [비의 계승자]가 [위대한 지식]을 곡해하고 그릇된 '바깥 존재'를 끌어들였기 때문에 싫어했다.

이걸 더 심플하게 줄이면 내가 한 말이 된다.

[행운의 여신이 아니라고 대답합니다.]

[행운의 여신이 잠깐 생각합니다.]

[행운의 여신이 생각해 보니 그게 맞을 수도 있겠다고 대답합니다.]

몇 초 후.

[행운의 여신이 역시 아니라고 외칩니다!]

하나만 하시죠, 하나만.

아무튼 그런 사소한 걸로 날 괴롭히지 말라고 말하고 싶었지만 진짜 말하면 화내겠지.

　종교적인 이유란 게 다 그렇지, 뭐.

　옆에서 보기엔 별거 아닌 걸로 본인들은 목숨까지 걸어 대니.

　"아무튼 알겠습니다."

　괜히 [행운의 여신]까지 화나게 만들 이유가 없었기에, 나는
이 이야기는 그만하기로 마음먹었다.

　[행운의 여신이 '아무튼'은 뭐냐고 되묻습니다.]

5장
—

제14층

[행운의 여신]이 [비의 계승자] 상대로 왜 저러는지는 이해했다.

하지만 이해는 했어도, 납득이 안 가는 건 마찬가지였다.

[행운의 여신]이 칩이라는 성상을 칩었다가 괜히 [비의 계승자]의 침이나 맞았으니 말이다.

침 맞고 [지식] 17이 올랐다고 한들, 기분이 나쁜 건 나쁜 거다.

심지어 나는 그냥 기분이 나쁜 것에서 그치지 않고 무지 아프기까지 했다. 이걸로 납득할 수 있을 리가 없지 않은가?

"여신님?"

나는 그냥 여신을 부르기만 했다.

[행운의 여신이 입을 다뭅니다.]

그런데 반응이 이렇다.

"……."

그래서 나도 입을 다물었다.

[행운의 여신이 고민합니다.]

[행운의 여신이 고민합니다.]

굳이 같은 메시지를 두 번 출력하는 이유가 뭘까?

별로 중요한 메시지도 아닌 것 같은데?

그러든지 말든지 나는 묵비권만 계속 고수했다.

약 3분 후.

[행운의 여신은 행운 85가 되면 축복 하나를 더 내려 주겠다고 약속합니다.]

"오, 네. 알겠습니다."

고민이라는 건 중요한 거지. 두 번 출력해 마땅했다.

아무튼 그 약속 하나로 만족한 나는 13층을 뒤로 하기로 했다.

아니, 3층이었나? 어느 쪽이든, 여기 남아 있을 이유가 없었다.

몬스터도 다 죽였고, 비밀도 모두 찾았으니.

"으, 재수 없는 층이었어."

얻은 게 없는 건 아니지만 묘하게 재수가 없다.

이것이 내 결론이다.

"이제 13층 쪽으로는 오줌도 안 싼다!"

그런 말을 남기고, 나는 출구로 뛰어들었다.

*　　　　　*　　　　　*

미궁 14층은 어떤 의미에선 13층과 유사한 점이 있다.

무엇이 유사하냐면, 13층이 3층과 닮았듯 14층은 4층과 닮았다는 점이다.

사실 이것을 제외하면 비슷한 점이 거의 없다.

다섯으로 이뤄진 모험가 파티가 몰려오는 고블린들을 죽이고 적측 치유의 샘물을 점령해야 한다는 것은 4층과 같다.

그러나 14층이 4층과 다른 점은 반대편에도 모험가가 배정된다는 점이다.

[Tip!]: 14층에서는 적팀의 모험가를 죽여도 부활합니다. 죽은 '적' 모험가는 일정 시간이 지나면 치유의 샘물 근처에서 되살아납니다.

[Tip!]: 14층에서는 모험가를 죽여도 경험치를 얻을 수 있습니다. 단, 같은 모험가를 여러 번 죽이면 얻는 경험치가 점점 감소합니다.

[Tip!]: 적팀 모험가를 여러 번 죽인 모험가에게는 '현상금'이 붙습니다. '현상금'이 붙은 모험가를 죽이면 현상금으로 '미궁화폐'를 얻습니다.

정상적인 사람이라면 여기서 '아, 적팀 모험가를 골고루 죽여야겠다'라고 생각할 것이다.

그러나 세상 어디에나 있듯 미궁에도 비정상적인 사람이 있다.

아니, 사실 많다.

그 비정상적인 사람은 이렇게 생각할 것이다.

'아군 모험가를 죽여도 경험치를 얻겠구나!'

물론 누구나 생각은 할 수 있다.

하지만 행동으로 옮기는 건 다르다.

그런데 미궁은 행동력이 좋은 비정상인을 좋아한다.

아니나 다를까, 아군을 살해한 비정상인에게 경험치라는 보상을 칼같이 내어 준다.

사람에게 있어 보상은 행동의 근거가 된다.

미궁 14층에서 아군 모험가 살해를 저지르고 미궁으로부터 보상을 받은 경험을 한 모험가는 열에 아홉은 살인마가 된다.

애초에 보상보다 도덕심을 우선시하는 멀쩡한 모험가라면 처음부터 살인을 저지르진 않았을 테니, 단순히 살인마가 본성에 눈을 뜬 것에 가깝겠지.

예외는 몇 없다.

먼저 공격받고 반격하다가 실수로 죽이게 된 경우 정도일까.

소설이나 영화에선 자주 나오는 케이스지만, 실제로는 그리 흔하지 않은 사례다.

왜냐고? 현실에선 선공을 가한 쪽이 절대적으로 유리하기 때문이다.

그것도 아군이라고 생각했던 상대에게 등 뒤에서 기습적으로 찔리면 그냥 죽는 게 보통이다.

그런데 이런 식으로 살인을 저지른 모험가도 절반 이상이 살인마가 되어 버리는 게 미궁의 오묘한 맛이다.

가해자가 된 피해자랄까.

여기서 또 하나.

미궁의 팁은 적 팀의 모험가가 죽어도 부활한다고 했지, 아군의 모험가가 부활한다고는 하지 않았다.

그렇다. 아군에게 살해당한 모험가는 부활하지 않는다.

이 '페널티'는 살인자 본인에게 있어서는 강력한 이점으로

탈바꿈한다.

죽은 자는 말이 없으므로, 죽여서 이득을 얻고 입만 닦으면 아무런 손해도 보지 않기 때문이다.

정상인이라면 이렇게 생각하지 않겠지만.

죄책감 같은 것부터 느끼겠지만.

비정상인은 다르다. 안타깝게도, 멸망한 지구에서 불려 온 미궁의 모험가 중 정상인의 비율은 낮다.

그렇다 보니, 14층에서 사단이 나는 건 차라리 필연에 더 가까웠다.

*   *   *

김민수가 죽었다.

살해당했다.

적에게 죽었다면 부활했을 테니, 아군에게 죽은 것이다.

이 사실을 알아차리는 데에도 시간이 좀 걸렸다.

"어… 마지막 한 분이 회귀자님이시네요!"

"와, 이제 우리 이긴 거나 다름없네!"

14층 입구 치유의 샘 주변에 도란도란 앉아 있던 모험가 세 명이 내게 반갑게 말을 건넸다.

들어오자마자 본 광경이 이거였다.

보자마자 느낀 것은 당연히 부자연스러움이었다.

왜 세 명뿐이지? 아직 한 명이 안 왔나?

랜덤으로 팀이 잡혔을 텐데, 왜들 이렇게 벌써 친하지?

이 모든 위화감은 네 명으로 게임이 시작되자마자 확신으로 뒤바뀌었다.

이들 사이에 존재하는 기묘한 친근감은 공범자의 동지 의식이었다.

그리고 이들이 저지른 범죄란 당연히 살인. 그 희생양이 김민수라는 걸 알아차린 건 [죽은 자와의 대화]를 사용해 희생자의 영혼을 불러내고 나서부터였다.

"…네가 왜 벌써 죽었냐?"

─뭐, 죽을 수도 있죠.

죽은 김민수보다 오히려 내가 더 충격을 받았다.

그도 그럴 법하지.

내게 있어서 김민수는 인류 최강의 모험가이자 인류의 마지막 희망, 더불어 최악의 살인마였으니.

녀석이 죽이면 죽였지, 희생당하리라고는 예상하지 못했다.

아무튼 나는 녀석으로부터 진상을 들었다.

─제가 회귀자님과 친해 보인다고 해서요.

김민수 본인이 직접 밝힌 살인자들의 범죄 동기는 이것이었다.

"…너 나한테 죄책감 주려고 일부러 그러는 거 아니지?"

─제가요? 왜요?

김민수는 정말 영문을 모르겠다는 듯 반응했다. 하긴 그럴 테지.

이 김민수는 지난번의 김민수와는 다르다.

물론 힘을 얻고 권력을 잡으면 지난번처럼 돌변할 확률이 낮지는 않겠지만, 이제는 그럴 확률은 0에 수렴했다.

왜냐면 죽어 버렸으니까.

나는 일단 12층에서 얻은 [제령된 흑요석 단도]에 김민수의 영혼을 머물게 했다.

이유는… 모르겠다.

충동적인 결정이었다.

아무튼 김민수의 영혼이 단도에 머물자, 아이템의 이름이 [영혼 깃든 흑요석 단도]로 바뀌었다.

―편안한 집이로군요. 살아 있을 때보다 더…….

악령이 머물던 단도라 평범한 영혼이 머물 수 있나 싶긴 했지만, 밑져 봐야 본전인지라 그냥 있어 보라고 했더니 이런 반응이 돌아왔다.

뭐, 편하다니 다행이라고 해야 하나.

나는 깊게 생각하지 않기로 했다. 혹시 김민수가 악령인 건 아닐까? 하긴 예전엔 좀 악령 같긴 했지.

…이런 생각을 할 때가 아니었다.

지금 깊게 생각해야 할 건 다른 거였다.

김민수를 죽인 살인자들을 어떻게 처리해야 할까?

앞서 말했듯 한 번 같은 모험가를 먼저 기습해 죽여서 이득을 본 살인마가 살인을 멈추는 경우를 본 적이 없다.

이대로 방치하면 야금야금 다른 모험가들을 사냥해 숫자를 줄이고, 그 결과는 이번에도 미궁 공략을 실패하는 것으로 이어질 공산이 컸다.

애초에 이 분야의 끝을 본 이가 지난번의 김민수였다.

그저 경험치와 아이템만을 먹는 이번 살인마와 달리, 지난번의 김민수는 죽인 모험가의 시체를 인형으로 만들어 그 고유 능력까지 활용했다.

그럼에도 불구하고 지난번의 김민수가 결국 실패했다는 것을 생각하면 살인마의 방법론이 틀렸다는 결론을 내는 것은 매우 쉬운 일이었다.

당연한 이야기지만 미궁에는 법도 경찰도 없다.

그러니 내가 심판한다.

내가 내릴 판결은 당연히 사형이다.

*   *   *

죄인들을 심판함에 앞서 먼저 생각해야 할 것이 있다.

다른 사람들이 나의 심판을 어떻게 여길지에 대한 것이 그것이다. 물론 그냥 죽여 버리는 것도 한 방법이 될 수 있다.

하지만 이러면 다른 사람들이 나를 폭군으로 여기고 경계심을 품게 될지도 모른다.

그건 곤란하다. 최대한 많은 사람이 내 공략을 믿고 미궁을 공략해야 더 많이 살려서 하층으로 인도할 수 있기 때문이다.

이 상황에서 내가 사람들의 불신이나 의심을 사는 것은 곤란하다.

사실 나는 이미 두 번이나 모험가를 살해한 적이 있지만, 그때는 이런 걱정을 할 필요가 없었다.

그 두 번은 나를 건드린 놈에 대한 반격이었다. 즉, 다른 사람들에겐 '나를 직접 건드리지만 않으면 안전하다'는 심리적인 안

전망이 작동한다.

그러나 이번 일은 다르다.

내가 없을 때 벌어진 일, 나와 관계없는 일에 개입하는 것이므로.

사람들도 다르게 받아들일 공산이 충분했다.

따라서 이 일은 비밀리에, 소문이 나기 전에, 순식간에 처리해야 했다.

내게 사냥당하는 살인자가 커뮤니티에 글을 올릴 시간만 주더라도 작전은 실패한 것이나 다름없다.

귀신같이 죽이고 유령같이 사라진다.

이것이 이번 작전의 필수 요소였다.

*   *   *

"14층의 공략은 숙지하고 있나? 커뮤니티에 올려놨으니 안 본 사람은 지금이라도 봐 둬라. 뭐, 어려울 건 없다. 4층이랑 유사하니 말이야."

"일단 내가 치유의 샘을 지키겠다. 너희는 각기 길 하나씩을 맡아서 타워를 낀 상태로 충분히 적을 죽이고 레벨 업을 해라."

"가기 전에 음식을 먹고 가라. 배가 불러야 싸울 수 있을 테니. 자, [황금 킹곰탕]이다. 같은 팀이니 주는 거다."

어차피 죽일 살인자들이니 친절하게 대할 필요는 없음에도 불구하고, 나는 친절하게 굴었다.

이게 다 계획이 있어서 그렇다.

—퍼스트 블러드!

―더블 킬!

―아군이 학살 중입니다.

―아군이 미쳐 날뛰고 있습니다.

―에이스!

필드에서의 싸움은 아군이 일방적으로 이기고 있었다.

괜히 살인자들이 아닌지 전투력이 상당하다.

거기다 내가 [황금 킹곰탕]를 줘서 능력치까지 올려놨으니 평범한 모험가가 상대하기는 버거울 것이다.

마지막으로……

[이철호]: 탑, 그쪽으로 세 명 간다. 정글로 피신해라. 미드, 탑이랑 합류해서 길목에 매복해라. 좋아, 온다. 지금 기습해라.

내 오더가 결정적이었다.

[망원]을 써 가며 적 모험가의 위치를 파악하고 [텔레파시]로 적재적소의 오더를 내리고 있었다.

물론 아무리 내가 오더를 해 줘도 질 놈은 진다.

5:3을 해도 진다.

그러나 이놈들은 3:5를 이기고 있었다.

꽤 센 놈들인가?

나는 노트를 펴서 놈들의 능력을 확인했다. 그리고 납득했다.

아, 꽤 센 놈들이구나.

정확히는 전투에 도움이 되는 고유 능력을 지닌 거지만, 미궁에선 같은 말이다. 이렇게 센 놈들을 여기서 다 죽이고 내려가야 하는 건 좀 아깝긴 했다.

아니지, 이놈들은 유효한 전력이 아니다.

내부의 적이다. 언제든 아군에게 칼을 들이댈 수 있는 놈들을 아까워하는 것도 이상하다.

내가 잠시 무뎌졌던 살의를 다시금 벼리고 있는 중에도 게임은 계속해서 진행되었다.

이윽고 아군 모험가들에게는 예쁘게 현상금이 걸렸고 적 모험가는 너무 자주 죽는 바람에 부활 대기 시간이 길어지기 시작했다.

내가 바라던 상황이 만들어지고 있었다.

"곧 복수하게 해 주마, 김민수."

─딱히 복수하고 싶은 생각은 없습니다만. 그보다 여기 너무 편한 것 같습니다.

흑요석 단도 안이 그렇게 편한가?

궁금하긴 했지만, 죽어서 들어가 볼 마음은 영 들지 않았다.

*   *   *

[이철호]: 잘했다. 레벨이 충분히 올랐군. 적들도 다 죽어서 방해받을 일도 없겠다, 용을 잡으러 가도록 하지.

정확히는 용이 아니라 드레이크지만, 그 사실은 누구에게도 중요하지 않았다.

"용!"

"용을 잡는다고? 우리가?"

"당연하지! 회귀자님이 계시잖아!!"

살인자들은 흥분해서 외쳤다.

"저… 아무래도 눈치 못 채신 거 같지?"

그러나 한 명은 아니었다. 놈이 지금 느끼고 있는 감정은 죄책감과는 거리가 조금 있지만, 적어도 자신이 벌인 일에 꺼림칙함 정도는 느끼고 있는 듯했다.

"조용히 해, 멍청아. 말 안 하고 있으면 안 들켜."

다른 놈이 금방 낮은 목소리로 읊조렸다.

그런데 그 목소리에 반박이 들어왔다.

"아니, 내가 보기엔 다르다."

"응? 뭐?"

"이건 그냥 봐주시는 거지."

평범한 톤의 목소리로, 놈은 자신만만하게 말했다.

"우리가 좀 유용한 능력을 지녔잖냐. 11층에서 직접 말씀드리기도 했으니 기억하고 계시겠지. 그러니까……."

"김민수, 그 새끼보다 우리가 더 중요하니까 그냥 모르는 척하고 계셔 주시고 있다는 거?"

"이제야 좀 알아듣는군."

자신만만한 놈이 혀를 차며 고개를 끄덕였다.

"그래도 어디 가서 자랑할 일은 아니야. 어디까지나 그냥 넘어가 주시는 거니 우리가 먼저 말하면 안 된다. 이 정돈 너희도 알겠지?"

"당연하지. 바보 취급하지 마."

"아, 알겠어……!"

그렇게 작당을 마친 살인자들은 드레이크의 둥지 앞에서 회귀자 이철호를 기다렸다.

[이철호]: 도착했다. 먼저 진입해라.

"알겠습니다!"

얼마 남지 않은 커뮤니티 점수를 아끼기 위해, 살인자들은 육성으로 외치며 둥지로 진입했다.

완전히 이철호의 오더를 신뢰하는 모습이었다.

그럴 만도 했다. 이철호의 오더 덕에 그들은 수적 열세에도 불구하고 이제껏 연전연승을 거뒀으니 말이다.

반복 학습의 효과가 이렇게나 좋았다.

*　　　　*　　　　*

드레이크 둥지의 반대편에서, 나는 살인자들의 대화를 듣고 있었다.

"흠, 이렇게나 믿어 주다니. 그 믿음을 배신할 입장에서는 조금 죄책감마저 느껴지는데?"

―그럼 안 하시면 되잖습니까?

"네가 그렇게 해탈해 버린 인간일 줄은 몰랐군. 그러다 열반에라도 오르겠어?"

―제 생각엔 여기가 열반입니다.

[영혼 깃든 흑요석 단도]에서 들려오는 목소리에는 전심이 담겨 있었다.

"그래, 너를 위한 거라는 위선은 집어치우지."

나는 단도를 역수로 쥐며 읊조렸다.

"이건 나를 위한 거야."

나는 나의 욕망을 위해 이제부터 저것들을 쳐 죽일 것이다.

더 많이 살려서 아래로 내려가기 위해.

그리고 그것은 오로지 미궁의 클리어를 위함이고.

미궁의 클리어를 바라는 이유 또한 단 하나였다.

내 소망, 내 희망.

인류 문명의 부활.

아무리 희박한 희망일지언정 그것이 마지막 지푸라기라면 잡지 않을 수 없는 것이 인간이다.

오직 그 희망을 위해 나 또한 사익을 위해 살인을 저지르려고 한다.

이중 잣대이고, 위선이며, 그 본질은 사악일지라도.

나는 마지막 지푸라기를 움켜쥔 손아귀를 펼 생각이 없다.

[이철호]: 진입한다.

나는 드레이크의 둥지 입구를 통해 돌입한 살인자 친구들을 정확히 노려보면서 벽을 넘어 둥지 안으로 진입했다.

드르르르륵!

[신비한 화살]이 연이어 쏟아져 나가 드레이크의 등 부위 비늘을 파헤쳤다.

기습에 놀란 드레이크가 놀란 그때, 나는 [텔레파시]를 사용해 오더를 내렸다.

[이철호]: 지금이다. 놈의 배후를 노려라!

"이야아아아아압!"

"으아아아아아!"

"죽여 버리겠다!"

살인자들이 각양각색의 외침과 함께 무기를 들고 둥지 안으로 완전히 진입했다.

됐다.

사정거리 안에 들어왔다.

나는 내 안의 신비를 거침없이 끌어올렸다.

문자 그대로, 폭발적으로.

[신비한 폭발].

다른 목격자가 될 적 모험가들은 모두 죽어 부활 대기 시간에 걸려 있었다. 이전 과정에서 살인자들에게 미리 오더를 하며 대답을 종용해 커뮤니티 점수도 깎아 놓았다.

이 모든 조치는 보험에 지나지 않았다.

왜냐하면 내 배신에는 1초조차 걸리지 않았으니.

1초의 수백, 수천분의 1.

단 한 순간.

번쩍.

아무런 전조 없이 발한 [신비한 폭발]이 깔끔하게 세 살인자와 드레이크를 한꺼번에 덮쳤다.

*　　　　*　　　　*

살인자들을 죽임으로써 내가 얻은 것은 단순히 미래에의 희망뿐만이 아니었다.

놈들을 처치하자 내 인벤토리에 짤랑짤랑하고 쌓이는 게 있었다.

─현상범 처치!

─현상범 처치!

─현상범…….

그것은 바로 이들에게 걸려 있던 현상금이었다.

"이건 예상 못 했는데."

아군을 죽여도 현상금을 획득할 수 있다는 것은 몰랐다.

아니, 진짜 몰랐다.

나는 7층 붙박이라 14층에 와 본 적도 없고 다른 모험가의 공략을 봐야 했는데, 그들 중 그 누구도 이런 내용을 말해 주지 않았기 때문이다.

─진짜 예상 못 하신 건 아니죠?

"…뭐, 가능성을 보긴 했지."

당연한 이야기지만 자기가 아군의 등에 칼을 찌른 범인이란 걸 공용 커뮤니티에다 대고 실토할 정도로 정신 나간 모험가는 적었다.

아예 없진 않았지만.

그게 김민수였지.

하지만 김민수가 독보적인 성장을 이루고 모험가들을 죽여 인형으로 만들어 댄 건 나중 일이다.

적어도 14층 시점에서 아군 살해를 저지른 모험가 중에선 그런 놈이 없었다.

그러니 내가 몰랐지. 그럼에도 내가 가능성을 봤다고 한 이유는 14층 입장 때 본 팁 때문이다.

[Tip!]: 적팀 모험가를 여러 번 죽인 모험가에게는 현상금이

붙습니다. 현상금이 붙은 모험가를 죽이면 현상금으로 '미궁 화폐'를 얻습니다.

팁에는 '현상금이 붙은 모험가'라고만 했지, '적 모험가'라고는 명시되어 있지 않았다. 그러니 미궁이 제시한 이 팁은 교묘하게 아군을 살해해도 현상금을 받을 수 있을지도 모른다고 힌트를 주는 것이나 다름없다.

미궁 금화: 212개.

그리고 진짜 줬다. 그것도 금화로, 12개나.

물론 한 번 벌 때마다 금화 100개씩 땡기는 내가 할 말은 아니긴 하지만, 보통 모험가들 입장에서 금화 12개는 상당한 금액이다.

이 정도면 살인을 망설이지 않을 정도는 된다.

이거, 미궁이 아군 살해를 권장하는 거나 다름없지 않나?

하긴 미궁은 늘 이런 식이지.

놀랄 일도 아니다.

[서브 퀘스트: 레드 드레이크 처치]

[레드 드레이크는 건방집니다. 레드 드래곤도 아닌 주제에 레드 드래곤인 것처럼 굴죠. 죽여도 되살아나니, 여러 번 죽여서 버릇을 고쳐 놓으십시오. 보상이 있습니다.]

[처치회수: 1/5]

[퀘스트 성공 공통 보상: 레벨 +1]

[기여도에 따라 추가 보상이 주어집니다.]

4층에서도 나왔던 서브 퀘스트가 여기에서도 나왔다.

드레이크의 이름 앞에 '레드'가 붙었다는 차이점이 있긴 하지만, 내게는 별 차이가 없다.

다만 안타까운 점은 4층과 달리 14층의 모험가수는 10명이고, 따라서 내 레벨이 층의 평균 레벨 상승에 기여하는 정도 또한 반토막이 되었다.

이것이 뜻하는 바는 심플하다.

"이젠 드레이크는커녕 레드 드레이크가 나와도 경험치를 못 먹는군."

레벨 차이가 너무 큰 탓이다.

어쩔 수 없지.

그냥 다섯 번만 처치해서 서브 퀘스트 보상만 타 먹고 넘어가는 게 나을 것이다.

상황이 이렇게 되고 보니 보상 쪽에 시선이 간다. 그래도 퀘스트 보상으로 레벨 하나라도 오르는 게 어딘가?

"…적 팀 모험가들이 리젠 되기 전에 게임이나 끝내 둬야겠군."

14층의 패배 팀은 어디로 가는 것인가? 여러 번 죽었으니 죽은 채로 끝나 버리는 것인가?

이 질문에 대한 해답은 '아니다'이다.

죽은 채로 패배하면 15층 치유의 샘에서 부활하며, 죽지 않은 채로 패배하면 승리한 팀의 팀원들과 함께 출구를 통해 15층에 내려갈 수 있다.

이 시스템을 이용해, 나는 패배 팀의 팀원들을 15층으로 직행시킬 참이다.

이유는 물론 그들에게 내가 저지른 범죄를 들키지 않기 위해.

살인자들이 적 팀을 하도 많이 죽여 대는 바람에 부활 시간이 한도 끝도 없이 늘어난 상태였다.

그들이 부활하려면 적어도 5분 이상은 지나야 할 것이다.

그리고 5분이면 천하도 훔칠 수 있는 시간이다.

아니, 이게 아니라.

게임에서 승리를 거두기에 충분한 시간이다.

―잠시만요, 회귀자님.

"음? 뭐지?"

―저들의 시체, 제가 먹을 수 있을 것 같습니다만.

너무 의외의 발언에 나는 잠깐 뇌정지가 온 것을 느꼈다.

"…뭐?"

―제가 미리 말씀드리지 않았었나요? 제 고유 능력은 [시체 먹기]입니다.

물론 들은 적은 없다. 하지만 나는 이미 알고 있었다.

이젠 죽어 버린 김민수에게 굳이 [비밀 교환]을 숨길 이유는 없지만, 지금 와서 따로 밝힐 이유도 없었기에 나는 뻔뻔해지기로 했다.

"그걸 이제 알았군. 그런데, 그래서?"

―사실 얼마 전에 [시체 먹기]가 강화되면서, 모험가의 시체를 먹으면 대상의 고유 능력을 취득할 수 있는 능력이 추가되었습니다.

그건 몰랐다.

지난번에는 [시체 먹기]에 당첨된 모험가가 금세 죽어 버려서 알 수가 없었지.

설령 그 모험가가 [시체 먹기]를 강화시켰더라도 이런 으스스한 변경점을 다른 사람에게 떠들고 다니진 않았으리라.

그런 의미에서 보자면 [비밀 교환]의 능력과 정체를 처음부터 떠들고 다닌 지난번의 김민수가 난 놈은 난 놈이다.

난 놈이 아니라 미친놈인가. 여튼.

"단도로 시체를 찌르면 되는 거냐?"

―그것까진 제가 모르지만, 일단 한번 해 보시죠.

무슨 일이 일어날지도 모르는데 일단 해 보고 말하자니. 거참, 이놈도 천상 모험가다.

"좋아."

나는 상반신이 날아가 없어진 살인자의 시체에 단도를 푹 찔러 꽂았다. 그러자 시체가 단도 속으로 슈르륵 빨려들어 가는 것처럼 보이더니 사라져 버렸다.

물리 법칙을 무시하는 거야 뭐, 미궁에서는 이미 익숙해진 일이라 당황하지는 않았다.

"김민수, 너냐?"

―예. 왜 그렇게 물으십니까?

"아니, 살인자의 망령이 너 대신 들어 있을까 봐."

―아, 그럴 위험도 없진 않았군요.

모험을 즐긴 게 아니라 아예 생각도 못 한 거였냐.

그러고 보니 이 녀석은 미궁 최강의 모험가가 아니라 14층에서 드랍한 햇병아리 모험가였지.

나는 잠깐 반성했다.

―아무튼 성공적으로 [시체 먹기]가 발동했습니다.

"그러냐."

―나머지 두 구도 먹여 주시죠.

"실컷 먹어라."

어찌 보면 이것도 복수의 일환이 되리라.

본인은 복수할 생각이 없다지만, 사람 마음이란 게 원래 자기 자신도 잘 모르는 거니까.

적어도 여기서만큼은 녀석이 하고 싶은 대로 해 주기로 했다.

살인자의 시체 세 구가 단도 안으로 슈르륵 사라지는 광경은 어쩐지 조금 섬뜩하기도 했다.

상반신이 없어진 하반신에서 쏟아져 나온 피까지 다 삼켜 버리다니, 이거 증거 인멸에 최적 아닌가.

ㅡ됐습니다. 다 먹었습니다.

트림 같은 건 안 하나? 하긴 할 이유가 없지.

나는 이상한 생각을 하고 말았다는 걸 스스로 인정하며 단도를 거둬들였다.

ㅡ[시체 먹기]에 대해 더 설명 드리겠습니다.

아니, 왜?

ㅡ이 능력으로 집어삼킨 모험가의 고유 능력은 세 개까지 저장이 가능하고 두 개까지 활성화시킬 수 있습니다.

내가 물어보기도 전에 김민수가 떠들기 시작했다.

ㅡ두 개를 활성화시키려면 [시체 먹기] 능력을 잠시 꺼둬야 하지만요. 뭐, 아무튼 두 개까지입니다.

사실 이놈은 자기 능력에 대해 떠들지 않으면 안 되는 병에라도 걸렸던 게 아닐까?

내가 환자를 미친놈 취급했었군.

왠지 미안한 마음이 든다.

—인간의 몸이 아니라 단도에 깃들어 있는지라 몇몇 능력은 생전처럼 쓸 수 없겠습니다만, 아무튼 발동 자체는 제가 제어할 수 있습니다.

"그러니까, 뭐?"

—저를 활용해 주십시오.

김민수의 목소리는 의외로 결연했다.

하지만 끝까지 결연하지는 않았다.

—이렇게 좋은 집에 월세도 안 내고 살 순 없잖습니까?

"…그러냐."

농담처럼 말하고는 있지만, 아무튼 은혜는 갚겠다는 이야기인 것 같다.

"알았다."

—그렇게 말씀해 주셔서 다행입니다.

"그래서? 이번에 집어삼킨 고유 능력은 뭔데?"

—차례차례 설명드리겠습니다.

그렇게 운을 뗀 김민수는 마치 자기 카드의 능력을 설명하는 듀얼리스트처럼 설명을 시작했다.

—먼저 [날붙이의 대가]입니다.

[날붙이의 대가]: 날 달린 무기는 뭐든 잘 다루게 된다. 대가의 손에 들린 날 달린 무기는 항상 날카롭고 보다 잘 잘린다.

셋 중에서 가장 적극적으로 나서던 살인자의 고유 능력이었다.

능력만 봐도 괜히 가장 먼저 나서서 전투에 임한 게 아니란 걸 알 수 있었다.

대신 머리는 좀 나빠 보였지만, 아마 전투력은 그들 중 으뜸이었을 거다.

[지배자의 면모]: 모든 종류의 지배력이 대폭 강화된다.

셋 중에서 가장 소심해 보였던 살인자의 고유 능력이었다.

뭐, 반전이라면 반전이겠지만. 지배력 관련한 능력이나 기술이 없다면 말짱 헛 거다.

소심해 보였던 이유도 자기 능력을 발휘할 여지를 찾지 못했던 탓이겠지.

[명궁의 소양]: 투사체의 명중률, 위력, 사거리가 모두 조금씩 증가한다.

셋 중에서 그나마 머리를 쓰던 살인자의 고유 능력이다.

다만 내가 봐줄 거라는 결론을 내린 것에서 미루어 볼 때, 녀석은 머리를 쓸 뿐이지 딱히 좋지는 않았던 것 같았다.

능력의 '투사체'에는 단순한 돌팔매질부터 마법에 이르기까지 폭넓게 적용되었다.

심지어 [피투성이 피바라기의 전쟁검]으로 발동시키는 [피보라]마저도 투사체 판정이 떴다.

이것은… 좋은 것이다!

셋 다 내가 죽이는 걸 잠시나마 아까워했을 정도로 좋은 능력들이지만, 문제는 이걸 먹은 게 단도 안에 머무른 김민수라는 점이다.

이게 무엇을 뜻하느냐, 단도를 손에서 떨어뜨리면 능력을 적용받을 수 없다는 것을 뜻한다. 이렇다 보니 양손검부터 시작해서 활에 이르기까지 양손으로 다뤄야 하는 것들은 모두 걸러져 나간다.

그나마 [피투성이 피바라기의 전쟁검]이 한손검인 게 다행이다. 그 덕에 왼손에 단도를, 오른손에 전쟁검을 드는 방식으로 운용할 수 있었다.

문제는 내가 이런 방식의 운용에 익숙하지 않다는 건데, [날붙이의 대가]가 이러한 약점을 적당히 커버해 주었다.

[지배자의 면모]는 당연히 정령에의 지배력도 강화해 주었지만, 이것만 믿고 무분별하게 [운디네]를 강화하는 건 그리 현명해 보이지는 않았다.

안 그래도 하이 엘프 폼으로 밖에 [운디네]를 못 꺼내는데, 왼손 장비까지 단도로 강제당하면 다양한 상황에 대처하기 힘들다.

단도를 들고서나마 인간 폼으로 [운디네]를 운용할 수 있게 되었다는 점에 의의를 둬야 할 성싶다.

아, 앞서 김민수가 이미 설명하긴 했지만, 동시에 활성화할 능력의 수는 2개뿐이다.

그리고 김민수가 활성화할 능력을 교체하는 데에는 약 1초 정도가 걸렸다.

생각보다는 짧지만, 김민수와 의사소통을 위해서는 내가 말을 해야 한다는 점 때문에 이것보다는 더 시간을 잡아먹을 것이다.

특히나 급박한 전투 상황이라면 일일이 말하고 있을 시간이 없다.

그러니 전투 중에는 능력 교체가 없다고 생각하고 임하는 쪽이 더 나으리라.

"까다로운 선택이 되겠군……."

김민수는 내게 선택을 일임하겠다고 말했으므로, 이 능력을 활용하는 것은 전적으로 내 판단력에 달렸다.

마지막으로 이건 [영혼 깃든 흑요석 단도]의 사양인데, 내가 이 단도를 인벤토리에 넣어 버리면 김민수의 의식은 끊어져 버리게 된다고 한다.

김민수의 입장에선 그냥 자다 깨는 정도의 인식인 모양이다.

이건 오히려 다행이다.

그냥 단도를 인벤토리에 넣어 버리면 프라이버시가 지켜진다 는 소리니까.

＊　　　　　＊　　　　　＊

"좋아, 알았어. 설명 고마워."

김민수의 설명을 듣는 동안에도 나는 행동하고 있었다.

탑을 파괴하고 옹성을 뚫고 적측 치유의 샘을 점령했다.

그리하여 나는 14층을 적 팀 모험가들이 부활하기 전에 게임 을 클리어할 수 있었다.

이로써 적 팀 모험가들에게 내 범죄가 들킬 일은 없어졌다.

하지만 그렇다고 여기서 바로 15층으로 내려갈 생각은 없었다.

일단 드레이크를 네 번 더 죽여서 레벨 업 보상을 받아야 하 니까.

그리고 탐사도 따로 할 생각이다.

4층에서는 아무것도 발견하지 못했지만, 14층도 똑같을 거라 는 보장은 없으니까.

사실 별 기대는 안 되지만, 그렇다고 안 하고 넘어가기에도 찜

찜해서 그냥 하는 것에 가까웠다.

뭐, 어차피 드레이크 리젠 시간에 짬을 내어 도는 거라 별로 시간 낭비도 아니었다.

"꾸어엉."

두 번째 드레이크를 잡아 죽인 직후, 나는 단도를 인벤토리에 집어넣기로 했다.

이유는 [비밀 교환+]의 존재를 숨기기 위해서다.

이미 죽어 버린 김민수 상대로 비밀을 만드는 게 좀 우습기도 하지만, 그래도 혹시 모르잖는가.

나중에 김민수가 부활하거나, 내가 단도를 빼앗기거나, 김민수가 다른 누군가에게 지배당하지 않을 거라 누가 장담할 수 있겠는가?

미궁에 혹시라는 말은 없으니 미리미리 조심해야 한다.

"민수야, 좀 자고 있어."

—예, 회귀자님.

안 그래도 자고 싶었는지, 김민수가 반기는 말투로 대답했다.

단도 안이 진짜 편하긴 편한가 보네.

*   *   *

탐사 결과.

"?!"

비밀이 발견됐다.

그것도 드레이크의 둥지에서.

정확히는 둥지 정중앙 지점 10m 지하였다.

4층에서 썼던 [비밀 교환]보다 [비밀 교환+]의 효과 거리가 더 늘어났기에 발견할 수 있었던 비밀이었다.

"…4층에서도 둥지 밑의 땅을 팠으면 발견할 수 있었으려나?"

나는 쓴웃음을 지으며 [비밀 교환+]의 아이콘을 눌렀다.

―[비밀 교환+]을 사용합니다.

―드레이크를 죽인 직후, 사라지지 않은 드레이크 시체 위에 [드레이크의 홍옥]을 놓으면 이무기가 나타납니다.

"오."

인상적인 이름이 나왔다.

"이무기라……."

비늘 색에 따라 다르지만, 가장 레벨이 낮은 황토색 이무기조차도 100레벨이 넘어가는 괴물이다.

"이거, 4층에선 모르는 게 약이었군."

그땐 고작해야 50레벨 대였으니, 설령 운 좋게 황토색 이무기를 뽑았더라도 도전조차 망설였을 것이다.

하지만 지금은 다르다.

레벨이야 80레벨로 좀 딸리지만, 그간 주워 먹은 것들도 워낙 많고 일반 기술도 탄탄히 쌓아 능력치도 받쳐 주니, 도전 못 할 것도 없었다.

아무리 그래도 최강급이라 일컬어지는 황금색이 튀어나오면 바로 튀어야 하지만, 청색이나 적색 정도까지는 어떻게 각을 잡을 수 있다.

"혹시 모르니 일단 서브 퀘스트부터 깨고."

다섯 마리째 드레이크를 죽인 나는 인벤토리 안에 고이 보관되어 있던 [드레이크의 홍옥]을 시체 위에 살포시 토핑하고 잠시 물러났다.

그러자.

쿠르르르릉…….

지반이 흔들리더니.

쾅!

폭발음을 일으키며 물이 솟았다.

"간헐천!?"

고온의 물이 솟으며, 수증기가 확 올라와 주변 시야를 가렸다.

주변을 온통 뒤덮은 수증기 속에 거대한 그림자가 드리워졌다.

"크르르르르르……."

짐승의 나지막한 울음소리.

이무기가 나타났다.

나는 굳이 [망원]까지 써서 자욱한 수증기를 뚫고 이무기의 비늘 빛깔을 확인했다.

"…하늘색?"

하늘색이었다.

"애매한데."

나는 고개를 갸웃거렸다.

[서브 퀘스트: 하늘빛 이무기 처치]

[이무기는 드래곤이 되기 직전의 뱀 몬스터입니다. 새삼스레 말할 것도 없는 사실이지만, 세상에 드래곤이 많아지는 건 모두에게 안 좋은 일입니다. 처치하십시오. 당신과 모두를 위해서.]

[퀘스트 성공 공통 보상: 레벨 +1]

[기여도에 따라 추가 보상이 주어집니다.]

그때, 마치 내 등을 떠밀 듯 서브 퀘스트가 갱신되었다.

좋아, 그럼 한번 처치해 보실까?

그렇게 마음을 먹은 순간, 나는 수증기 너머의 시선이 나를 노려보고 있음을 알아챘다.

"샤아!"

뜨거운 증기가 나를 덮쳤다. 드레이크도 브레스라고 불을 쏴 대는데, 이무기가 브레스를 안 쏠 리가 없다. 하늘색 이무기의 브레스는 증기인가 보다.

"크!"

[불꽃 초월] 덕에 증기의 열기는 그리 문제가 되지 않았으나, 내게 타격을 입힌 것은 순수한 압력이었다.

고압으로 쏘아진 증기가 나를 뒤로 날려 벽에다 박아 버린 탓이었다.

"그렇게 나온다 이거지?!"

나는 인벤토리에서 재빨리 전쟁검을 꺼내 들었다.

[행운의 여신]의 경고가 잠깐 나를 망설이게 했지만, 망설임의 시간은 1초도 채 걸리지 않았다. 어차피 [황금 열쇠: 우대권]이 있으니 한 번의 불상사는 어떻게든 된다.

지금 중요한 건 저 이무기를 잡는 것이다!

그러한 결론에 이른 나는 곧장 [피 끓이기]와 [혈기 왕성]을 사용함과 동시에 전쟁검의 [피투성이]를 켰다.

초월적인 힘이 내 육체에 깃들었다.

"이야아아아아압!"

파바바바박!

[피 끓이기]의 효과는 공격력과 공격속도 상승. 그리고 [피투성이]로 증가된 민첩 +40의 효과는 강력한 시너지 효과를 일으켰다.

—치명타!

—치명타!

—치명……

오히려 상태 메시지가 더 느리게 뜰 정도의 속도로 퍼부어지는 연속 공격!

[피] 점수가 순식간에 차오르고, 나는 곧장 [피보라]와 [피칠갑]을 동시에 켰다.

[피보라]를 추진 장약처럼 써 점프력을 극대화한 나는 주변을 뒤덮은 수증기 탓에 구름 너머에 있는 것처럼 보이는 이무기의 머리를 향해 뛰어올랐다.

"크르르르르……!"

수증기를 헤치고 뛰어오른 곳에서는 몬스터 특유의 모험가에 대한 본능적인 적개심이 가득 담긴 하늘빛 눈동자가 나를 노려보고 있었다.

"하!"

입질을 하려고 고개를 뺀 이무기보다 내 움직임이 더 빨랐다. 정확히는 [피보라]가 더 빨랐다.

하늘색 비늘로 뒤덮인 이무기의 대가리는 금세 시뻘겋게 물들었다. 당연히 시야 또한 가렸다.

후방으로 [피보라]를 내뿜어 점프 궤도를 바꾼 나는 곧장 이무기에게 들이닥쳐 일단 철의 인사부터 건넸다.

다시 말하면, 칼을 휘둘렀다는 뜻이다.

파악!

[피투성이]와 [피 끓이기], [혈기 왕성]으로 극대화된 공격력을 일점에 집중시킨, 전력을 다한 찌르기가 이무기의 콧잔등을 찍었다.

"캬샤아아아아!!"

비명처럼 들리는 이무기의 긴 외침과 더불어, 투명한 이무기의 혈액이 허공에 분수처럼 뿜어졌다.

[전쟁검]의 강제 출혈 효과도 작용을 하긴 했겠지만, 이무기의 단단한 비늘과 질긴 가죽이 뚫려 실제로 몸에 구멍이 난 탓이다.

"쳇!"

그러나 이것은 내가 의도한 바가 아니었다.

콧잔등을 쑤시고 뇌까지 꿰뚫어 단번에 숨통을 끊으려 했지만, 이무기가 생각보다 빠르게 대가리를 뒤로 빼 치명상을 피한 탓이다.

"샤아아!!"

증기 브레스가 다시금 나를 덮쳤다.

코에 또 다른 구멍이 뚫린 탓에 그쪽으로 증기가 새 위력 자체는 떨어졌으나, 허공에 떠오른 나를 날려 버리는 데에는 충분한 위력이었다.

"크!"

나는 재빨리 [피보라]를 뒤쪽으로 둘러 뿜어 댐으로써 넉백의 기세를 반감시켰다.

하지만 [피보라]와 [피칠갑]을 둘 다 켠 탓에 [피] 점수가 순식간에 떨어지고 있었다.

"쯧!"

나는 혀를 찼다.

즉사시키지 못할 거였다면 차라리 연격을 쳐야 했다.

그래도 이 실수는 다행히 만회할 수 있는 실수였다.

나는 [피보라]를 통해 날려진 거리를 조절해 주변의 정글로 떨어졌다.

"키에에에엑!"

"크아, 크아아!"

떨어진 곳은 오크 용병대 캠프였다.

의도한 대로다.

"후!"

파바바박!

오크 용병들을 때려 다시 [피] 점수를 채운 나는 곧장 땅을 박차고 이무기를 향해 달렸다.

"크시이이이이……!"

분명히 이무기의 몸뚱이에 칼집을 여러 개 냈었는데, 그 상처가 벌써 아물고 있었다.

트롤도 아닌데 무슨 저딴 재생 능력이냐?

…라고 불만을 토로하는 건 나중에 해도 될 일이다.

애초에 알고 있던 것이기도 했고.

저 재생 능력 때문에 단번에 승부를 내려고 한 것이기도 했다.

질질 끌리면 귀찮아지는 건 내 쪽이니 말이다.

하지만 그 시도가 실패로 돌아간 이상, 새로운 전술을 세워야 했다.

"…하는 수 없구만."

나는 인벤토리에 손을 넣어 단도를 꺼냈다.

[영혼 깃든 흑요석 단도].

김민수가 머문 그 단도다.

"민수야. [날붙이의 대가] 부탁한다."

―예, 회귀자님.

김민수의 힘을 빌리면 경험치는 반토막 날까? 서브 퀘스트의 기여도 계산은 어떻게 될까?

애초에 죽은 김민수가 모험가 취급을 받기는 하는 것일까?

나는 아무것도 모른다. 아무것도 모르기에 되도록 단도를 꺼내지 않으려 했다.

나 혼자 다 먹고 싶었으니까.

그러나 먹다가 배가 터질지도 모르게 된 이상, 차선의 결과라도 얻어야 했다. 김민수가 내 경험치와 기여도를 빨아먹지 않기만을 바라며, 나는 칼날을 세웠다.

"죽어라, 용도 못된 것!"

이를 득득 간 나는 다시금 하늘을 향해 솟구쳤다.

*   *   *

결과.

[퀘스트 완수 공통 보상: 레벨 +1]

[기여도 100% 추가 보상: 레벨 +1, 미궁 금화 100개]

"승리!"

사실 냉정하게 생각해 보면 바로 답이 나오는 문제였다.

살아 있던 지난번의 나도 모험가 취급이 아니었는데, 죽은 김민수가 모험가 취급을 받을 리 만무하지 않은가?

그러므로 경험치 100%, 기여도 100%.

전부 다 나 혼자 다 먹을 수 있었다.

"휴!"

좌우지간 이걸로 나는 85레벨이 되었다.

하늘빛 이무기를 잡고 얻은 경험치로 1레벨이 오르고, 서브 퀘스트 공통 보상으로 +1레벨, 기여도 100%로 +1레벨.

그리고 그 전에 레드 드레이크 다섯 마리 잡는 서브 퀘스트 공통 보상으로 +1레벨, 기여도 100%로 +1레벨.

결과, 합쳐서 5레벨이 올랐다.

서브 퀘스트 2개를 100% 기여도로 연속으로 달성하면서 미궁 금화를 200개 번 것도 빼놓을 수 없는 소득이다.

이걸로 내 수중의 미궁 금화는 412개.

문자 그대로 막대하다는 표현이 어울리는 숫자가 되었다.

이쯤 되니 뭐라도 하나쯤 사야겠다는 충동이 일지만, 나는 그 충동을 억눌렀다.

원래 이런 건 필요할 때 필요한 걸 사야 하는 법.

지금 당장은 필요한 게 없었다.

어쨌든 레벨 업을 했으니, 나는 행운을 85까지 드르륵 올렸다.

"여신님?"

그리고 나는 [행운의 여신]을 불렀다.

[행운의 여신이 약속한 것을 기억하고 있다고 말합니다.]

그 약속이란 물론 행운을 85까지 올리면 추가로 축복을 주겠다는 내용이었다.

그리고 그 약속이 지금 이행되었다.

[행운의 여신이 당신에게 무작위의 축복을 내립니다.]

[축복은 5초 후에 활성화됩니다.]

[5… 4……]

이번에는 이미 행운을 최고치까지 올려놓았기 때문에, 나는 잠자코 카운트가 끝나길 기다렸다.

―[행운의 여신]의 [무작위의 축복]이 내립니다.

―[휠 오브 포춘].

내 앞에 빛나는 거대한 수레바퀴가 나타났다.

그러더니…….

드르르르륵!

수레바퀴가 멋대로 돌아가기 시작했다.

"뭔데요? 뭔데, 이거?"

내가 당황한 것도 잠시.

드, 르, 르, 륵!

착!

수레바퀴가 멈췄다.

돌아가고 있을 때는 몰랐는데, 수레바퀴는 여러 개의 칸으로 나뉘어 있었고 모든 칸에는 각기 색이 칠해져 있었다.

붉은색, 푸른색, 흰색, 검은색…….

그리고 황금색.

이번에 수레바퀴가 멈춘 칸은 황금색 칸이었다.

자세히 보니 각 칸에는 뭔가 글자가 새겨져 있었는데, 그 내용은…….

─24시간 동안 행운 능력치 두 배. 이 효과는 축복으로 취급되며, 레벨 한계를 무시한다.

아, 내가 읽을 필요는 없었구나.

[행운의 여신이 환호합니다!]

왜 내가 당첨됐는데 [행운의 여신]이 환호하는지에 대해 따로 의문을 품진 않았다.

행운이 올라서 기분이 좋았겠지.

이 정도는 이제 그냥 그러려니 할 때도 됐다.

나는 상태창을 열어, 축복 칸에서 [휠 오브 포춘]의 상세 설명을 열람했다.

[휠 오브 포춘]: 24시간마다 한 번씩 행운의 수레바퀴를 돌릴 수 있다.

이게 다였다.

하지만 나는 이 짧은 설명으로도 이해해 버리고 말았다.

어쨌든 하루에 한 번 수레바퀴를 돌려서 랜덤 효과를 얻는 축복이라 보면 됐다.

왜 랜덤 '효과'라고 말했냐면, 수레바퀴의 검은색 칸에는 페널티 효과가 쓰여 있었기 때문이다.

─24시간 동안 치유와 회복이 불가능해진다. 이 효과는 저주로 취급된다.

―24시간 동안 모든 동작이 50% 느려진다. 이 효과는 저주로 취급된다.

그것도 결코 가볍게 볼 수 없는 저주들 뿐이다.

그나마 내 행운 수치가 반영된 건지, 검은색 칸은 굉장히 좁았다. 어지간히 운이 없지 않은 한 뽑을 일은 없을 것이다.

그리고 붉은색 칸은 공격력, 파란색 칸은 방어력 등, 색에 어울리는 효과가 쓰여 있었다.

다른 색 효과를 확인해 보고 나니 딱히 황금색 효과가 좋아 보이진 않았다. 뭐, [라이스 샤워] 덕에 치명타 효과가 잘 나는 건 좋긴 한데, 거기까지겠지.

[행운의 여신은 네가 운만 좋다면 그 돌림판이 그날의 네게 필요한 축복을 가져다 줄 것이라고 말합니다.]

그래도 굳이 지금 막 흡족해하고 있는 [행운의 여신]에게 내 견해를 피력할 필요는 없었으므로, 나는 대신 이렇게 말하고 말았다.

"잘 쓰겠습니다."

[행운의 여신이 흐뭇해합니다.]

6장
—
제15층

나는 여기서 100레벨을 찍을 각오를 했다.

14층에도 시간 제한이 있지만, 그래도 최대한 경험치를 땡겨 먹으면 100레벨도 불가능하지는 않으리라는 게 내 계산이었다.

그런데 이상하다.

뭐가 이상하냐면, 아무리 기다려도 이무기의 시체가 녹아서 사라지지 않는 게 이상했다. 게다가 이무기에 의해 뚫린 간헐천도 간헐적으로 물을 뿜어 대고 있었다.

"응? 어라?"

안 좋은 예감이 뇌리를 스쳤다. 혹시 몰라서 이무기 시체를 질질 끌어 드레이크 둥지 바깥으로 빼놔 보았음에도 아무것도 바뀌지 않았다.

"설마……."

나는 이무기 시체를 갈무리하기 시작했다.

그 비늘이 단단하고 가죽이 질겨 쉽지는 않았으나, 성검인 전쟁검에 [날붙이의 대가]가 붙으니 꽤 할 만했다.

그렇게 가죽을 벗기고, 피를 빼고, 고기를 부위별로 해체하고…….

"오!"

이무기의 머리통에서 어린애 머리통만 한 구슬이 나왔다.

[이무기의 여의주]

이무기에게서 희귀한 아이템이 나왔다.

"이거, 운이 좋아서 그런가?"

이거 아무데서나 나오는 게 아닌데, 아무래도 휠 오브 포츈의 황금색 칸 효험을 본 것 같다.

[행운의 여신이 그렇다고 자신만만하게 말합니다!]

여신마저 단호한 걸 보니, 새 축복이 효과가 있는 게 확실한 것 같다.

"감사합니다."

[행운의 여신이 좋아합니다.]

말은 이렇게 했지만, 사실 이무기에게서 여의주가 잘 안 나온다는 것만 알지 이걸 어디다 쓰는지는 모른다.

아이템 설명이 안 뜨는 걸 보니 재료 아이템이거나 할 텐데…….

내가 이걸 모르는 이유는 간단했다.

지난번에 여의주를 얻은 건 김민수였고, 그놈은 이 비싸고 귀한 아이템을 죽을 때까지 써먹지 않았다.

아니, 써먹지 못했다는 표현이 더 들어맞으리라.

만약 다른 모험가라도 살아 있었으면 용도를 찾아냈을지도 모르지만, 그 시점에서 이미 김민수 외의 모든 모험가가 다 죽어 버린 상태였다.

뭐, 어쩌겠는가. 모르는 건 모르는 거지.

일단 인벤토리에 넣어 두면 나중에라도 쓸 곳이 생기리라.

이번에 [드레이크의 홍옥]이 그랬듯이 말이다.

좌우지간 나는 양질의 가죽과 뼈, 그리고 고기와 내장 등을 얻었다. 이무기 시체 갈무리가 완전히 끝날 때까지 아무 일도 일어나지 않았다는 현상이 시사하는 바는 매우 명확했다.

"…이무기는 리젠이 안 되나 보네."

심지어 이무기를 죽여 놨더니 드레이크 리젠조차 멈춰 버렸다.

이러한 일련의 현상이 가리키는 바는 곧 이런 의미를 지녔다.

"에휴."

여기서 100레벨을 찍고 가겠다는 내 야망이 분쇄됐다.

이 뜻이었다.

"뭐, 그래도 이번엔 먹은 게 있으니 됐다 치자."

[무두질 9], [발골 9]

이무기 정도로 고급 몬스터 사체를 다루다 보니, 그간 오르지 않고 있었던 일반 기술의 랭크가 이번에 드디어 올랐다.

더욱이 이렇게 얻은 가죽을 가공하면 [가죽 가공]의 랭크를 올릴 수 있을 테고, 고기로 요리를 하면 [요리]의 랭크도 올릴 수 있을 것이다.

가죽과 고기의 양이 충분히 많으니 랭크를 올리는 데에 부족함이 있진 않겠지.

기대할 만하다.

"뭐, 시간도 있으니 여기서 하고 나갈까……."

원래는 이무기의 리젠을 기다리며 쓸 생각이었던 시간을 일반 기술 올리는 데에 쓰게 되었다.

뭐, 이것도 나쁘지 않다.

레벨이야 나중에라도 올릴 수 있으니까.

"크흑……!"

그럼에도 불구하고 나는 아쉬움의 눈물을 삼켰다.

*   *   *

높은 행운이 당장에는 별 필요가 없다는 말을 내가 했던가?

만약 했다면 그 말은 취소해야 할 것 같았다.

[황금 하늘빛 이무기 목살 스테이크]

[황금 하늘빛 이무기 갈비찜]

[황금 하늘빛 이무기 등심 커틀릿]

이무기는 하늘빛인데, 황금이 쏟아져 나온다.

여기서 황금이란 금속이 아니고 색도 아니다.

대성공이 떠 [요리 효과]를 받은 요리들이다.

막 [요리 8]을 찍었을 때는 분명 대성공이 뜰 확률이 30% 정도 였는데, 지금은 거의 100%라 해도 될 정도로 쏟아져 나오고 있 었다.

대성공을 띄울 때마다 숙련도가 많이 올라, 진작 [요리 9]를 찍었음에도 아직 남은 재료가 많다.

"이 정도라면 [요리 10]도 무난하게 찍겠는데?"

그러나 그것은 착각에 불과했다.

숙련도를 90% 넘기긴 했지만, 단번에 [요리 10]을 뚫기엔 아주 약간 부족했다.

"…뭐, 그래도 이 정도면 됐지."

[근력 85] [체력 85] [솜씨 85] [민첩 85]

무두질과 발골에 이어 가죽 가공, 요리까지 9를 찍으면서 능력치가 예쁘게 정렬했다.

본래라면 민첩이 조금 낮았어야 했으나, 일반 기술의 랭크가 높아지면서 랭크 보너스가 달라진 덕을 보았다.

―[요리 9] 랭크 달성!

―랭크 보너스! 모든 일반 능력치 +5를 얻습니다.

8랭크 이전에는 하나의 능력치만 10 올랐었지만, 9랭크 달성부터는 보너스의 총량은 많아진 대신 그 폭이 줄었다.

보통의 모험가라면 차라리 하나의 능력치라도 크게 높아지는 쪽을 선호했을 것이다.

이전에도 언급했듯, 능력치의 수치가 높아질수록 능력치 하나하나의 가치는 더욱 높아진다.

하지만 이미 어지간한 일반 기술의 숙련도를 고르게 높여둔 내 입장은 달랐다.

그냥 올라가는 능력치 총량이 높은 편이 낫다.

어차피 능력치 한계 탓에 하나만 높이 올라 봤자 미배분 능력치로 돌아가는 건 똑같기 때문이다.

그러니 일반 기술 랭크 하나 올리는 걸로 능력치가 합계 20이나 올라가는 보상이 하나의 능력치가 10 올라가는 보상보다 더 좋을 수밖에 없다.

"흐흣. …어?"

만족스럽게 상태창을 보던 나는 문득 위화감을 느꼈다.

일반 기술로 올라간 건 일반 능력치뿐인데, 특별 능력치 중에 변한 게 있었다.

[행운 85] [지식 79] [신비 62] [혈기 85]

행운이야 내가 직접 올렸고, 지식은 침을 맞고 올랐는데, 혈기는…….

왜 올랐지?

내가 떠올릴 수 있었던 변수라고는 하나뿐이었다.

"이거 설마… 일반 능력치의 평균으로 정해지는 건가?"

사실 혈기를 처음 받았을 때 65나 나온 게 이상하다고는 생각했다.

하지만 그게 내 일반 능력치의 평균이었다고 생각하면 앞뒤가 딱딱 들어맞는다.

그때는 아직 가설이었지만, 같은 일이 두 번 반복되고 나니 가설로 남겨 둘 필요는 없을 것 같다.

"이득… 인가?"

전력 면에서만 보자면 분명한 이득이다.

그러나 [행운의 여신] 입에서 전해 들은 경고가 아직 내 뇌리에 선연했다.

"피를 탐하는 괴물이 되어 버린다라……."

나는 잠깐 머리를 굴렸지만, 곧 생각하길 멈췄다.

깊게 생각할 일이 아니다.

무슨 일이 생기면 그때 가서 고민해도 된다.

아직 행운의 여신이 내려준 가호도 살아 있다.

한 번쯤은 극복할 여지가 남아 있는 셈이다.

이무기를 잡을 때 [혈기] 능력을 썼어도 별일이 생기지 않았던 것도 긍정적인 시그널이다.

무엇보다, 고민해도 해결될 일이 아니다. 그렇다고 일부러 능력치를 내릴 수도 없을뿐더러, 사실 내리고 싶어도 내릴 방법도 없다. 기왕 이렇게 된 거 그냥 이렇게 살아야지, 뭐.

그런 반쯤은 자포자기한 마음으로, 나는 현실을 받아들이고 상태창을 닫았다.

"그럼 이제 15층으로 가 볼까?"

14층에 들어오기 전에 푹 자 두었기 때문에 아직 졸리지는 않았다. 내려가기 전에 미리 자 둘 필요도 없을 것 같다.

15층에는 유상태가 있으니까.

"와, 유상태를 제일 의지하게 될 줄은 몰랐네."

이러니 사람 일은 모르는 것이다.

그러다 문득, 나는 어떤 가능성을 떠올렸다.

"만약에 유상태가 살해당했으면 어쩌지?"

김민수도 죽었으니, 유상태도 죽을 수 있었다.

살인자들이 작당해서 김민수가 죽인 동기를 생각하면 그 가능성은 결코 낮을 수가 없었다.

"만약 그렇다면 살인자들을 살려 둘 수 없지."

[비밀 교환]이 있는 한, 살인자들의 완전 범죄는 있을 수 없다.

나는 끝까지 범인을 찾아낼 테니까.

내 지원을 받아 레벨이 결코 낮은 편에 속하지는 않는 유상태를 잡아먹었다면, 살인자들은 큰 폭의 성장을 경험할 수 있었을 테니.

그런 성장을 한 번 경험하고 나면 목숨 걸고 몬스터를 잡는 대신 같은 사람을 함정에 빠뜨리고 등을 찔러 죽이기에 혈안이 될 것이다.

그렇게 피에 익숙해진 놈들을 살려 둘 수 없다.

"죽여 버리겠어."

단순한 가설, 한때의 상상임에도 나는 살의가 저절로 벼려지는 것을 느꼈다.

동시에 유상태를 비롯한 4서폿에 대한 정이 그만큼 쌓였음 또한 실감했다.

당연히 나는 유상태뿐만 아니라 4서폿 중 그 누가 희생되었더라도 그냥 넘어가지 않을 테니까.

*　　　　*　　　　*

15층.

놀랍게도 아무도 없었다.

뭐, 사실 예상대로긴 했다. 내가 이미 14층의 공략을 써서 올리기도 한 데다, 다들 14층과 유사한 4층을 경험하기도 했으니.

─최대한 시간을 끌면서 오크 미니언을 죽여 레벨 업을 꾀하

고, 미니언만으로 경험치를 얻을 수 없게 되면 정글을 돌아라.

—레벨 업이 다 끝나면 일반 기술 숙련도를 올려라. 14층의 나무는 벌채해도 리젠되지만, 어쨌든 벌채 경험치를 얻을 수는 있다.

—아군의 전력이 충분하다면 용, 레드 드레이크 사냥에 도전해 봐라. 용한테 죽어도 치유의 샘에서 부활할 수 있으니 적극적으로 나서도 좋다.

뭐, 이런 내용이었다. 레벨 업과 능력치에 관심이 있는 모험가라면 시간 제한이 끝날 때까지 머무는 것이 당연한 층계다.

그리고 4서폿은 모두 레벨 업에 관심이 있는 모험가고 말이다.

그러니 아무도 안 온 게 당연했다. 하지만 이렇게 되면 내가 녀석들의 생존을 확인할 수가 없지 않은가?

그렇지는 않았다.

[이철호]: 살아 있나?

나는 4서폿의 생존을 확인할 간단한 방법을 15층에 도착한 후에야 떠올렸다. 그냥 텔레파시를 날리면 되는 걸, 괜히 노심초사 걱정이나 하고 있었다.

[유상태]: 예, 살아 있습니다. 선생님.

[김명멸]: 멀쩡합니다.

[이수아]: 걱정해 주신 거예요? 아하하하!

[김이선]: 네.

놀랍게도 네 명 모두 생존해 있었다.

[유상태]: 탈모 극복 위원회 회원들과 파티가 됐습니다. 아주 팀웍이 좋아요. 드레이크 사냥에도 성공했습니다!

유상태는 단순히 운이 좋았다.

아니, 운이 좋기만 한 건 아니었다. 10층에서의 그 일, 그러니까 유상태가 상처 입은 사람들에게 회복을 가져다 준 그 일련의 일 이후 작은 모임이 하나 만들어졌던 모양이다.

그것이 탈모 극복 위원회였다.

대외적인 시선을 신경 쓴 건지, 나중에 모임 이름이 '회복된 사람들의 모임'으로 바뀌긴 했지만 유상태 본인은 그냥 예전 이름대로 부르고 있었다.

중요한 건 이게 아니라, 듣기로 그 위원회의 회원 숫자는 결코 적지 않았다.

중증의 탈모 환자뿐만 아니라 부친이나 혈육 등으로 사례로 보았을 때, 자신이 향후 같은 병증을 앓을 거라 믿어 의심치 않는 이들이 모임에 가입했기 때문이다.

그리고 그 회원들은 유상태에게 있어 강력한 배후 세력이 되어 주었다. 혹여나 유상태에게 무슨 일이 생기면 향후 생길 병증을 누가 치유해 준단 말인가?

회원들 중 유상태의 신변에 이상이 생기는 걸 원하는 이는 단한 명도 없었다.

그런 의미에서 볼 때, 경험치 좀 먹겠다고 수백 명의 사람을 적으로 돌리려는 모험을 시도하는 살인자는 존재하기 힘들었다.

다음은 김명멸.

[김명멸: 선생님 덕입니다. 다른 파티원이 제 눈치를 보더라고요.

김명멸은 저렇게 말했지만 내 덕이 아니라 그 자신의 덕택일 가능성이 컸다.

10층에서 3년 동안이나 금욕적으로 생활하며 신체적 성장을 이루고 육체를 단련한 김명멸은 겉보기부터 강력해 보였을 테니까.

게다가 내 아래에서 단련해 레벨도 높은 데다 전투 경험도 많고 기술도 좋다. 살인자들에게 있어서 쉬이 잡아먹을 수 있을 상대로 보이지는 않았으리라.

그런데 꼬맹이, 이수아의 경우는 김명멸과 정반대다.

[이수아]: 그런 일이 벌어질 수도 있을 거라고는 상상도 못 했는데요…….

녀석은 너무 작다.

아무리 살인자들이라 하더라도, 어린애를 죽인다는 껄끄러움을 완전히 무시하긴 힘들었으리라. 실제로는 어린애가 아니라지만 그건 별로 중요한 사실이 아니었다.

게다가 녀석의 붙임성이 좀 좋은가?

아예 모르는 사람이라면 모를까, 말도 섞고 이름도 아는 상대의 등을 찔러 죽일 만큼 모진 사람은 많지 않다.

물론 지난번의 김민수 같은 내추럴 본 사이코와 만났다면 다헛 거였겠지만.

…아무래도 그냥 운이 좋았다고 해야겠다.

반대로 김이선은 운이 나빴다.

[김이선]: 저를 죽이려고 한 사람은 있었습니다만, 제가 반격해서 죽였습니다.

아니, 살인자의 운이 나빴나?

4서폿 중 가장 강한 모험가는 김명멸이지만, 이건 김이선으로부터 [급속 거대화]를 받았을 경우에 한한다.

각자 흩어져 시너지를 자아내지 못하는 상황이라면, 가장 강한 건 김이선이리라.

김이선의 능력을 모르고 달려들었다가 [급속 거대화]를 스스로에게 건 그녀에게 역으로 잡아먹힌 살인자가 오히려 불쌍할지도 모른다.

…아니지.

살인자가 뭘 불쌍해? 자업자득이지.

[이철호]: 잘했다.

그래서 나는 김이선에게 칭찬의 말을 건넸다.

어쩌면 첫 살인으로 인해 풀이 죽은 상태일지도 몰랐고, 그렇다면 누구에게든 위로를 받아야 했다.

[김이선]: …감사합니다!

…내가 잘못 생각했나? 얘가 왜 이렇게 신이 났지?

뭐, 시무룩한 것보다는 낫지.

나는 단순하게 생각하기로 했다.

*　　　　*　　　　*

나는 15층을 슈르륵 깨서 영상을 만들고 공략으로 올려놓았다.

물론 텍스트 공략을 이미 올리긴 했지만 가장 좋은 건 영상이었기 때문이다.

특히 문자 읽기 싫어하는 어르신들이 좋아하신다.

예를 들어 유상태라든가.

젊었을 적에 휴대폰으로 영상이나 보면서 침대 위에 뒹굴거릴 수 있었던 세대다.

반면 애들은 읽고 쓰기에 익숙하다.

인류는 문명이 무너진 후에 오히려 교육에 더 열성이 되었다.

모르면 죽기 때문이다.

뭐 하나 몰랐다고 그게 죽을죄는 아니었던 문명 시대와는 다르다.

그거야 뭐 아무튼. 공략을 올린 다음에 내가 할 일이야 뻔하다.

탐사다!

모험이다!

"야호!"

15층은 5층과 유사하지만, 결정적으로 다른 점이 하나 있다.

스케일이다.

15층은 5층에 비해 세 배 정도 크다. 그러니 자연히 탐사에도 걸리는 시간이 길어질 수밖에 없었다.

"나는 회귀자다~!"

이제는 모두가 다 아는 공공연한 비밀을 떠들고 다니며, 나는 [비밀 교환+]의 반응을 살폈다.

그 결과.

"…아, 여기에도 이게 있네?"

5층에서 비밀이 발견되었던 곳. 뭐, 여긴 15층이니 정확히는 다르긴 하지만 아무튼 거기에 해당하는 곳에서 비밀이 발견됐다.

문제는……

"여기도 좁네."

5층 때와 마찬가지로, 입구도 그렇거니와 통로도 너무 좁다.

이건 아무래도 김명멸이 올 때까지 기다려야 할 것 같았다.

"슬슬 졸리기도 하고……."

상태가 이렇다 보니 유상태도 기다려진다.

"얼른들 와라~!"

7층에서 혼자 50년 가까이 보내던 시절에는 그리 심하게 느껴지지 않던 외로움이 이상하게 지금 느껴졌다.

*   *   *

유상태에게서 머리 한 터럭을 뽑히며 그런 이야기를 꺼냈더니, 옆에서 듣고 있던 꼬맹이가 갑자기 벌컥 화를 내며 외쳤다.

"아니?! 저는요!?"

"아니, 너는……."

치료할 거면 치유의 샘물도 있고, 나한테는 운디네가 있으니까?

…이런 말을 하면 안 되겠지?

아무리 나라도 이 정도 눈치는 있다.

"아!? 망설였어! 이럴 수가!"

대답에도 시간 제한이 있었을 줄이야. 결국 오답이었다.

"……."

게다가 김이선은 나를 슬픈 시선으로 바라보고만 있었다.

그럴 거면 차라리 비난해.

노려보기라도 해…….

그렇다고 진짜 비난받거나 눈총받고 싶진 않았지만 말이다.

"선생님께 도움을 드릴 수 있다니, 그것도 영광된 일입니다."

"저도 어르신과 같은 생각입니다."

당연하지만 유상태와 김명멸의 반응은 달랐다.

매우 만족스러운 눈치다.

"그러니까 어르신이라고 하지 말라니까……."

비록 유상태는 김명멸에게 만족스럽지 못한 부분이 있는 것 같긴 했지만.

"10층에서 진짜 어르신이 되어 돌아오셨으니 그런 말씀을 하실 자격이 없는 것 아닐까요?"

"…크흑!"

유상태에겐 불만을 표할 자격이 없었다.

본인도 잘, 아니, 다행일 뿐이다.

"아무튼 아무도 안 죽고 살아 돌아와서 다행이야."

나는 그렇게 이야기를 마무리 지으려고 시도했다.

"네, 저 그 이야기 듣고 깜짝 놀랐어요. 15층에서 모험가끼리 죽고 죽일 수도 있었다는 이야기."

시도는 성공했다.

다행이다.

"겨우 그 정도 이유로 거기서 다른 사람을 죽인다는 발상이 가능할 줄은……."

아니, 놀란 이유가 그쪽이야?

김명멸도 무겁게 고개를 끄덕이며 말했다.

"실제로 이선이가 습격당했다는 말을 듣고 깜짝 놀랐습니다."

"그렇지. 나도 깜짝 놀랐어."

유상태 어르신까지 한 말씀 보태셨다.

다들 이렇게 나오면 당연히 살인자가 나올 거라고 예상한 내가 비정상 같잖아?

그렇게 놀랐다며 김이선을 걱정하는 파티원들 앞에서 습격을 당한 본인의 반응은 다음과 같았다.

"생각보다, 괜찮았어요."

무슨 말인지 이해한 나는 고개를 끄덕였지만, 다른 파티원들은 눈을 휘둥그레 떴다.

왜 눈을 그렇게 떠? 아, 이해를 못 해서?

"살인자를 처형해서 재발 가능성도 줄였고, 이선이는 경험치도 먹었을 테니 괜찮은 게 맞지.물론 습격을 안 당했더라면 그게 베스트였겠지만……."

그래서 나는 친절하게 설명해 줬다.

김이선은 옆에서 고개를 끄덕거렸다.

"오빠 말씀대로예요."

"그렇구나."

이수아의 대꾸는 어딘지 모르게 공허했다.

"하긴 그렇죠.미궁은 그런 곳이니까."

"저희가 정신을 바짝 차려야 하지 않겠습니까!"

김명멸과 유상태의 반응도 묘하게 논점이 어긋난 느낌이 들지만, 뭐.

지금이라도 알아들었으니 다행 아닐까?

*　　　　*　　　　*

나는 김명멸의 도움을 받아서 15층의 비밀 통로로 이동했다.

"오, 차원의 벽."

회귀 후 두 번째로 목격하는 차원의 벽이다.

[행운의 여신이 또 이상한 거 묻혀 올 거냐고 묻습니다.]

"그건 모르죠."

모험이니까.

"1초 후에 뵐게요."

나는 차원의 벽으로 몸을 밀어넣었다.

그리고 내가 보게 된 것은 설원이었다.

"어?"

내가 기대했던 것과 다르다.

다시 한번 킹룡을 볼 수 있을 거라 기대했는데.

지난번에는 티라노사우루스를 봤으니, 이번에는 스테고사우루스를 볼 수 있을 거라 생각했는데!

내가 본 건 끝도 없는 눈의 정경뿐이었다.

시야는 눈보라로 가려지고 발밑은 눈에 파묻혀, 그야말로 눈의 바닷속에 던져진 듯했다. 노파심에서 언급해 두자면 다른 눈이 아니라 하늘에서 내리는 눈을 뜻한다.

설마 이걸 오해하는 사람은 없겠지?

하지만 세상에 설마는 없기에 언급해 둔다.

"내가 여기서 뭘 할 수 있을까?"

나는 나도 모르게 중얼거리고 말았다. 그러나 나는 곧 내 말을 부정하게 됐다.

시야를 가리는 눈보라가 너무 귀찮은 나머지, [달의 지식] 마법인 [투시]를 켜자마자 완전히 다른 게 보였기 때문이다.

그것은 거대한 내장이었다.

"아니, 무슨."

[투시]를 강도를 조금 조절하니, 내가 보았던 것의 정체를 금세 알 수 있게 되었다.

그것은 거대한 코끼리와 닮은 생명체였다.

"맘모스… 아니, 매머드?"

대신 긴, 하얀 털이 달린.

"맘모스 빵… 맛있었는데."

나는 어느새 입 안에 넘쳐흐른 침을 꿀꺽 삼켰다. 물론 저 거대한 육상 동물의 고기는 맘모스 빵의 맛이 나지는 않을 것이다.

그러나 그렇다고 맛이 없지는 않을 것이다.

"만약 맛이 없다면 내가 맛있게 만들겠다."

나는 눈보라를 헤치고 달리기 시작했다.

사람의 모든 의욕은 식욕에서 비롯된다.

당연히 헛소리지만.

지금만큼은 맞는 말이었다.

*   *   *

가까이에서 본 맘모스, 아니, 매머드는 컸다.

어마어마하게 컸다.

이족 보행을 하던 티라노사우루스의 키가 4~5m 정도였는데, 매머드는 멀쩡히 네 다리를 땅에 짚고 있음에도 키가 더 컸다.

그렇다면 단순 계산으로 덩치도 두 배 이상이 된다는 소리이며, 그 말인즉슨 곧 생명력도 그만큼 높다는 뜻도 된다.

"내가 아는 맘모스는 이렇게 안 컸는데……?"

아, 맘모스라는 단어가 입에 붙어서 자꾸 맘모스라고 한다.

이게 다 맘모스 빵 때문이다.

아무튼 미궁의 하층에는 분명 매머드가 나오기는 나온다.

하지만 이렇게 커다랗고 새하얀 매머드는 그 누구의 공략에서도 본 적이 없었다.

그 화이트 매머드의 새까만 눈동자가 나를 조용히 내려다보고 있었다.

의외로 얌전한 걸까?

그러면 다짜고짜 공격하기 좀 양심의 가책이…….

"뿌오오오오!"

그런 걱정을 할 필요는 없었다.

매머드가 거대한 앞발을 들어 육중한 무게로 나를 짓눌러 죽이려고 하고 있었기 때문이다.

"하!"

나는 전쟁검을 휘둘렀다.

푸악!

[피투성이]는 물론 아무 능력도 안 컸음에도 불구하고, 전쟁검은 별 어려움 없이 매머드의 거죽을 파고들었다.

그러나 매머드는 조금도 움츠러들지 않았다.

움찔조차 하지 않았다.

내가 분명 칼로 다리를 베었음에도, 거죽이 완전히 갈라지지도 않아 피조차 배어 나오지 않고 있었다.

너무 크고, 너무 두꺼웠다.

게다가 그뿐이 아니었다.

찌… 찌… 찌… 찍…….

내가 벤 상처가 천천히, 하지만 눈에 뚜렷하게 보일 정도의 속도로 아물고 있었다.

마치 낮은 레벨 칼로 트롤이라도 벤 것 같다.

아니, 트롤의 재생 속도는 저것보다는 빠르다.

그러니 저건 특수 능력이 아니라, 그냥 체력 능력치가 너무 높아서 생채기 정도는 자연히 아물어 버리는 현상에 가까울 것이다.

내 사고가 그러한 결론을 도출해 낸 순간, 나는 머리가 띵 울리는 것 같았다.

"…저 상처가 매머드한테는 그냥 생채기라고?"

내 칼이 그냥 고블린 칼이면 또 모르겠다,

성검이다, 성검!

대체 생명력이 얼마나 높아야 저럴 수 있는 걸까?

어이가 없다 못해 감탄스럽기까지 하다.

"뿌오오오오오!"

아차, 내가 너무 정신을 놓고 있었던 모양이다.

매머드의 거대한 어금니가 날 꿰뚫을 기세로 날아들고 있었다.

매머드의 공격이 느리게 보이지만 사실 지나치게 거대해서 그렇게 보일 뿐이다.

실제로는 대단히 빠르다.

그러나 그렇다고 매머드가 나보다 민첩이 높을까?

아니다.

정확히는 아니었으면 큰일이었다. 움직임에 페널티를 주는 눈보라에, 지면 상태도 최악. 그 탓에 움직임이 느렸지만, 그럼에도 나는 간신히나마 매머드의 공격을 피할 수 있었다.

정확히는 피할 수만 있었다.

"으아!?"

완전히 균형을 잃고 그 자리에서 나뒹굴다가 눈이 입 안에 들어갔다.

"퉤! 켁! …헉?!"

몇 바퀴 눈밭 속에서 나뒹굴던 나는 곧 매머드의 거대한 발바닥을 보아야 했다.

쿠웅!

매머드의 진각이 지면을 울렸다.

내가 살아 있는 것에서 눈치챘겠지만, 이번 공격도 피하기는 피했다. 그러나 이리저리 데굴데굴 굴러다니던 나는 상당히 자존심이 상해 버리고 말았다.

"죽인다!"

쾅!

[해의 지식]으로 발현된 [불꽃 폭발]이 작렬했다.

"냉기 속성 몬스터엔 역시 화염이지!"

화이트 매머드가 냉기 속성인지 아닌지는 모르지만, 그보다 속성 하나만 띠고 나타나는 몬스터는 정령 같은 부류뿐이지만.

그런 건 중요하지 않다.

"뻐어어억!"

매머드의 비명 소리가 조금 특이하지만, 이것도 별로 중요하지 않다.

"버텼어!?"

매머드가 내 마법을 버텨 냈다는 게 중요했다. 물론 멀쩡히 버티지는 못했다. 순백색의 털은 타고 거죽은 벌겋게 익었다. 불꽃의 열기가 살까지 닿아 연기가 났고, 맛있는 냄새도 풍겼다.

그러나 어쨌든 버티기는 버텼다.

"그럼 한 방 더 먹어라!"

쾅!

이번에는 불꽃을 조절하지 않고 전력으로 들이박았다. 그 탓에 나한테까지 불꽃이 닿았지만, 나는 [불꽃 초월]이 있어서 괜찮다.

내 옷이 문제지. 7층에서 [재봉 8] 찍는답시고 비단옷을 양산 수준으로 만들어다 쟁여 뒀기에 망정이지, 아니면 불 좀 쓰겠다고 알몸으로 다닐 뻔했다.

지금 당장은 알몸으로 싸워야 하지만.

"뻐어어어억!!"

왜냐하면 매머드가 또 버텼거든. 일전에 [비의 계승자]의 침을 맞아서 [지식]이 오른 덕에 마법의 위력이 상당히 증가했음에도 이랬으니, 만약 침을 맞지 않았다면 답도 없을 뻔했다.

그렇다고 침을 뱉어 준 [비의 계승자]에게 감사의 마음 따윈 조금도 들지 않지만.

"퉤!"

나는 눈이 녹아 축축한 땅에 침을 뱉었다.

눈바닥을 나뒹구느라 눈을 너무 많이 먹었다.

"누가 이기나 한 번 해보자고. 운디네!"

나는 하이 엘프 종족 변경권으로 하이 엘프로 변한 후 가죽 물통의 운디네를 꺼내 들었다.

위치는 당연히 내 머리 위.

"내 뇌를 치유해라!"

운디네에게 그렇게 명령한 나는 재차 [해의 지식] 마법을 발현시켰다.

"[내면의 불꽃]."

[해의 지식]으로 내면을 달구어 해의 지식 마법의 위력을 증가시키는 일종의 부스트 마법.

1초에 지식 1을 까먹는 비효율의 극치지만, 쓸모가 없다면 쓸 이유가 없다.

"그르르륵……!"

매머드의 신음 소리를 들으며, 나는 마지막 공격이 될 터인 불꽃 폭발을 준비했다.

"죽어라!!"

쾅!!

              *   *   *

앞서 몇 번이고 말했지만, 매머드는 컸다.

그만큼 고기도 많았다. 그런데 고기만 많은 게 아니었다.

경험치도 많았다.

―레벨 업!

―레벨 업!

좀 심하게 많았다.

이 거친 눈보라가 누구로부터 비롯되었는지 알게 되기 전까지는 납득이 안 갈 정도의 양이었다.

그렇다.

눈보라의 원인은 매머드였다.

매머드의 숨통을 끊자마자 눈보라가 조용해진 것을 보고, 나는 순간적으로 그 자리에서 굳어 버리고 말았다.

왜냐하면 나는 이런 몬스터 따위 본 적이 없기 때문이다.

"눈보라를 불러일으키는 매머드라고?"

내 눈으로 직접 못 본 거야 당연하지만, 그 어떤 모험가의 공략 영상에서도 못 봤을 뿐만 아니라 문서로도 기록된 바가 없다.

*   *   *

마법인지 주술인지 초능인지 알 수는 없지만, 그것이 무엇이든 법칙을 어그러뜨리는 능력인 것만은 확실했다.

"…이런 특수 능력을 가진 매머드가 있었나?"

오히려 고블린이나 오크 사이에서 마법사나 주술사 같은 특수 개체가 나오기는 하지만, 매머드는 본 적이 없다.

"역시 이곳이 특이하다고 봐야겠지?"

아니면 49층 이후에 나오든가. 아니, 49층에 나오는 몬스터라면 지금 내 전력으로 죽일 수 있을 리 없으니 그런 것도 아닐 거다.

어쨌든 경험치는 많이 줬다.

추정 레벨은 125레벨 정도? 하지만 주는 경험치는 레벨과 비례하지 않으니, 어디까지나 추정일 뿐이다.

매머드의 숨통을 끊었지만, 그렇다고 발밑이 푹푹 꺼지는 눈밭마저 사라진 것은 아니었다. 그친 것은 그저 눈보라일 뿐이다.

매머드가 불러온 눈보라로 인해 일어난 결과물인 설원은 그대로 남아 있었다. 하지만 적어도 내 주변에는 눈이 보이지 않았다.

[해의 지식]을 통한 마법으로 [불꽃 폭발]을 몇 차례씩이나 일으킨 탓에 눈이 다 녹아린 탓이다.

"후우."

나는 알몸인 상태로, 눈이 녹아 진창이 되어 버린 지면에 주저앉았다. 꽤 피곤했다.

[내면의 불꽃]으로 강화시킨 [불꽃 폭발]을 딱 한 번 썼는데도 이 정도의 소모다.

심지어 [내면의 불꽃]은 매머드의 죽음을 확인하고 바로 끄기까지 했다.

"일단 뇌부터 회복시켜야겠어……."

다행히 주변은 따듯했다. 워낙 불을 질러 댄 터라, 열기가 아직도 땅에 남아 있는 덕이었다.

그래서 내 머리를 감싼 운디네의 서늘한 물기가 더욱 반가웠다. 그렇게 멍하니 퍼질러 앉아 있던 것도 고작 몇 분.

"…자, 그러면."

나는 주변을 돌아보았다.

비록 온통 눈보라로 가득해 시야는 가려졌지만, 여기서 무엇을 해야 할지는 이미 정해진 거나 다름없었다.

"이렇게 경험치를 많이 주는 적을 그냥 두고 갈 수야 없지."

화이트 매머드 사냥이다.

화이트 매머드를 쫓는 법은 간단하다.

눈보라를 따라가면 된다.

눈보라의 중심에 매머드가 있을 테니.

"가자!"

*　　　　*　　　　*

뻐어어어억!

쿠웅!

또 한 마리의 화이트 매머드가 비명에 무너져 내렸다.

"익숙해질수록 잡는 속도가 빨라지는군."

지금 다시 생각해 보면 첫 놈을 너무 무식하게 잡았다.

정면에서 들이박아 폭발 연타라니.

그러니까 가죽도 상하고 고기도 사방팔방 흩어진 게 아닌가.

자고로 사냥이란 되도록 사냥감이 상하지 않게 잡는 것이 기본이거늘.

내가 그 기본을 너무 무시했다.

화이트 매머드는 지나치게 큰 나머지, 머리 위에서부터의 공격에 취약하다.

물론 그렇다고 무력한 것까지는 아니지만.

머리를 흔들어 떨어뜨리려고 하거나 코로 머리 위를 쳐 내려고 하는 정도의 반항은 한다.

그러나 내게 그 반항은 소소한 것에 그쳤다.

전쟁검 [피바라기] 상태에서도 [피] 20점 보너스를 받으면 민첩 능력치가 100을 넘긴다.

매머드의 흔들리는 머리 위에서 균형을 잡으면서 날아드는 코 공격을 피해 내는 건 내게는 그리 어려운 일이 아니었다.

그렇게 머리 위에 올라서서 신비의 칼날을 머금은 전쟁검으로 머리에 구멍을 뚫고, 그 구멍 안으로 내면의 불꽃으로 위력을 극 대화한 불꽃 작열을 넣어 주면?

그 덩치에 비해 그리 큰 편은 아닌 뇌를 바싹 익히는 데에는 충분한 열기가 나온다.

말로 하는 거야 간단하지만 [지식], [신비], [혈기]를 모두 동원 해야 이 각이 나온다는 것을 생각하면 역시 매머드가 강하긴 강하다.

과연 이 매머드를 나랑 같은 레벨의 다른 모험가가 잡을 수 있을까?

잡을 수 있을지도 모른다.

고유 능력을 잘 뽑았고, 성좌의 축복도 잘 받았고, 성검까지 휘두른다면 말이다.

당연한 이야기지만 이게 쉬운 건 아니다.

아니지, 반대로 불가능에 가깝다. 즉, 나는 불가능에 가까운 위업을 세운 거나 다름없었다.

"이런 건방진 생각까지 하는 거 보면 이번의 내가 좀 잘 크긴 잘 컸어."

결론을 내고 보니 내 얼굴에 금칠이었지만, 그래도 괜히 뿌듯하다. 만족스러운 한숨을 내쉬며 주변을 둘러보니, 어느새 눈보라가 그쳤다.

"이 주변의 매머드는 다 잡은 모양이네."

[이철호]

레벨: 99

여기가 15층이니, 내 레벨 한계는 110레벨.

가능하다면 끝까지 찍고 나가고 싶은 마음이 그득하지만, 그렇다고 서두를 필요까지는 없다.

5층에서 경험한 것과 똑같이 돌아간다면, 여기서 보낸 시간은 카운트되지 않을 테니까.

그러니 좀 느긋해도 된다.

"좀 쉬면서 전리품을 회수할까."

그동안 나는 레벨 업에 미쳐서 화이트 매머드의 털과 가죽, 고기를 갈무리하지 않은 상태로 돌아다니고 있었다.

그러니 매머드 시체는 지금 저 눈보라 그친 설원에 널브러진 채 방치된 상태였다.

날이 추우니 쉽게 썩진 않겠지만, 그래도 미리미리 작업해서 인벤토리에 쌓아 두는 게 마음이 편할 것 같았다.

"잡은 순서대로 할까? …응?"

[망원]을 켜서 가장 먼저 잡은 매머드의 잔해 쪽을 살펴보고 있으려니, 어떤 놈들이 감히 내가 잡은 매머드 시체에 손을 대고 있었다.

"아니, 어떤 놈들이야!?"

나는 바로 망원을 끄고 달려가기 시작했다.

아무리 불꽃 폭발을 퍼부어 너덜너덜해진 매머드 시체라 한들 남에게 뺏길 수는 없었다.

*　　　　　*　　　　　*

가까이에서 도둑놈들의 모습을 확인한 나는 맥이 풀렸다.

"이놈들, 드워프잖아?"

드워프는 지구인에게는 백설공주와 일곱 난쟁이에 나오는 난쟁이로 유명한 종족이다.

하지만 미궁의 드워프는 세계 최초의 극장용 장편 총천연색 애니메이션으로 제작된 그 작품에서 나오는 모습과는 사뭇 다르다.

인간보다 키는 작지만, 전후좌우가 두툼하다.

그게 다 통뼈와 근육으로 이뤄진 강골이다.

또 성질이 급하고 고집이 세며 굽힐 줄 모른다.

전투에선 묵직한 양날 도끼와 강철 투구로 무장한 채 가장 앞에 서서 괴성을 지르며 달려들고, 전투가 끝나면 뜨겁게 데운 맥주를 마시며 서로 소리를 질러 대는 종족.

한 줄로 줄이자면 데운 맥주 먹는 미친놈들이다.

이게 미궁의 드워프가 가지는 대표적 이미지다.

그런데 내가 여기서 맞닥뜨린 드워프는 그런 대표적인 이미지와는 거리가 멀었다.

양날 도끼와 강철 투구는 없고, 대신 너덜너덜한 뭔가의 가죽으로 몸을 간신히 가리고 어떤 이름 모를 생물의 뼈를 도끼 대신인지 들고 있다.

불뚝 튀어나와야 할 배는 쏙 들어갔고, 뭐 그래도 뼈가 두꺼워 보이긴 했지만, 근육은 별로 보이지 않았다.

어디서든 근거 없이 자신에 찬 모습은 어딜 간 건지 눈은 비굴하게 내리깔고 있으며, 더러운 성질은 세탁이라도 한 건지 뒷걸음질을 치고 있다.

마지막으로, 목소리가 작았다.

목소리가 작은 드워프라니.

혹시 맥주 데워 먹는 걸 잊기라도 한 건가?

"우가우가, 우가우가우."

"우가우, 우가우가."

아, 하나 더.

하는 말이 이따위였다.

드워프어는 어디 갔냐?

너네 드워프 맞냐? 사실 드워프 아닌 거 아냐?

그러고 보니 이것들을 드워프라고 여긴 건 내 착각일 뿐일지도 모른다.

그래, 맞다. 내 드워프는 이러지 않아!

나는 그렇게 여기려고 했지만, 그러기 쉽지 않았다.

왜냐하면 이들의 모습에서 5층의 비밀 세계에서 만났던 엘프의 모습이 연상되었기 때문이다.

혹시 원시 고대 드워프?

어… 드워프가 원래 이렇게 비쩍 곯은 종족이었나?

하긴 이 눈으로 덮인 설원에서 이들이 뭘 주워 먹고 살았겠는가?

진짜 이런 데서 뭘 어떻게 먹고 살 수 있지?

나는 새삼 궁금해졌다.

그런데 이들이 커다란 자루를 하나씩 들고 있으며, 그걸 내게 뺏기지 않으려고 소중하게 붙잡고 있는 게 더 마음에 걸렸다.

궁금하잖아?

때로는 호기심이 연민을 이긴다. 나는 그 자루를 빼앗아 보았다.

"우가! 우가우가!"

자루를 빼앗긴 드워프의 눈에 눈물마저 맺혔지만, 나는 상관하지 않고 내용물을 확인했다.

"…윽!"

아는 게 힘인가?

항상 그렇지는 않다. 적어도 나는 원시 고대 드워프의 자루 속 내용물을 몰랐던 때로 돌아가고 싶다.

왜냐하면 자루 안을 가득 채우고 있는 건 화이트 매머드의 분변이었기 때문이다.

"너희… 이거 먹고 사는 거야?"

"우가!"

내가 내던진 자루를 도로 주워 소중히 끌어안는 모습이 눈물겹다.

아, 안 되겠다.

이건 안 되겠다. 어지간하면 아무것도 못 가져가게 할 생각이었지만, 이런 장면을 봐 버린 이상 결심이 흔들릴 수밖에 없다.

"…가져가."

나는 너덜너덜해진 매머드의 사체를 적당히 토막 내서 원시 고대 드워프들에게 나눠 줬다.

"우가! 우가우가!!"

"우가우가우!!"

고기를 받아든 원시 고대 드워프들은 엄청나게 흥분했다.

그야말로 어마어마하게 흥분했다.

몇몇은 그 자리에서 날고기를 뜯어 먹으려고 할 정도였다.

"있어 봐!"

나는 날고기를 뜯으려던 원시 고대 드워프에게서 고기를 빼앗고, 마법의 불꽃으로 고기를 구운 후 돌려주었다.

"구워 먹어."

내가 구워 준 고기를 나눠 먹은 원시 고대 드워프들은 아까보다 세 배 정도 더 흥분했다.

흥분하다 죽지 않을까 걱정될 정도로 흥분했다.

결국 나는 원시 고대 드워프를 위해 작은 모닥불을 피워 주었다.

옹기종기 둘러앉아 고기를 불 속에 집어넣고 고기의 상태를 살피는 모습은 후대의 드워프 장인 모습이 엿보이기까지 했다.

역시 이놈들이 원시 고대 드워프가 맞나?

차라리 아니었으면 좋겠는데. 하지만 맞는 것 같다는 게 슬프다.

*   *   *

문제가 생겼다.

"너무 많아……."

아무리 내가 온갖 일반 기술 랭크를 다 올려서 인벤토리 용량을 확보해 놨다고 한들, 저 거대한 매머드의 시체를 다 넣고 다닐 순 없다. 그래서 최대한 갈무리를 해서 겹칠 수 있는 건 겹쳐 보고 꼭꼭 구겨 넣었지만, 반은커녕 반의반조차 넣을 수가 없었다.

"애초에 욕심을 너무 부렸던 거야."

나 혼자 매머드 스무 마리 이상을 먹겠다는 것 자체가 사실 말이 안 됐다.

반의반이나 넣은 것도 냉정하게 생각해 보면 인벤토리 낭비다.

어차피 매머드로 올릴 수 있는 거 다 올리고 나면 필요성이 떨어지는 것들이다.

나중에 더 높은 레벨의 몬스터가 나오면 그것들로 채워야 할 인벤토리고. 혹시 모른다는 생각을 하기엔 내가 수집한 정보가 너무 많고 게다가 정확하다.

내가 봤을 땐 두어 마리 정도 사체만 보관해도 충분하다. 아니, 이것도 넉넉하게 잡은 거다. 한 마리로도 다 먹고 남을 게 뻔했다.

"맘모스 빵 생각에 정신이 나간 거지."

이성을 되찾은 나는 이미 갈무리까지 끝낸 이 대량의 매머드 부산물을 어떻게 할지 생각했다.

결론은 금방 나왔다.

"원시 고대 드워프들한테 짬 때려야겠네."

매머드의 어느 부월 먹어도 분변보단 나을 테니.

*　　　　*　　　　*

"우가가! 우가우!!"

"우가가! 우가우!!"

내게서 대량의 매머드 부산물을 받아든 원시 고대 드워프들은 내게 절을 하기 시작했다.

이거 어디서 한 번 본 기억이 있는데…….

오래 생각할 것도 없었다.

5층의 원시 고대 엘프들이다.

그래도 걔넨 튀김이라도 받아먹고 이랬는데…….

하긴 양은 이쪽이 많지.

아무튼 매우 기뻐하며 내게 감사하던 드워프들은 나를 자신들의 소굴로 안내했다.

소굴이라고 칭한 이유는 드워프들을 비하하려고 그런 게 아니라 진짜 소굴이었기 때문이다.

둥지 소에 굴 굴.

그냥 바위틈에 난 굴에 마른 풀 몇 개 깔아 놓고 거주지로 삼았으니 이게 소굴 아니면 뭐겠는가?

하… 눈물 난다.

애들 왜 이렇게 사냐.

그나마 문명의 냄새가 조금이라도 묻어나는 거라고는 동굴 가장 안에 위치한 맑은 샘 위에 모셔진 작은 성상이었다.

음? 성상?

[고대 드워프 광부의 성상: 성좌 [고대 드워프 광부]와 연결된 성상이다.]

나는 나도 모르게 손을 뻗어 성상을 손에 쥐었다.

[네가 감히!]

그러자 바로 성좌의 목소리가 들렸다.

[내 아이들을 돌봐 줘!?]

"어, 예."

그런데 반응이 왜 이렇지?

[고맙다곤 하지 않겠다!]

분명 성좌는 이렇게 말했다.

─새로운 능력치를 얻었습니다.

─[욕망]

그런데 이건 뭐지?

[욕망 3]

성좌가 뭔가를 줬다.

[쓰레기 같은 능력치로군!]

그러더니 갑자기 날 욕했다.

어? 화나네?

─[욕망 +20]

내 화는 금방 풀렸다. 또 뭔가 줬기 때문이다. 게다가 이것만 준 게 아니었다.

[네놈 따위가 이 몸의 위대한 힘을 쓰는 법에 대해 뭘 알기나 하겠느냐!]

성좌의 노성과 더불어, 능력의 사용법이 내 뇌에 기록됐다.

[욕망 구현: 욕망을 아이템의 형태로 구현한다. 기초가 되는 재료, 혹은 아이템이 있다면 더욱 효율적으로 구현할 수 있다.]

[욕망 반환: 욕망을 구현한 아이템을 다시 욕망으로 되돌린다.]

"오."

이 두 능력을 통해, 이 욕망이라는 능력치로 뭔가 필요한 걸 만들었다가 다시 욕망으로 되돌렸다가 마음대로 할 수 있을 것 같다. 꽤나, 아니, 상당히 좋은 능력이다.

[네가 멋대로 내 아이들을 도왔으니, 너도 네 멋대로 네가 원하는 걸 만들든지 말든지 네 마음대로 해라!]

아, 이제 알았다.

"성좌님께서는 새침데기시군요."

[개소리!]

성좌는 화를 냈다.

진짜로 화를 냈다. 온갖 욕설을 내게 10분 동안이나 퍼부은 성좌는 그대로 채널을 끊어 버렸다.

내가 뭘 잘못한 건가?

7장
—
제16층

원시 고대 드워프들의 소굴에 매머드의 시체를 쏟아 부어 주고 나온 나는 매우 아쉬운 사실을 알게 되었다.

이 드넓은 설원에 눈보라가 전혀 보이지 않았다.

펑펑 쏟아지는 눈이 그치고, 그 대신 하늘에서는 햇살이 쏟아지고 있었다. 그 탓인지 일부에선 눈이 녹기 시작해, 흙이 모습을 드러내고 있었다.

눈 녹은 물이 바위틈에 얼어붙은 개울을 타고 그 위를 졸졸 흐르고 있었다. 이제 슬슬 설원조차 아니게 될 것 같은 풍경이 가리키는 현실은 바로 이것이었다.

"설마 내가… 그 많던 화이트 매머드를 다 죽인 건가?"

그러한 현실을 깨달았을 때, 내가 느낀 감정은 단 하나였다.

"아, 레벨 더 올려야 되는데."

아쉬움.

오직 그것 하나뿐이었다.

*　　　　*　　　　*

화이트 매머드가 멸종해 버린 탓에, 나는 이 설원에서 더 얻을 것이 없어지고 말았다.

[비밀 교환+]으로 탐사를 해 보기는 했지만, 5층 때와 마찬가지로 이 설원에도 별다른 비밀이 발견되지 않았다.

뭐, 볼 일 다 마친 거지.

이제 여기도 뜰 때가 되었다.

사실 5층 때의 경험을 통해 여기에서도 시간이 안 갈 거라고 제멋대로 판단하긴 했지만, 사실 근거가 부족하긴 했다.

5층과 달리 여기선 시간이 갈 수도 있었고, 오히려 두 배, 세 배, 어쩌면 열 배 더 빨리 시간이 갈 수도 있었다.

어제 동쪽에서 해가 떴다고, 오늘도 동쪽에서 해가 뜨리란 보장이 없는 게 미궁이니까.

그러니 안심하고 눌러앉아 있을 수는 없었다.

"우가가! 우가우!!"

"우가가! 우가우!!"

말도 안 통하는데 눈치는 어쩌나 빠른지, 원시 고대 드워프들이 눈물을 흘리며 떠나려는 나를 잡으려고 했다.

"어, 그래그래. 잘 있어들."

그러나 나는 이미 마음을 정했다.

나는 내게 절하며 손을 내뻗는 드워프들을 향해 가볍게 손을 내저어 주며, 차원의 벽을 넘었다.

*　　　*　　　*

"어떻습니까, 여신님. 1초 지났습니까?"

[행운의 여신이 무슨 소리냐고 되묻습니다.]

휴, 나도 모르게 10년이 지나거나 그런 일은 없었던 모양이다.

뭐, 이전과 같을 가능성이 더 크다고 생각은 하고 있었지만, 세상에는 만약의 일이라는 게 있으니까.

"그럼 이건 어떻습니까?"

나는 행운을 올렸다.

[행운 99]

[행운의 여신이 놀랍니다.]

그래, 이 반응을 원했어.

나는 킬킬대며 웃었다.

그러나 이번에는 내가 놀랄 차례였다.

[성좌 퀘스트: 초월적 행운]

[행운의 여신은 당신이 초월적 행운을 지니길 원합니다. 좀 더 구체적으로는 행운 능력치를 100까지 찍길 바랍니다. 보상? 당연히 있죠!]

[퀘스트 성공 보상: 행운의 여신의 무작위 축복]

[퀘스트 성공 보상: 행운의 여신의 무작위 축복]

이제껏 행운의 여신은 내게 퀘스트를 내린 적이 없다.

그저 약속만 있을 뿐이었다.

고블린들을 쳐 죽이면 축복을 주겠다거나, 뭐 그런 식의 '약속'이었지. 그러나 이번에 행운의 여신은 미궁의 시스템을 이용한 정식 퀘스트를 발주했다.

게다가 보상이 두 줄이었다.

게다가 보상이 두 줄이었다.

중요한 내용이라서 두 번 말했다.

"이거 축복 두 번 주시겠다는 것 맞습니까?"

[행운의 여신이 그렇다고 대답합니다.]

버그나 오류는 아닌 것 같다. 그렇다면 할 수밖에 없지.

행운 100!

"…축복 한 번은 선불로 주시면 안 됩니까?"

[행운의 여신이 바로 어제 축복을 받아 가 놓고 염치도 없느냐고 되묻습니다.]

"어제?"

어제였나? 아, 어제 맞네.

그러고 보니 [휠 오브 포츈] 효과도 아직 안 끊겨 있었다. 내가 저쪽 다녀오느라 시간 관념이 좀 헝클어져서 그만.

"알겠습니다."

나도 염치란 게 있는 사람이다.

뭐, 1레벨만 더 올리면 되니까.

　　　　　　＊　　　　　＊　　　　　＊

1레벨만 더 올리면 된다고 생각했었다. 그게 간단한 일이라고 생각했었지. 하지만 그건 결코 쉬운 일이 아니었다.

"돌려, 돌려, 돌림판!"

24시간이 지났으므로, 나는 휠 오브 포츈을 돌리기로 했다.

드르르르륵!

―경험치 2배!

"하."

나는 허탈한 한숨을 토해 냈다. 결론부터 말해서 15층에는 내게 경험치를 줄 수 있는 몬스터가 없었다.

그럼 16층은?

거기도 전체 모험가를 한데 모아 놓는 층이라, 내게 경험치를 줄 만한 몬스터는 나오지 않는다.

"그래도 16층이 가능성이라도 있지."

16층에도 6층의 묘지와 비슷한 시설이 있다.

바로 '저택'이다.

다만, 이게 묘지와 똑같이 서브 퀘스트의 대상이 되리라는 보장이 없다.

김민수를 비롯한 지난번의 모험가들은 저택을 부술 시도조차 못 했으니까.

일단 일정 시간 이상 치유의 샘을 방위하는 것이 클리어 조건인데, 공격에 나서기엔 인원이 부족했던 탓이다. 그나마 멀리서 저택의 존재를 확인했을 뿐이다.

내가 저택의 보상을 확신하지 못한 것도 이 때문이다.

내게 있는 근거라고는 그저 16층이 6층과 유사하다는 것 하나뿐이다.

하지만 이 정도면 근거로 충분하지 않을까?

실낱같은 가능성이라도 잡아 봐야 하는 게 나다.

더욱이 16층에는 비밀이 있을 가능성이 있다.

6층처럼 없을 수도 있지만.

아니, 없을 가능성이 더 커 보이긴 하지만!

어차피 15층에는 답이 없었다. 비밀도 없었고, 내가 잡을 몬스터도 없었다. 그리고 딱히 내가 할 일도 없었다.

다들 잘하고 있는데 딱히 통제를 걸 것도 없고.

그래서 나는 먼저 내려가기로 결정했다.

         *   *   *

이미 언급했듯, 미궁 16층은 6층과 유사하다.

다만 좀비가 아니라 구울이 몰려올 뿐.

게다가 구울 웨이브를 처리한 후에는 그 상위 존재인 흡혈귀가 몰려온다.

흡혈귀한테 물려 죽은 모험가는 구울이 되어 버리는 점에서, 두 몬스터의 관계를 짐작할 수 있다.

"뭐, 나하고는 상관없지."

내가 노리는 건 저택, 흡혈귀 저택이니까.

저택은 6층의 묘지처럼 구울과 흡혈귀를 생산해 내는 시설이다.

지나치게 많이 부수면 또 다른 모험가의 성장을 방해하게 된다는 것도 똑같다.

하지만 지금은 다른 모험가보다는 내 레벨이 더 중요하지 않을까?

시간 되면 재깍재깍 리젠되는 정글의 몬스터 캠프만 처리해도 레벨이 쭉쭉 오르는 쪼렙들 걱정하고 있을 때가 아니다.

올릴 수 있을 때는 올려야 한다!

물론 저택이 퀘스트를 주는지는 가서 확인해 봐야 알 수 있다.

퀘스트를 준다면 다 부술 것이고, 안 준다면 적당히 솎아내기만 할 것이다.

"자, 그럼 가 볼까?"

원래라면 여기 머물며 치유의 샘을 방어해야 하지만, 다행히 아직 구울 웨이브가 몰려오기 전이다.

지금 16층에 있는 건 나 하나뿐이기 때문이다.

구울 웨이브는 15층에서 생존한 모험가가 일정 숫자 이상 16층으로 내려와야 시작된다.

6층에선 막 커뮤니티가 시작된 터라 아무도 이런 정보를 알려 주지 못했지만, 16층쯤 되면 뭐라도 찍어서 올리게 되니 알려진 정보였다.

[이철호]: 16층 공략 작성 중입니다. 잠시만 16층에 내려오지 마시길 부탁드립니다.

커뮤니티 점수를 써서 공용 커뮤니티에 공지를 올린 후, 나는 바로 출발했다.

"서둘러야겠군."

아무리 공지를 올렸어도 모험가 전부가 내 말을 들으리란 법이 없다.

세상 어디에든 트롤러는 있는 법이다.

미궁이라고 예외일까.

뭐, 치유의 샘물이 점령당하면 지들 손해지 내 손해인가? …하는 마음이 안 드는 건 아니지만 그래도 서둘러서 나쁠 건 없다.

아니, 내 마음이 급하다.

"레벨, 레벨 올려야 해!"

내 경험치 내놔라!

*　　　　　*　　　　　*

[서브 퀘스트: 오래된 흡혈귀 저택 파괴]

[흡혈귀 저택은 흡혈귀와 구울을 생산하는 유용한 시설입니다만, 지나치게 시간이 흐르면 흡혈귀가 의도 이상으로 성장하는 경향이 있습니다. 파괴하세요. 보상이 있습니다.]

[퀘스트 성공 공통 보상: 경험치]

[기여도에 따라 추가 보상이 주어집니다.]

"역시!"

나는 내 예상이 맞았다는 사실에 기뻐하고는 곧장 작업에 착수했다.

"[내면의 불꽃], [불꽃 폭발]! [불꽃 폭발]! [불꽃 폭발]!"

콰콰콰쾅펑!!

흡혈귀 저택이 터져 나갔다.

애초에 그렇게 큰 저택이 아니었다. 저택 본채만 3층이었고, 그것도 3층은 여의도 국회 의사당의 뚜껑 비슷한 것이 덮여 있는 것에 불과했다.

[내면의 불꽃]으로 강화시킨 [불꽃 폭발] 두 발이면 파괴할 수 있을 것이라 계산했고, 만약을 위해 세 발을 날린 것뿐이다.

그런 내 계산은 적중했다.

[퀘스트 완수 공통 보상: 경험치 10%]

[기여도 100% 추가 보상: 미궁 금화 10개]

"좋았으!"

나는 기뻐하며 경험치 바를 확인했다.

그런데 경험치는 10%밖에 오르지 않았다.

[휠 오브 포츈]의 경험치 2배는 어디 가고?

"…여신님?"

[행운의 여신이 혹시 뭘 기대했냐고 묻습니다.]

"휠 오브 포츈……."

[행운의 여신은 너라면 이미 알아차렸을 거 아니냐고 되묻습니다.]

그랬다.

[휠 오브 포츈]의 경험치 2배 효과는 퀘스트 보상까지 뻥튀기시켜 주지는 않는 모양이었다.

"쳇."

뭐, 안 되는 건 어쩔 수 없지. 그래, 경험치 주는 게 어디냐.

나오는 경험치가 적어? 그럼 더 많은 저택을 불태우면 될 일이다.

생각을 바꾼 나는 오늘 내로 저택 열 채를 불태울 계획을 세웠다.

16층을 불로 정화할 것이다.

[행운의 여신이 무슨 방화범 같다고 합니다.]

나는 아무것도 못 들은 척했다.

＊　　　　＊　　　　＊

16층을 누비며 새롭게 알게 된 것이 있다.

흡혈귀 저택에는 두 종류가 있다.

그냥 저택. 그리고 오래된 저택.

그냥 저택은 불태워도 퀘스트가 뜨지 않는다. 오직 오래된 저택만이 금화와 경험치를 준다.

"오래된 것은 좋은 거야……."

또 한 채의 저택을 불태우면서, 나는 나른하게 중얼거렸다.

그렇게 나는 여덟 채의 오래된 저택을 불태웠다.

사실 오래되지 않은 저택도 한 채 불태웠다.

오해가 낳은 불운한 사고였다.

[이철호]: 이제 내려오셔도 됩니다.

[이철호]: 이미 올린 16층 공략을 보시면 아시겠지만, 한 번에 많이 내려오시는 게 좋습니다.

이 정도면 됐겠다 싶어서, 나는 공지를 통해 통제를 풀고 모험가들을 불러들였다.

내가 먼저 나서서 저택의 숫자를 적절히 줄였기에 모험가들의 목숨이 위험할 일은 별로 없을 것이다.

게다가 이번에는 다들 미리 알고 15층에서 식량을 비축해 두었을 거라 5층보다 훨씬 수월하게 버틸 수 있을 것이고.

오래된 저택 외의 저택은 남겨 두었기에 다른 모험가의 성장 기회를 빼앗은 것도 아니었다.

"자, 그럼 두 채만 더 불태우면 되겠군."

서두를 필요가 사라졌기에, 나는 이전보다 여유 있게 주변을 돌아볼 수 있게 되었다.

그 말은 곧 탐사한다는 말과 같다.

"나는 회귀자다, 나는 회귀자다, 나는 회귀자다."

마치 랩처럼 중얼거리며, 나는 주변을 돌아다녔다.

비밀이 발견되지는 없었다.

그러나 나는 그 사실에 허무해하지 않았다.

저쪽 언덕 너머에 엄청나게 커다란 저택이 눈에 들어왔기 때문이다.

[서브 퀘스트: 가장 오래된 흡혈귀 저택 파괴]

[조심하십시오! 가장 오래된 흡혈귀 저택은 이 층계에서 가장 강력한 흡혈귀의 소굴입니다! 그 휘하에는 흡혈귀 부하들이 다수 우글대고 있습니다! 그러나 이 역겨운 무리를 청소하는 데에 성공하신다면 그에 걸맞은 보상이 따를 것입니다!]

[퀘스트 성공 공통 보상: +1레벨]

[기여도에 따라 추가 보상이 주어집니다.]

보통 오래된 흡혈귀 저택이 3층 정도에 불과했다면, 가장 오래된 흡혈귀 저택은 5층까지 올린 석재 건물로 그 크기만 보더라도 위압적이었다.

게다가 집사와 하녀가 머무는 별채가 따로 있었고, 지붕에 높도록 지어진 헛간에는 흡혈귀 가축들이 따로 들어차 있었다.

또 저택 주변에 녹슨 쇠창살이 둘러쳐져 있었고 저택은 언덕 위에 세워진 반면 입구는 아래쪽에 있어, 시야든 고도든 침입자가 불리했다.

"이제까지처럼 쉽게는 안 되겠군."

망원과 투시를 통해 흡혈귀 저택의 안쪽을 확인한 나는 혀를 한 번 찼다.

이제까지는 저택의 규모가 작아 강화한 [불꽃 폭발] 세 발로 해결해 왔지만, 이번만큼은 규모가 다르다.

"쓰읍."

나는 인벤토리에서 [영혼 깃든 흑요석 단도]를 꺼내들었다.

"민수야."

―부르셨습니까, 주인님.

[영혼 깃든 흑요석 단도]에서 살고 있는 김민수가 내 부름에 응답했다.

아니, 그보다 주인님이라니.

"…너 나 부담되라고 일부러 그러는 거야?"

―그런 건 아닙니다만. 주인님께서 제 주인님인 건 맞잖습니까?

"너랑 주종 계약을 맺은 기억은 없는데."

―집주인님.

"그건 맞네!"

좌우지간.

"사거리 연장 부탁해."

―[명궁의 소양] 말씀이시군요. 준비됐습니다.

"좋아."

김민수 이 녀석, 의외로 유능하다.

나는 속으로만 만족스러워하며 바로 마법을 준비했다.

쏠 마법은 당연히!

"[내면의 불꽃], [불꽃 폭발]! [불꽃 폭발]! [불꽃 폭발]! [불꽃 폭발]! [불꽃 폭발]!"

쾅쾅쾅쾅쾅펑!

그동안 불태웠던 저택이 목재였던 것에 비해, 이번 저택은 석재인 데다 크기도 커서 좀 화려하게 준비했다.

"크!"

한 번에 대량의 지식을 써 버리는 바람에 뇌가 축나기 시작하는 게 몸으로 느껴졌다.

나는 재빨리 가죽 물통을 꺼내 운디네를 불러내 뇌의 치유와 회복을 지시했다.

이럴 걸 미리 알고 하이 엘프 상태를 유지하고 있었기 때문에 운디네는 흔쾌히 내 지시에 따랐다.

"끼에에에엑!"

그때, 저택에서 뭔가 거대한, 시커먼 그림자가 튀어나오는 것이 보였다.

*   *   *

"역시 가장 오래된 흡혈귀라 그런지 저 불에도 안 타죽는군."

나는 쓴웃음을 흘리며 신비한 화살을 준비했다.

"준비된 사수로부터~, 발사!"

드르르르르르륵!

그동안 신비 마법을 쓰지 않았기 때문에 신비는 남아돌았다.

그리고 적당히 튼튼한 적의 등장,

이는 곧 [고대 엘프 사냥꾼]의 축복을 받아 연사가 가능하게 된 신비한 화살을 마음껏 쏠 기회였다.

"핫하, 죽어라!!"

"끼꾸까끼끄까깍까!!"

흡혈귀는 무수한 신비한 화살을 맞으며 기이한 비명을 내질렀다.

비명을 내지른다는 건 아직 안 죽었다는 뜻이다.

따라서 나는 오히려 앞으로 나아갔다.

"끼아악!"

내가 다가오는 것을 본 흡혈귀가 눈을 빛내더니, 잠깐 내가 화살 발사를 멈춘 틈을 타 기습적으로 나를 습격하려 들었다.

흡혈귀의 입장에서는 안타깝게도, 다 내 예상대로였다.

"[신비한 폭발]!"

펑!

"끄아악!"

"우와, 너 진짜 튼튼하구나."

흡혈귀의 비명은 단말마와 거리가 멀었기 때문에, 나는 곧장 다음 [신비한 폭발]을 준비했다.

"잠깐! 잠깐! 거래! 거래다! 거래를 하자, 인간!!"

와, 흡혈귀가 말을 하네?

하지만 그건 그거고 이건 이거다.

"[신비한 폭발]!!"

펑!

"끼아웅!!"

"이걸로도 안 죽다니. 대단한데?"

나는 내심 감탄했다. 더불어 기대 심리도 나타났다.

이 정도로 튼튼하다면 레벨도 높겠지? 레벨이 높다면 경험치를 주지 않을까?

"흐히히힛!"

경험치 먹을 생각을 하니 웃음부터 나온다.

"죄송, 죄송합니다! 목숨만… 목숨만이라도 살려 주십시오!"

"뭐? 안 돼!"

경험치 내놔!

펑!

*　　　　　*　　　　　*

"네겐 실망했다."

흡혈귀 시체를 내려다보며, 나는 혀를 찼다.

"경험치를 안 주다니……."

─아니, 그게 무슨 미친 소리야?!

흡혈귀가 화를 냈다. 물론 흡혈귀는 이미 죽었으므로, 대답하는 흡혈귀는 산 흡혈귀가 아니었다.

죽은 흡혈귀였다.

─겨우 그런 소릴 하자고 [위대한 지식]과 거래까지 해서 내 영혼을 불러낸 거야?

흡혈귀의 말대로, 지금 내가 흡혈귀와 대화를 할 수 있는 건 내가 [별의 지식] 마법인 [죽은 자와의 대화]를 사용했기 때문이다.

그렇다고 흡혈귀의 말이 다 맞는 건 아니었다.

겨우 티배깅이나 하자고 쓸데없이 [지식] 써 가며 흡혈귀의 영혼을 불러낸 거겠는가?

"이제부터 네 저택을 뒤질 건데, 뭐 특이한 거 있으면 말해 달라고."

곧 네 저택을 폭파할 거지만 혹시 저 안에 전리품이 될 만한 거 있으면 알아서 토해 내라고 말하기 위해 불러낸 거였다.

사실 강화된 [불꽃 폭발] 5연발에 의해 저택 본관은 이미 반파된 상태였지만, 그래도 혹시 모르지 않는가?

—끼아악! 미친! 미친 인간! 네 놈 따위가 위대하신 [피바라기]님의 은혜를 받았다니 믿기지 않는다!

위대하신 피바라기님? [피투성이 피바라기] 이야기겠지?

"[피투성이 피바라기]를 알아?"

—그렇다! 그분은 우리의 주인님이시다! 그분의 사도가 되어야 할 네가 이런 폭거를 저지르다니! 넌 날 절대 지배하지 못한다!!

음? 지배?

나는 혹시나 하는 마음에 김민수를 불렀다.

"민수야."

—예, 집주인님.

내가 조금 전에 한 말을 기억한 건지, 김민수는 나를 부르는 호칭을 수정해 주었다.

눈치 빠른 거 봐.

유능하다, 김민수!

"지배력 강화 부탁해."

―[지배자의 면모] 말씀이시군요. 준비되었습니다.

크, 빠릿빠릿하다.

"이제 어때?"

나는 흡혈귀, 정확히는 죽은 흡혈귀의 영혼에다 대고 물었다.

―크, 네놈! …네놈! 네노오오옴……!

흡혈귀는 뭔가 본능에 저항하는 듯 굴었다.

"음, 영향이 있는 것 같긴 한데. 좀 애매하네."

[혈기] 능력치를 좀 더 올리면 반응이 있을지도 모르겠다는 생각은 했지만, 별로 그러고 싶지는 않았다. 약한 데다 이미 죽기까지 한 이 흡혈귀 놈을 가져다 어디다 쓰겠는가?

흡혈귀와 [피투성이 피바라기] 사이에 분명한 관계가 있음을 확인한 것만으로도 충분한 수확이다.

"좋아, 잘 알았다. 돌아가도록."

픽.

흡혈귀의 영혼이 흩어졌다.

딱히 소멸하거나 한 건 아니고, 그냥 [죽은 자와의 대화]를 해제한 것뿐이다.

"수고했어, 민수야."

―월세 값은 한 것 같군요.

나는 민수를, 아니지. 단도를 인벤토리에 넣었다.

"역시 혈기에 홀리면 흡혈귀가 되어 버리는 건가 본데……."

문제는 역시 [혈기]가 기본 능력치와 연동된다는 점이다.

기본 능력치 오르는 거야 어떻게 막을 수도 없고 막기도 싫다.

그러니 [혈기]가 멋대로 오르는 건 내가 어떻게 할 수 있는 부분이 아니다.

그냥 [행운의 여신]의 가호인 [황금열쇠: 우대권]이 제대로 작동하도록 신경을 써야겠다.

이 말은 곧 앞으로도 행운을 재깍재깍 올리겠다는 뜻이다.

"일단 100레벨부터 찍고 생각하자."

모든 것은 행운 100 퀘스트 보상부터 먹고 생각해도 늦지 않다.

나는 그런 생각으로 잡념을 쫓아냈다.

"자, 그럼 가 볼까?"

그렇다고 당연히 지금 당장 흡혈귀 저택을 무너뜨릴 생각은 없었다. 왜냐하면 저 저택은 넓어서, 울타리 너머에선 [비밀 교환+]이 닿지 않았기 때문이다.

"그래도 '가장 오래된 저택'인데 기대할 만하지 않을까? 응? 흡혈귀야."

죽은 흡혈귀의 대답은 돌아오지 않았다.

대답을 바라고 한 질문은 아니었기에 상관없었다.

나는 녹슨 쇠창살을 넘어, 저택 부지 안으로 들어갔다.

*　　　*　　　*

"흐흐……."

나는 나지막하게 웃었다.

"흐하하……."

아니, 별로 나지막하지는 않았다.

"하하하!"

그냥 대놓고 크게 웃었다.

이유?

물론 있었다.

"하하하하!!"

발견되었기 때문이다.

무엇이?

비밀이.

정확히는 비밀 계단이다. 저택 지하로 통하는 비밀 계단.

바닥 타일에 딱 맞물려 교묘하게 감춰져 있었지만, [비밀 교환+]
앞에서 비밀은 없다.

나는 뚜껑을 열고 비밀 계단을 통해 비밀 지하실로 뚜벅뚜벅
걸어 내려가기 시작했다.

분위기는 음산했다.

흡혈귀 소굴인데 음산하지 않을 이유가 없다.

그럼에도 괜히 더 으스스하게 느껴지는 이유는 지하실의 한
층 더 두꺼운 어둠과 특유의 습한 공기, 그리고 시체 냄새 때문
이리라.

"시체 냄새라……."

사실 시체 냄새는 가연성이다.

나는 지식 마법으로 손가락 끝에 불을 붙였다.

어차피 [불꽃 초월]이 있어서 뜨겁지도 않은 데다, 이 정도로
는 지식이 소모되지도 않는다.

"음?"

그런데 불꽃의 빛이 잘 번지지 않았다.

어둠에 잡아먹히는 느낌이랄까.

하는 수 없군. 나는 불꽃을 더욱 키웠다.

치직, 치직.

불꽃에 뭔가가 타들어 가고 있었다.

"어둠에… 불이 붙는다?"

혼잣말을 내뱉고 있을 때, 이미 불꽃에는 [해의 지식]이 가득 공급된 상태였다.

화르르륵!

내 몸이 심지가 되어, 불이 활활 타올랐다. 그 탓에 옷을 또 한 벌 태워 먹었지만, 그딴 걸 신경 쓸 상황이 아니었다.

"갈!"

나는 일갈하며 내 발밑에다 대고 [불꽃 폭발]을 내질렀다.

콰앙!

어둠이 물러나며, 가려져 있던 시야가 드러났다. 그제야 나는 내가 밟고 있던 게 거대한 시체였음을 알 수 있게 되었다.

"자이언트 구울!?"

이딴 게 저택 지하에 있었다고?

자이언트 구울은 아주 역겹고, 더럽고, 징그러운 존재다.

"좋아!"

그럼에도 불구하고 나는 좋아한다.

비록 '지금은'이라는 전제를 붙여야 하지만.

왜냐하면 자이언트 구울은 레벨이 높기 때문이다.

내게 경험치를 줄 수 있을 정도로.

"분명 [경험치 2배]는 오늘 이날 이때를 위한 것임이 틀림없어!!"

나는 흥분하며 인벤토리에서 [피투성이 피바라기의 전쟁검 +++]을 꺼내 들었다.

"단숨에 끝낸다!"

콰직!

*　　　　　*　　　　　*

나는 자이언트 구울의 사냥법에 대해 이미 잘 알고 있었다.

왜냐하면 다른 모험가의 공략 영상에 질리도록 나오는 게 이 자이언트 구울이기 때문이다.

나중에 미궁을 더 내려가면 이런 자이언트 구울이 웨이브로 몰려온다.

정말 끔찍한 광경이었지. 그러나 그 끔찍한 광경을 스킵하지 않고 전부 지켜본 보람이 있다.

자이언트 구울은 열두 개체의 구울을 꿰매어 합친 존재로, 12개의 심장을 동시에 터트려 죽이면 침묵한다.

두꺼운 시체 갑옷으로 보호받는 심장, 그것도 동시에 터트리는 것은 결코 쉬운 일이 아니다.

하지만 [전쟁검]의 [피보라]라면 가능하다. 비록 위력이 부족해 [피칠갑]도 켜야 했지만 뭐 그건 그리 중요한 이야기가 아니다.

사실 화력이 충분하다면 이런 복잡한 방법 안 쓰고 전신을 단번에 태우거나 터트리면 된다.

하지만 아직 100레벨도 안 넘은 연약한 내게 그런 화력이 있을 리 없지 않은가? 그러니 어째, 이런 식으로라도 싸워야지. 뭐.

쿠웅!

자이언트 구울이 쓰러지는 소리에 지축이 울렸다.

—레벨 업!

—레벨 업!

"와우!"

단번에 레벨이 두 개!

누가 봐도 [휠 오브 포츈]의 [경험치 2배] 덕이다.

"사랑합니다, 여신님!"

[행운의 여신이 아까 혀 찼던 거 기억하고 있다고 말합니다.]

"저 곧 행운 100 올립니다, 여신님!"

[행운의 여신이 진심으로 축하한다고 합니다!]

여신님, 지나치게 인간적이신 거 아닌지? 하지만 그럼에도 불구하고 나는 바로 행운부터 올릴 수가 없었다.

"음? 오오!"

100레벨을 찍자마자 신체가 변화하고 있었다.

미궁에서 100이라는 숫자는 특별하다.

능력치 100은 그야말로 초월적인, 그 자체만으로 이능에 가까운 힘을 부여해 준다.

그렇다면 레벨은 어떻겠는가?

당연히 그 존재 자체를 뒤바꿀 힘을 품고 있다.

변화는 항상 고통이 수반된다는 말이 있다.

그런데 별다른 고통이 느껴지진 않았다.

그저 좀 간지러웠다.

"이상하다, 좀 아프다고 그러던데."

나는 고개를 갸웃거리며 상태창을 확인했다.

종족: [인간+]

내 신체가 변한 이유가 이것이다.

종족 항목이 [인간]에서 [인간+]로 변했기 때문.

이 변화와 더불어 이런 능력들이 붙었다.

[인간의 끈기]: 생명력이 0이 되어도 당장 죽지 않고 움직일 수 있다.

보통 생명력이 0이 되어 버리면 그 자리에서 기절하거나 죽어 버리는 게 보통이지만, [인간+]가 되면 잠시나마 평시처럼 움직이는 게 가능해진다.

그렇다고 팔다리가 날아간 상황에서 마치 사지 멀쩡한 것처럼 움직이게 해 주진 않는다.

그래도 목이 날아간 상태에서도 제때 치유를 받으면 되살아날 수도 있게 해 주는 귀중한 능력이다.

[극한 상황의 괴력]: 생명력이 1% 미만인 [빈사] 상태일 때, 근력에 200%의 추가 보너스를 얻는다.

보통 [인간의 끈기]가 발동했을 때 같이 발동하므로, 마지막 발버둥을 쳐 보고자 할 때 유용하다.

이걸 의도적으로 사용할 때가 되면 볼 장 다 본 상황인 거긴 하지만, 의외로 공략 영상에선 자주 보게 되는 상황이기도 했다.

미궁에선 이것저것 회복 수단이 많으니까.

치유의 샘물 말하는 거 맞다.

제때 회복하는 데에 실패하면 죽어 버리지만, 어쨌든 단번에 근력이 세 배로 뻥튀기되는 심플하고도 강력한 능력인지라 애용되었다. 그만큼 미궁이 막장이란 소리도 되지만, 이거야 뭐 주지의 사실이니까.

[인간의 가능성]: 생명력이 0이 되어 사망 판정을 받아도 매우 희박한 확률로 부활할 가능성이 있다. 단, [즉사] 판정된 상태에선 발동하지 않는다.

여기서 [즉사] 판정이란, 목이 달아나거나 상반신이 터지는 등의 피해를 입고도 치유 받지 못한 채 방치되어 완전히 죽어 버린 상태를 뜻한다. 이런 제한이 있긴 하지만, 그래도 '부활' 옵션은 그 자체만으로 매력적이다.

다만 그 확률이 '매우 희박하다'고 적힌 만큼, 정말로 그 확률은 거의 제로에 가까운 수준이리라. 어지간히 운이 좋지 않는 한 이 능력으로 살아날 일은 없겠지.

어, 그러고 보니 나는 운이 어지간히 좋긴 하네.

그렇게 내가 혼자 상태창을 보며 즐거워하고 있을 때였다.

퍼억!

"억······!"

강렬한 고통이 심장에서 느껴졌다.

"방심했군, 인간······!"

등 뒤에서 목소리가 들렸다.

"하기야, 방심하지 않았더라도 내 접근을 눈치채는 것은 불가능했겠지. 흐흐흐하······!"

누구신지 몰라도 웃음소리를 듣자 하니 상당히 즐거우신 것 같다.

"내 저택을 불태우고, 내 집사와 하녀들을 죽이고, 내 침실마저 범하려 들다니. 네 죄가 크고도 깊다. 그러니 나는 선고한다."

방금 전까지 흥겹게 웃고 계시던 분이, 이번에는 갑자기 엄숙하게 말씀하신다.

"너는 사형이다. 죽어라!"

콰직!

"억!"

심장이 터졌다.

"죽고 시체가 되어, 영원불멸토록 내게 봉사해라. 그것만이 네가 속죄할 수 있는 유일한… 뭐야?!"

내 죽음의 여운을 즐기려던 분이 놀라신 이유는 간단하다.

내가 죽지 않았기 때문이다.

[인간의 끈기]

이걸 얻자마자 써먹게 될 줄은 몰랐네.

[행운의 여신이 얼른 행운을 올리라고 외칩니다!]

[행운의 여신이 얼른 행운을 올리라고 외칩니다!]

[행운의 여신이 얼른 행운을 올리라고 외칩니다!]

"으… 시끄러워……!"

나는 나도 모르게 그렇게 중얼거리고 말았다.

상황은 그리 좋지 않다. 아마도 이 저택의 '진짜' 주인일 흡혈귀의 말대로, 나는 놈의 접근을 눈치챌 수 없었다.

레벨 차이도, 능력 차이도 어마어마하다.

이 저택 지하실에 웅크려 계단 역할을 대신하고 있던 자이언트 구울만 해도 상당히 강력한 존재였는데, 그 주인인 이 흡혈귀는 얼마나 강할까?

최소한 귀족급… 어쩌면 남작급을 넘어선 자작급이나 백작급일지도 모르겠다.

레벨, 능력치, 특수 능력.

이 모든 것에 있어 빈틈이 없는 존재가 바로 고위 흡혈귀다.

이런 놈이 갑자기 16층에 나타나다니.

그래, 맞다.

내가 방심했다.

미궁이 부조리한 곳이라는 것은 내가 가장 잘 알고 있다고 생각했지만, 그동안의 승승장구로 인해 잠깐 잊어버렸던 것 같다.

하지만, 설령 그렇더라도.

나는 이런 곳에서 죽을 수 없다.

*   *   *

"크……!"

그러나 내 모든 능력을 동원해도 이길 가능성이 보이지 않는 적을 앞에 두고 내가 어떻게 해야 살아남을 수 있을까?

행운.

행운이 필요했다.

지금이라도 막 감기려는 눈을 억지로 뜨고, 나는 상태창을 조작했다.

철컥.

[행운 100]

그리고 그 순간.

빛이 나를 휘감았다.

＊　　　　＊　　　　＊

"철호야, 철호야! 눈을 떠!"

귓가에 들리는 익숙한 목소리.

그리고 익숙하지 않은 호칭.

"으, 으윽……!"

나는 눈을 뜨지 않을 수 없었다.

눈을 뜬 순간, 내가 본 광경은 온통 하얬다.

빛의 세계.

그러나 신기하게도, 눈앞을 가득 채운 이 빛이 내게는 눈부시지 않았다.

"여기는……."

"알현실이다."

혼잣말처럼 흘린 의문에 대답이 돌아왔다.

나는 대답이 돌아온 곳을 바라보았다.

영 낯선 이 광경 속에서, 낯익은 존재의 모습이 보였다.

"…꼬맹이?"

그것은, 그 존재는 꼬맹이, 그러니까 이수아의 모습을 취하고 있었다.

"네가 섬기는 신을 두고 꼬맹이라니, 너무 심한 말이지 아니한가?"

하지만 꼬맹이였다. 그러니까, 이수아였다.

"아, 그래. 오해가 있겠군. 이건 네가 가장 친밀하고 편하게 여기는 상대의 모습을 딴 거다."

내가 멀거니 바라보고 있으려니, 이수아의 모습을 취한 존재가 긴 눈썹을 깜짝거리며 말했다.

친밀? 편해?

꼬맹이랑? 내가?

그런데 아무리 생각해 봐도 그 말에 틀린 구석이 없었다.

충격적이게도 현재 내가 아는 사람들 이수아가 가장 압도적으로 만만했다.

'편하게 여긴다' 는 소리가 그런 뜻이라면 뭐, 틀린 말이 아니다.

아니, 지금 중요한 것은 그런 게 아니었다. 여기는 알현실. 성좌의 공간이다. 그리고 여기서 만날 존재라고는 한 명, 아니, 하나밖에 없다.

"에… 설마 행운의 여신님?"

"그러하다."

꼬맹이 모습의 여신님께서 대답하셨다.

"내가 행운의 여신, 티케다."

"그러시군요."

"…별로 놀라지 않는군."

"그야……"

아무래도 여신님께서는 내가 놀라거나 호들갑 떨길 바라셨던 모양이다.

"그런데 '섬기는 신'이라는 건 무슨 말씀이십니까? 제가 여신님을 섬기지는 않지 않습니까?"

정신없을 때 슬쩍 지나가듯 한 말씀이었지만, 그냥 넘어가기엔 너무 신경 쓰이는 발언이었다.

"내 신도인 네가 행운 100을 찍음으로써, 나는 미궁으로부터 성좌로서의 존재를 인증받았다."

그러나 행운의 여신은 내 말이 들리기는 하는 건지, 자기 할 말만 계속했다.

"저, 신도가 아니라고… 아니, 잠깐만요. 성좌로서의 존재를 인증받았다고요? 그럼 이제까지는 성좌가 아니었단 말씀이십니까?"

말하고 나서 흠칫했다. 그래도 상대는 성좌인데 너무 무례한 질문을 그것도 연속으로 몇 개씩이나 해 버렸으니.

행운의 여신이 화를 낼 만도 했다.

그러나 여신은 화를 내지 않았다.

대신 매우 어른스러운 반응을 보였다.

"이게 다 내 가르침 덕이지."

그것은 바로 내 의문에는 무시로 일관하며 자기 할 말만 계속해서 하는 거였다.

"여신님, 원래 이러신 분이셨습니까?"

"원래 이렇진 않았다. 그저 살다 보니 뻔뻔함이 필요할 때도 있다는 것을 깨달았을 뿐이지."

그러시구나아.

나는 알현실을 둘러보았다.

아무리 봐도 빛뿐이었다.

아무리 커뮤니티 점수가 걸린 공략이라 한들, 모험가들은 성좌에 대한 이야기를 입에 올리길 꺼렸다.

따라서 정보를 얻을 구석이 공략과 영상밖에 없는 내가 알현실이나 성좌와의 계약 같은 민감한 정보를 얻기란 쉽지 않았다.

그러나 단편적인 내용만 들은 내가 알기에도, 성좌의 알현실은 이렇게까지 휑하지는 않다.

승천해 성좌와 함께 거주하는 사도나 성인들이 거주하고, 성좌가 선호하는 물건이나 물질, 하다못해 에너지가 가득 차 있다고 들었다.

그런데…….

"차차 채워 갈 것이다."

내 시선을 보고 제 발 저리기라도 한 듯, 여신이 먼저 입을 열었다.

"그러시군요. 하긴 막 성좌가 되셨으니…….”

"그보다 지금은 너다. 네 사정이 더 중요하다."

행운의 여신께선 아무렇지도 않게 자기가 불리한 화제로부터 다른 화제로 바꾸셨다.

그러한 언행이 참으로 존경스러워서 존댓말이 절로 나왔다.

"너는 이미 죽은 거나 마찬가지다."

그러면서 작은 손거울, 정확히는 손거울처럼 보이는 아이템을 내게 보여 주었다.

거울이었다면 반사면 부분일 터인 부분에서 뭔가 동영상이 재생되고 있었다.

내 몸에서 심장을 꺼낸 흡혈귀가 아주 쪽쪽 피를 빨아먹는 모습이었다.

거울 속의 영상이 내가 여기 오기 직전, 다시 말해 죽기 직전의 상황이었음을 나는 그제야 떠올릴 수 있게 되었다.

"그럼 지금 전 죽은 겁니까?"

"살아는 있지."

여신은 짧은 한숨을 내쉬었다.

"여기 있는 너는 의식만이 나의 공간에 전이해 온 것에 불과하지만, 그렇다고 네 육신이 죽은 것은 아니다."

그리고 이어 이렇게 말씀하셨다.

"다행히 네가 인간으로서의 격을 올린 덕택에 목숨을 부지하고는 있지."

아, 그랬었지. 새로 얻은 종족 능력인 [인간의 끈기]가 터진 기억이 난다.

"하지만 그게 무슨 의미가 있겠느냐?"

여신의 말이 맞다.

지금 살아나도 어차피 흡혈귀를 못 죽이면 아무런 의미가 없다.

결국 죽을 테니까.

"그래도 안심하거라. 이 공간은 바깥의 시간이 의미 없는 곳이니."

여신이 자애롭게 웃었다.

그 웃음을 보고 있노라니 가슴에서 어떤 감정이 치밀어 올랐다.

"그러니 너는……."

"여기서 이길 법한 택틱을 짜고 나가라는 말씀이시죠, 여신님?"

그것은 바로 희망이었다.

"어, 어?"

"예, 희망이 있습니다. 제겐 아직 쓰지 않은 던전 금화도 남아 있고, 여신님께 받을 축복도 있죠. 게다가 미배분 능력치도 잔뜩 남아 있습니다."

나는 자신에 차서 말했다.

"감사합니다, 여신님! 제게 기회를 주셔서요!"

"그, 그래……?"

왜 말을 더듬으시지?

웬 물음표? 그러나 지금은 그런 게 중요하지 않았다.

"여신님, 일단 축복부터 받도록 하겠습니다! 아무래도 여신님의 축복 쪽은 무작위인지라 계산하기가 힘드니까요!"

나는 [성좌 퀘스트]의 완료 버튼을 눌렀다.

—[행운의 여신]의 [무작위의 축복]이 내립니다.

—[행운의 여신]의 [무작위의 축복]이 내립니다.

그러자 멋대로 축복이 내려지기 시작했다.

그야 당연하다. 이건 퀘스트의 보상이니까.

"아, 맞다."

나는 재빨리 행운을 1 더 올려 101을 만들었다.

그렇게 해서 나온 축복은…….

—[1·1·1 주사위]

또르륵.

허공에서 주사위가 떨어져 구르는 소리가 났다.

떨어진 주사위는 세 개였다.

그런데 주사위 모양이 조금 이상하다.

육면체인 건 똑같지만, 모든 면이 다 1이었다.

[1·1·1 주사위: 적의 유효한 공격에 대한 피해가 세 번에 걸쳐 1이 된다. 그 후, 이 주사위는 소모된다.]

"오!"

일단 나가자마자 흡혈귀의 공격을 받아야 하는 내 처지에 가장 절실한 효과를 주는 축복이었다.

써먹자마자 소모되어 버리는 건 좀 아쉽지만, 이 축복 하나가 목숨 세 개 값임을 감안하면 혜자 그 자체였다.

─[승진한 폰]

─가장 낮은 능력치가 [행운]만큼 증가합니다.

이건 한 번 본 적이 있는 축복이다.

같은 축복이 두 번?

하긴 무작위니까. 나왔던 축복이 또 안 나오란 법은 없지.

현재 내 가장 낮은 능력치는 [욕망].

[욕망 101]

따라서 이렇게 되었다.

"맞아, 욕망! 욕망이 있었지!"

"욕망? 욕망이라고? 그건 또 언제 얻은 거야?"

"오늘이요."

아니, 휠 오브 포츈을 기준으로 삼으면 어제려나? 어쨌든 얻은 지 만 하루가 안 된 따끈따끈한 능력치다. 그리고 나는 [고대 드워프 광부]에게서 배운 능력을 바로 활용했다.

"[욕망 구현]!"

지금 내 욕망은 흡혈귀를 죽이는 것!

그렇게 결정하고 능력을 사용하자마자, 내 심장께에서부터 몽글몽글한 무언가가 나와 눈앞에서 뭉쳐지기 시작했다.

그걸 본 순간, 나는 지금이 중요함을 본능적으로 깨달았다.

"크으으……!"

생각해라!

아니, 퍼 올려라!

가슴 깊은 곳에서부터 절실한 욕망을 퍼 올려야 제대로 된 검을 만들 수 있다!

그래, 검! 검이다!

나는 검을 원한다!

그 검으로 흡혈귀를 죽이고 살아남아서……!

레벨 업을, 할 거다!!

그러자 그저 몽실몽실하게 떠올라 있던 [욕망]의 덩어리가 천천히 변화하기 시작하더니, 곧 구체화되어 현실에 구현되기 시작했다. 그리고 마침내, 그 결과물이 내 손에 쥐어졌다.

[복사목 가시 말뚝 목검]

분류: 한손검

제한: 없음

위력: 1

상태: [흡혈귀 퇴치: 흡혈귀 대상으로 5배 피해]

무기로써는 낙제점이나, 오직 흡혈귀만을 죽이기 위한 무기가 완성되었다.

이걸 만드는 데에만 욕망이 100이나 소모됐다.

하지만 괜찮다, 이건 욕망으로 만든 검이니 필요 없어지면 [욕망 반환] 능력을 통해 언제든 욕망으로 되돌리면 된다.

"감사합니다, [고대 드워프 광부]님."

"내 앞에서 다른 성좌 이야기하지 마라! 그런데 누구냐? 그 광부란 놈은."

이야기를 할까? 말까?

나는 잠깐 고민했지만, 그냥 묵비권을 행사하기로 했다.

조금 전에 여신에게 배운 대로 행동했을 따름이다.

다음은 능력치다.

어차피 쌓이기만 하던 미배분 능력치다.

이번에 아주 아낌없이 써 버리리라.

나는 뒷일 생각하지 않기로 하고 그냥 모든 기본 능력치를 풀로 땡겼다.

기본 능력치: [근력 101] [체력 101] [민첩 101] [솜씨 101]

그러자 기본 능력치에 반응한 [혈기] 능력치가 또 올라 101이 되었다.

조금 신경 쓰였지만, 지금은 찬밥 더운밥 가릴 때가 아니다.

잠깐 생각한 나는 이번에는 [신비] 능력치를 쭉 땡겼다.

[지식]은 땡기지 않았다.

어차피 [신비한 명상]을 하면 올라가는 능력치이기도 하지만, 이미 흡혈귀와 딱 붙은 상태에서 아주 잠시나마 집중을 요하는 [지식] 마법을 활용하기 어렵다고 판단했기 때문이다.

게다가 여길 나가자마자 [지식] 올렸다고 두통이라도 느꼈다간 그거 하나로 목숨이 날아가 버릴 수도 있는 상황이다.

못 올리지, 그럼.

그렇게 판단한 결과, 능력치는 다음과 같이 변했다.

특별 능력치: [행운 101] [지식 84] [신비 101] [혈기 101] [욕망 101]

미배분 능력치: 95

그동안 쌓아둔 미배분 능력치를 절반 이상 써 버렸음에도 아직 90 넘게 남아 있는 걸 보니 안도의 한숨이 절로 나온다.

자, 그럼…….

"이게 미궁 금화 차례로군요."

[미궁 금화: 492개]

"쌓아 둔 게 많긴 많구나……."

행운의 여신은 어쩐지 좀 질린 표정이었다.

그게 또 꼬맹이 얼굴로 짓는 표정이라 좀 놀려 주고 싶은 마음이 들었다.

하지만 아무리 그래도 죽을 수밖에 없었던 상황에서 실낱같은 희망이라도 가져다 준 여신을 놀릴 수가 없는 노릇이다.

"크흠, 그런데 여신님. 그 얼굴 좀 다른 얼굴로 바꿔 주시면 안 됩니까?"

"그 얼굴? 아, 이 얼굴?"

여신이 이수아의 조형으로 만들어진 자기 뺨을 만지자 탱글탱글한 볼살이 푸딩처럼 찰랑거렸다.

아, 꽉 잡아서 쭉 늘려 주고 싶다.

나는 내면에서부터 뿜어져 나오는 충동을 억누르느라 고생했다.

"뭔가 문제 있나?"

"너무 편한 사이의 인간 얼굴인지라 지금 당장 괴롭혀 주고 싫어지거든요."

아, 나도 모르게 그만 진심을 토로하고 말았다. 너무 대놓고 말했나?

하지만 여신은 의외로 소탈하게 고개를 끄덕였다.

"그런 거였구나. 그래, 뭐. 알았다. 다른 모습을 취해 주도록 하지. 자, 이거면 되겠느냐?"

행운의 여신의 머리카락 색이 금발이 되고 눈동자는 파란색이 되었다.

그럼에도 얼굴 조형은 그대로라 위화감이 장난 아니었다.

그 위화감의 원인은 바로 눈치챌 수 있었다.

'어린 녀석이 벌써 염색에 렌즈질이야?!'

그냥 딱 염색하고 컬러 렌즈 낀 꼬맹이였다.

녀석도 성인이라 이런 말을 들을 나이는 아닌데.

녀석이 지나치게 동안인 탓이 컸다.

내 잘못 아니다. 나 꼰대 아니야!

그러나 염색하고 렌즈 낀 여신님을 보고 있으려니 자신감이 사라지기 시작했다.

혹시 내가 꼰대인 건가?

아니, 이건 행운의 여신이 내 내면의 꼰대를 끌어내고 있는 것에 불과하다.

평소엔 잘 숨기고 있었는데! 이런 생각이 드는 것 자체가 나 자신을 꼰대로 인정하는 것 같아 심히 불쾌하다.

"저, 여신님."

"응? 이걸로도 부족한가? 그럼 이건 어때?"

여신님의 귀가 길어지고 콧대가 높아졌다. 키도 쭈욱 커지고 팔다리도 길어졌다. 다소 전형적인 하이 엘프의 모습이다.

하이 엘프로 코스프레한 꼬맹이였다! 키가 커지고 기럭지가 길어져도 꼬맹이의 인상이 사라지지 않다니, 아무튼 대단한 꼬맹이다. 나는 여신에게서 눈을 돌리며 말했다.

"일단 금화로 뭘 살지 고민을 좀 해 봐야겠군요."

"잠깐, 왜 시선을 피하는 거냐?"

"그야……."

뭘 어떻게 해도 꼬맹이는 꼬맹이라는 사실을 알아 버린 이상, 어쩔 수 없었다.

내가 포기해야지 어쩌겠는가?

"…그냥 본래 모습 취하시면 안 됩니까?"

"그건 싫다."

"그러시군요."

나는 다시 여신에게서 시선을 피했다.

여신도 더는 뭐라 하지 않았다.

"…아무튼 뭘 좀 살 생각입니다."

내가 말을 돌리자, 행운의 여신은 마치 이제까지 아무 일도 없었다는 듯 뻔뻔스레 제안했다.

"흡혈귀를 상대하는 데에 도움이 될 능력이라면 이런 건 어떠냐?"

*　　　*　　　*

흡혈귀, 드라구프 자작은 자신의 혈관을 몸 밖으로 꺼내 주사 바늘처럼 사냥감의 심장에 푹 꽂아 혈액을 직접 빨아들이고 있었다.

자작은 오랜만에 맛보는 질 좋은 혈액에 온몸을 떨었다.

"죽지 않는군! 살아 있어! 산 채로 마지막 한 방울까지 빨아들일 수 있다니!"

희열, 황홀, 그리고 포만감.

모든 것이 만족스러웠다.

이대로 평생 이 피만을 맛보며 살고 싶다는 생각이 들 정도였다.

그러나 동시에 자작은 이 맛을 극적으로 더해 주는 향료의 이름이 덧없음임을 잘 알고 있었다.

"이걸로 끝인가……."

모든 생명력을 추출해, 그 목숨이 끊어졌다.

실로 안타깝기 짝이 없는, 아쉽기 한이 없는.

그러한 확신이었다. 자작은 허망함마저 느끼며 사냥감의 심장에서 자신의 혈관을 뽑아내었다.

그런데 그 순간.

"……!"

사냥감이 눈을 떴다.

"사후 경직인가?"

그렇게 생각할 수 있었던 것도 잠시.

자작은 갑작스럽게 찾아든 위기감에 당황했다.

모든 것이 너무 빨랐다.

변화가 즉각적이었다.

어느새 사냥감의 왼손에는 지극히 불길한 목검이 들려 있었다.

대체 언제? 시간이라도 멈췄단 말인가?

의문은 머리에만 남았다.

자작의 몸은 이미 움직이고 있었다.

머리에 한 방. 심장에 한 방.

그리고 목을 날리는 일격.

이 세 번의 공격이 한 번의 공격인 것처럼, 거의 동시에 이뤄졌다.

피를 취하기 위해 힘을 조절했던 몇 초 전과는 전혀 다른, 흡혈귀로서의 전력을 다한 공격이다.

인간의 머리통이 그 자리에서 수박 터지듯 터지고, 상반신이 뼛조각조차 남기지 않고 산화해야 한다.

목을 노린 마지막 일격은 허공을 베어야 한다. 그 시점에 인간의 육체는 이미 소멸해 있어야 한다.

그것이 보통이다. 보통 인간을 상대로 했다면 그렇게 되어야 했다. 그럼에도 세번째 일격을 날린 이유는 단순하다.

상대가 '보통 인간'이 아닌 것 같았기 때문이다.

흡혈귀, 그것도 자작급의 전력을 다한 정권 지르기를 맞은 머리는 산산조각 터지기는커녕 흔들리지도 않았다.

심장을 터트리려던 장타도 그저 툭, 하는 허무한 소리만 냈을 뿐. 인간은 한 걸음 물러나지도 않았고, 심지어 미동조차 하지 않았다.

가장 어이없던 것은 목을 자르기 위해 뻗었던 손칼이 입힌 피해였다.

두꺼운 강철 칼날조차 가르는 그 손칼을 맞고도, 인간의 목덜

미에는 작은 흔적이 남았을 뿐이다.

'신의 가호라도 받고 있단 말인가!'

드라구프 자작은 자신이 정답을 맞혔음을 알아채지 못했다.

그의 눈에 가축이나 다름없이 여겨질 인간이 [행운의 여신]의 총애를 받아, 세 번의 공격을 무효화 하는 축복을 그 몸에 둘렀음을 알아채지 못했다.

어차피 그런 생각을 할 여유도 곧 사라졌다.

그저 직감적으로 모호하게만 느껴졌던 위기감이 실체를 이루기 시작했기 때문이다.

분명 마지막 한 방울까지 빨아먹었을 터인 피가, 아니, [피]가 용솟음쳤다.

그것이 [피보라]임을, 자작은 알아채지 못했다.

그리고 사냥감이 [피투성이] 상태임을, 자작은 몰랐다.

[피] 냄새가 자욱함에도 알아채지 못한 건, 어느 번뜩임에 눈길을 빼앗겼기 때문이다.

별이 빛났다. 성검이, 별의 검이 번뜩였다.

자작은 그 검의 이름만큼은 알고 있었다.

'[피투성이 피바라기의 전쟁검]……!'

모를 수가 없었다. 흡혈귀 종족의 주신, [피투성이 피바라기]의 권능을 상징하는 성검이니.

자작은 자신이 상대를 잘못 골랐음을 알아챘다.

'도, 도망가야……!'

그 순간, 자작은 도주를 선택했다.

그러나 도망칠 수가 없었다.

이미 별빛이 그의 목을 노리고 날아들고 있었으므로.

'피하기라도 해야 하는데……!'

그러나 그 생각은 생각에 그쳤다. 몸이 따라 주지 않았다.

푸우욱!

별빛에 가려 그 존재감이 희미했지만 흡혈귀에게는 더할 나위 없이 치명적인 목검이 섬전처럼. 이라는 관용구가 결코 과장이 아닌 속도로 흡혈귀의 심장을 파고들었고.

퍼어억!

번개처럼, 이라는 관용구가 딱 어울리는 속도로 뻗어진 그들 종족 주신의 검이 흡혈귀의 머리를 쳐 날렸다.

목 아래의 신체를 잃은 드라구프 자작의 뇌리에 스친 단어는 하나였다.

'신, 신이시여!'

그것이 자작의 마지막 유언이 되었다.

비록 이미 목이 날려진 탓에 입술 밖으로 꺼내지는 못했지만.

*   *   *

일격.

내게 허용된 기회는 오직 일순뿐임을 나는 잘 알고 있었다.

[1·1·1 주사위]가 벌어다 줄 잠깐의 틈. 이 틈을 노려 흡혈귀를 처치하지 않으면 다음은 없다.

그렇기에 나는 첫 반격, 그 일격에 모든 것을 걸어야만 했다.

먼저 [근력 101], 여기에 [극한 상황의 괴력]. 이것은 자동 발동이다. 이로써 확보된 근력은 303.

그리고 [피투성이 피바라기의 전쟁검+++]으로 쌓아 둔 [피] 점수에 의해 근력 +20. [피투성이]의 보너스로 두 배. +40.

더하여 [혈기] 능력. 공격력과 공격 속도 증가 보너스를 부여하는 [피 끓이기]를 즉시 사용. [혈기 왕성]으로 효과 3배 증폭.

[혈기]가 65였을 때 공격력 보너스가 2배 이상의 효과였으므로, 101인 지금은 3배 이상을 기대할 수 있다.

일격을 가할 무기는 당연히 [복사목 가시 말뚝 목검]. 흡혈귀 한정이지만 5배 피해.

여기에 [라이스 샤워]. +행운% 치명타 보너스. 현재 내 행운은 101이므로 +101%. 이 정도면 거의 확정이라고 봐도 된다.

할 수만 있다면 [영혼 깃든 흑요석 단도]를 꺼내 김민수에게 [날붙이의 대가]를 부탁하고 싶지만, 이 효과를 받으려면 내가 단도를 들고 있어야 한다.

그러나 전쟁검과 가시 말뚝 목검으로 양손이 꽉 찼다.

참 아쉽네…….

아니, 다 욕심이고 미련이다. 그러지 않더라도, 지금 모인 패만으로도 위력은 차고 넘친다.

이렇게 해서 내가 쥔 공격력을 굳이 근력으로 환산하면 대충 계산해도 5000이 나오니 말이다.

아무리 뛰어난 모험가라도 1레벨엔 근력 5밖에 되지 않는다는 것을 생각하면 말도 안 되는 수치다.

게다가 이것도 치명타를 계산하지 않은 기준이다.

추가로 [신비]와 비례한 추가 피해라 근력으로 환산할 수는 없지만 [신비한 칼날]까지 걸 예정이다.

문자 그대로, 위력은 충분하다.

그러나 이 일격을 어떻게 명중시키느냐. 이 문제가 관건이 된다. 민첩과 솜씨 101이 있긴 하지만, 흡혈귀의 민첩과 솜씨는 나보다 높을 것이다.

일단 [피보라]로 최대한 놈의 행동을 억제해 보기는 하겠지만, 이게 얼마나 효과가 있을지는 모르겠다.

아니, 별 효과는 없겠지. 따라서 나는 확실하게 일격을 집어넣기 위해 미궁 금화로 이런 걸 샀다.

[절대 명중]: 다음 공격은 반드시 명중한다. 단, [절대 회피]를 사용한 적에게는 무효.

이것만 보면 사기도 이런 개사기가 없을 것 같아 보이지만, 이거 1회용인 소모성 아이템이다.

게다가 가격은 미궁 금화 100개.

패시브 효과인 [불꽃 초월]과 같은 가격이니 이게 바가지가 아니면 뭐겠는가.

하지만 어쩔 수 없다. 살려면 사야지. 공격이 빗나가면 어차피 죽는다.

[듀얼!]: 1:1의 상황에서만 발동 가능. 시전자와 대상 모두 도망을 선택할 수 없게 된다. 승리하면 미궁 금화를 얻을 수 있다. 대상이 강할수록 많은 미궁 금화를 얻을 수 있다. 패배하면 미궁 금화를 잃는다.

혹시나 해서 이런 것도 샀다. 흡혈귀가 낌새를 눈치채고 도망쳐 버리면 큰일이니 말이다.

가격은 미궁 금화 200개. 비싸긴 비싼데, [절대 명중]과 비교해 보니 별로 안 비싸 보였다.

두 개 다 모두 행운의 여신이 추천해 준 상품이다.

나 혼자 판단했더라면 너무 비싸서 절대 손이 안 갔을 상품이지만, 추천을 받고 보니 지금의 내게 딱 필요한 물건임을 인정할 수밖에 없었다.

무덤에 미궁 금화 끌고 들어갈 것도 아니고, 이런 거에 아끼면 안 된다. 이렇게 계획을 짠 나는 모든 능력의 발동을 마치고 준비를 완전히 한 후에 알현실을 나섰다. 그리고 그 결과가 이것이다.

투두둑.

흡혈귀의 목이 땅 위를 구르고.

─레벨 업!

─레벨 업!

─레벨······.

쉴 새 없이 올라가는 상태 메시지가 놈의 완전한 죽음을 알렸다.

"이, 이겼다······."

온몸에서 식은땀이 확 솟아났다. 긴장이 풀리면서 쌓였던 게 한 번에 분출되는 느낌이다.

그 감각이 묘하게 시원했다.

"해치웠다. 하하하······!"

그다음 찾아온 것은 희열이었다.

"살아남았다!"

생존의 기쁨.

그 원초적인 감정이 전신을 찌릿찌릿 감전시키고 있는 것 같았다. 그러나 그렇게 기뻐할 수 있었던 것도 잠시뿐.

"아이고고고……!"

너무 기뻐서 양손을 번쩍 들어 올렸을 때, 아드레날린으로 잊고 있었던 상처가 자기주장을 하기 시작한 탓이다.

"우어어어억!"

그러고 보니 심장이 꿰뚫린 데다 흡혈귀에게서 피를 빨리기까지 했다.

나, 어떻게 살아 있지?

'죽, 죽는다… 멍청하게, 적을 죽이고 난 후에……!!'

몸이 기울었다. 아, 그렇지. 이 상태로 서 있을 수가 없지.

[인간의 끈기]는 죽음을 유예하는 능력일 뿐, 이미 바닥까지 처박힌 생명력을 저절로 회복시켜 주는 능력은 아니다.

아무리 체력 100이 넘어간다고 한들, 이 피해를 자연 회복으로 넘기고 살아남는 건 무리다.

오히려 출혈로 인해 생명력이 빠져나가고 있었다.

"커흑!"

생명의 마지막 한 모금. 그 숨이 새어나갔다.

'사, 살려……!'

나는 그대로 의식을 잃었다.

더 정확히는, 죽었다.

*　　　　*　　　　*

"정말 끈질기군."

누군가의 목소리가 들렸다.

"그게 [인간의 가능성]인가."

나는 고개를 들었다. 어째 이상하게 아무 데도 아프지 않았다. 하긴, 이미 죽었으니까⋯⋯.

그런 생각을 하고 있는데, 이런 대답이 돌아왔다.

"너는 죽지 않았다."

"예?"

나는 나도 모르게 되묻고 말았다.

"되살아났더군. 운도 좋은 녀석이지."

헛웃음과 함께, 그가⋯ 김민수가 내게 말했다.

엥?

김민수?

"⋯역시 내가 죽은 건가."

그러자 김민수의 얼굴이 콱 찌그러졌다.

"같은 말을 여러 번 반복하게 하지 마라. 너는 살았다. 정확히는 되살아났지."

나는 몇 번 입을 오물거렸다. 뭔가 말해야겠는데, 할 말이 생각나지 않은 탓이다.

대신 주변을 둘러보았다.

바닥은 온통 피투성이였고, 돌격하는 군세의 외침으로 주변은 시끄러웠다.

붉게 물든 하늘에는 시커먼 날개를 편 흡혈귀 무리가 편대를 이루어 날아가고 있었고, 그에 맞서는 영웅 군대는 강철 투창을 던져 대고 있었다.

또 누군가가 피투성이가 되었고, 흘러내린 피가 바닥에 흥건했다.

이 광경을 보고 떠올릴 수 있는 존재라곤 하나밖에 없었다.

"…혹시 [피투성이 피바라기]님이십니까?"

"그렇다."

김민수의 모습을 취한 성좌는 딱 잘라 대답했다.

그제야 나는 상황 파악을 좀 할 수 있었다.

여긴 [피투성이 피바라기]의 알현실이고, 나는 죽은 후에 [인간의 가능성] 능력으로 되살아났다.

…이게 맞나? 좀 황당한데.

"이제야 알았나. 좀 둔하군."

아니, 상식적으로……

…미궁에는 상식이란 게 없구나.

나는 할 말이 없어서 입을 다물어 버렸다.

"너 같은 인간은 오랜만이다. [혈기]를 초월 수준까지 올려놓고도 타락하지 않다니."

그러고 보니 내가 죽인 흡혈귀에게서 피바라기의 이름을 들은 적이 있다.

흡혈귀들의 신이 피바라기라면, 놈들을 죽이다 못해 학살한 나는 미움받는 게 아닐까?

그렇게 생각한 적이 있다.

하지만 지금 피바라기의 목소리는 그리 적대적이지 않았다.

"아무리 티케의 도움이 있었다지만, 그것만으로는 설명할 수 없는 부분이 많군."

오히려 호의적으로도 들렸다.

"그래, 필멸자야. 너는 나를 만족시켰다. 그렇다면 응당한 보상을 받아야 하겠지."

와, 보상!

이러는 걸 보니 역시 호의적인 게 맞는 것 같지?

"미뤄 두었던 축복을 네게 부여하마. 그러나 축복은 네 몸이 아니라 내 검에 내려지리라."

"아……!"

무슨 뜻인지 나는 바로 알아들었다.

성검 [피투성이 피바라기의 전쟁검+++]의 다음 성장 조건은 피바라기의 축복을 받는 것.

이 조건을 만족시켜 주겠다는 뜻이었다.

"감, 감사합니다."

내 감사 인사에, 피바라기가 미소 지었다.

"고맙긴 뭘, 내가 내린 시련을 네가 잘 돌파했으니. 그 보상일 뿐이다."

내가 내린… 시련?

설마…….

설마……!

내 의혹의 시선을 태연히 받아 내며, 마지막으로 남긴 피바라기의 말은 섬뜩했다.

"부디 마지막까지 인간으로 남아 보여라, 인간."

그 말을 끝으로, 나는 알현실에서 쫓겨났다.

　　　　　*　　　　　*　　　　　*

"으헉!"

온몸에 오한이 들었다. 너무 무서운 이야기를 들어서 그런가?

"으, 으우아아아……!"

아니, 그게 아니었다.

기껏 [인간의 가능성]이 발동한 덕에 죽었던 몸이 되살아났는데, 생명력이 떨어져 또다시 죽어가고 있기 때문이었다!

"흐후후흐흑."

나는 재빨리 인벤토리에서 [영혼 깃든 흑요석 단도]를 꺼냈다. 마지막으로 넣었을 때 지배력 강화 옵션을 주문했으니, 지금도 그대로일 터다.

그리고 가죽 물통에서 운디네를 꺼내 나를 치유하도록 했다.

하이 엘프로 모습을 바꾸고 쓰는 게 안정적이긴 했지만, 지금 체력 20%가 나가면 바로 죽어 버릴 위험이 있었다.

게다가 [인간의 끈기]나 [인간의 가능성]은 어디까지나 인간의 능력.

하이 엘프로 바꾸면 이런 능력으로 버티거나 되살아날 가능성도 없어진다.

그렇기에 인간인 상태로 운디네를 다룰 수 있도록 해 주는 김민수의, 정확히는 [시체 먹기]로 흡수한 지배력 강화 옵션이 더더욱 고마웠다.

"이, 이게 이렇게 도움이 되으으……!"

나는 아무 생각 없이 혼잣말을 흘리려다 가슴이 너무 아파져
바로 이를 악물어야 했다.

─부르셨습니, 어, 괜찮으십니까?

"으, 어어."

나는 이를 덜덜 떨며 대답했다.

말하고 보니 대답이라기보단 신음에 가까웠던 것 같은데, 그
게 뭐 그렇게 중요하겠는가?

─아니, 집주인님. 심장이 꿰뚫리지 않았습니까?

새삼스레 김민수의 입으로 다시 듣고 보니 누가 봐도 치명상
이긴 했다.

다행히 운디네의 치유 능력이 효과를 발휘해서 컨디션이 점점
괜찮아지기 시작했다.

심장 터진 게 아물기 시작한다는 점에서 이미 내가 알고 있던
생물학의 법칙이 다 어긋난 것 같지만, 그건 괜찮았다.

어차피 생물학에 대해 그리 잘 알고 있는 것도 아니었으니까.

"후… 후……."

고통이 잦아들기 시작했다.

물론 그럼에도 여전히 고통스럽긴 했으나, 지금 당장 스스로
목숨을 끊고 싶을 정도는 아니었으니 많이 나아진 거다.

─이게… 낫는다고?

김민수의 경악성이 들렸다. 지금의 김민수는 15층에서 죽어
버렸으니, 눈앞의 광경을 보고도 못 믿을 만했다.

"하아, 하아… 후!"

말은 이렇게 해도, 사실 나도 죽었다 깨어나는 건 처음이다.

누가 죽었다 깨어나 보겠는가?

그게 바로 나다.

하하!

아욱… 아파라…….

하지만 어쨌든 딴생각을 할 수 있을 정도로 상태가 좋아진 것만은 사실이었다.

운디네의 치유 능력이 이전보다 좋아진 것 같은데, 내 착각일까?

조금 더 찬찬히 생각해 보니 착각인 게 맞았다.

운디네를 얻은 후, 이렇게 큰 상처를 입은 건 이번이 처음이기 때문이다.

비교 대상이 없는데 좋아진 걸 어떻게 알겠는가?

그냥 운디네의 치유에 몸을 맡기고 흡족해하기만 하면 됐다.

*　　　　　*　　　　　*

"후우……."

나는 긴 한숨을 내쉬었다. 이제 슬슬 말을 해도 될 것 같다.

조금 전에는 아무 생각 없이 말을 하다가 폐에 난 구멍 때문에 죽을 정도로 아팠었다.

그것도 필요한 말이 아니라 혼잣말을 하다가 그런 고통을 겪으니 스스로가 한심하기 짝이 없었다.

"상태창!"

나는 굳이 소리쳐 상태창을 불러냈다. 그럴 필요는 없었지만,

그러고 싶은 기분이었기 때문이다.

[이철호]

레벨: 115

레벨이 많이 올랐다. 101레벨에서 115레벨이 된 거면… 한 번에 14레벨이 오른 셈이다.

"미친."

나도 모르게 이 말이 먼저 나왔다. 레벨이 오른 거야 좋은 일이다. 좋은 일이긴 한데…….

흡혈귀 딱 한 놈 잡은 건데 14레벨이 오를 정도면, 대체 그놈은 몇 레벨이었다는 소린가?

"아."

그러고 보니 [휠 오브 포츈]으로 뽑은 경험치 2배 효과가 있었지. 그리고 또…….

"아아."

[사업운]: 전투 승리시에 얻는 미궁 금화 및 경험치 2배.

맞아, 이게 있었지.

이게 뭐냐면 [행운] 100 능력이다.

[행운] 100 능력이 뭐냐고?

특별 능력치가 100을 넘기면 특별한 능력을 얻을 수 있다.

이걸 속칭 100 능력이라고 한다.

[행운]이면 '[행운] 100 능력', [신비]면 '[신비] 100 능력'이라는 식이다.

내가 100을 넘긴 특별 능력치는 [행운], [신비], [혈기], [욕망]으로 네 개나 된다.

이걸 왜 지금까지 깜박하고 있었냐면, 대충 확인만 해봐도 흡혈귀와 싸우는 데에 당장 도움이 안 될 거라고 생각하고 자세한 능력을 확인하는 걸 뒤로 미뤄뒀기 때문이다.

아무튼 행운 100 능력인 이 [사업운]과 [휠 오브 포춘]으로 경험치가 4배로 뻥튀기된 거라면 이래저래 의문점이 해소된다.

하긴 한 번 처치했다고 14레벨을 올라갈 정도의 상대라면 아무리 근력 5000짜리 공격이라도 한 방에 죽이진 못했을 것이다.

그래도 평소라면 절대 못 이길 상대라는 점에서 변함은 없지만 말이다.

알현실에서 이래저래 택틱을 짜고 미리 능력을 쌓아 놓는 과정이 없었더라면 역시 죽는 것밖에는 없었으리라.

이런 점에 있어서는 [행운의 여신]에게 고마워할 수밖에 없었다.

그건 그거고, 아무튼 내친 김이다. 이참에 다른 능력들도 확인해 보자.

[신비한 기둥]: 특정 위치에 신비한 빛으로 이뤄진 기둥을 세운다.

신비한 기둥은 세워질 때 주변 적에게 폭발적인 [신비] 피해를 입히며, [눈부심] 상태 이상을 유발한다.

세워진 기둥은 [신비] 능력치와 비례한 시간만큼 유지되며, 기둥 주변의 적에게 지속 [신비] 피해를 입힌다.

기둥은 언제든 원할 때 폭파시킬 수 있으며, 주변 적에게 폭발적인 [신비] 피해와 [눈부심] 상태 이상을 유발한다.

능력 이름에서부터 알 수 있듯 [신비] 100 능력이다.

[피투성이 깃발]: 아군에게 전투력 보너스.

반대로 [혈기] 100 능력은 심플했다. 너무 심플했다. 심플한 게 좋았다.

전투력 보너스라니!

미궁에서 전투력이라면 공격, 방어, 공격 속도, 회피 능력, 명중률 등등 전투에 있어 필요한 모든 능력을 가리킨다.

그러니 전투력 보너스라 함은 이런 모든 능력 전반에 보너스를 주겠다는 말과 같았다.

게다가 [혈기] 능력 아닌가? 흡혈귀가 되어 버릴 위험이 있다지만 그만큼 성능이 좋을 것이다.

[욕망 추적]: 욕망을 소모해 화살표를 소환한다. 화살표는 가장 우선적인 욕망을 충족시키는 데에 필요한 것을 추적한다.

이건 [욕망] 100 능력이 아니었다. 그냥 능력치가 올라서 새로 생긴 능력인 모양.

성능이 어떤지는 써 봐야 좀 알겠는데, 당장 움직이긴 힘드니 어쩔 수 없지. 정확한 평가는 다음으로 미루자.

[살아 있는 욕망]: 생명이 깃든 욕망을 구현화 할 수 있다.

보자마자 든 생각은 자기가 만들어 낸 조각상에 생명을 불어넣어 결혼한 신화 속의 인물이었다.

뭐야, 이거. 무서워······.

아무튼 이게 [욕망] 100 능력일 거다.

[신비한 기둥]이나 [피투성이 깃발] 등의 능력은 딱 보기엔 전투에 도움이 될 것 같지만, 이번 흡혈귀와의 전투는 1초 싸움이라 쓸 수가 없었다.

[욕망] 계열 능력도 승패에 영향을 미치지 않은 건 똑같았고,

[사업운]은 패시브 능력이라 내가 확인하든 안 하든 상관없이 즉각 적용됐다.

그래서 [행운의 여신]의 알현실에선 신경질 내고 치워 버렸었는데, 막상 흡혈귀를 이기고 나니 꽤 흡족한 면이 있었다.

일단 [사업운] 덕에 레벨이 14나 올랐는데 불만이 있을 리가 없지 않은가?

역시 [행운의 여신]이야! 가차 없지!

럭키 펀치! 럭키 펀치!

"호호홋."

나는 혼자 생각하고 혼자 웃다가 문득 왼손을 바라보았다.

내 왼손에는 [영혼 깃든 흑요석 단도]가 들려 있었다.

―즐거워 보이셔서 참 다행입니다.

김민수가 말했다.

여기다 대고 무슨 말을 해도 다 변명처럼 들릴 것 같았기에, 나는 그냥 아무 말도 안 하기로 했다.

＊   ＊   ＊

"후, 됐다."

운디네가 힘써 준 덕에 나는 몸을 꽤 회복했다.

이제 움직일 수도 있다.

아직 격한 움직임은 피해야 하지만, 아마 5분쯤 후면 완치될 거다.

―새삼스러울 수 있습니다만, 모험가는 역시 사람 같지 않군요.

"아직까지는 나만 이럴걸."

물론 시간이 지나면 모두 나처럼 될 것이다.

그리고 나는 그 위에 가 있겠지.

…그렇겠지?

지금 막 115레벨을 또 찍어서, 다른 모험가들과의 차이를 최소 35레벨로 벌렸다.

하지만 내 운이 언제까지 좋을까? 만약 다섯 층 정도라도 내가 레벨을 못 올리는 상황이 계속 이어지면…….

음, 그래도 안 따라잡히는구나.

일곱 층이라면 따라잡히겠지만, 적어도 30층까지는 다섯 층쯤마다 한 번씩 1인 층계가 나온다.

그 이후는 또 모르겠다만, 그건 그때 가서 생각하면 그만이다.

나는 쓸데없는 걱정으로 시간 낭비는 그만하기로 했다.

지금은 즐겨야 할 시간이었다.

무엇을?

그야 루팅을!

루팅이란 몬스터 시체에서 뭔가 쓸모 있을 만한 전리품을 벗겨 내는 것을 뜻한다.

원래 이런 의미의 단어가 아니었던 것 같은데, 그거야 뭐 아무렴 어떠랴.

아무튼 나는 고위 흡혈귀의 시체를 탈탈 털기로 작정했다.

"수고했다, 민수야."

―별 말씀을. 제때 회복하셔서 다행입니다.

나는 운디네를 먼저 돌려보내고 [영혼 깃든 흑요석 단도]를 인벤토리에 집어넣었다.

　이제야 좀 프라이버시를 보장받겠군.

　"[죽은 자와의 대화]!"

　그 후, 나는 [별의 지식] 마법을 사용해 죽은 흡혈귀의 영혼을 불러내려고 했다.

　티배깅도 할 겸, 정보도 캐낼 겸, 겸사겸사였다.

　─시체의 영혼이 응답하지 않습니다.

　─시체에서 이미 영혼이 떠났습니다.

　─[죽은 자와의 대화] 사용에 실패합니다.

　"음?"

　지난번엔 안 그랬는데, 갑자기 왜…….

　그러다 갑자기 누군가의 얼굴이 내 뇌리를 훅 스치고 지나갔다. 김민수, 아니, [피투성이 피바라기] 성좌의 얼굴이었다.

　"…피바라기 성좌가 회수해 간 건가."

　그러고 보니 알현실에서 대놓고 말했었지.

　이 흡혈귀는 피바라기가 부여한 시련이라고.

　그리고 그 시련을 극복한 대가로…….

　"축복을 받았었지."

　나는 인벤토리에서 [피투성이 피바라기의 전쟁검★]을 꺼내 보았다.

　그렇다.

　★이다.

　+++가 아니라.

　전쟁검이 축복을 받아 성장한 모습이다.

나는 아이템 정보를 불러내 보았다.

[피투성이 피바라기의 전쟁검★]

전쟁검을 다루는 동안 전투력이 [혈기]만큼 상승하며, [혈기]를 소모해 [피바람]을 일으킬 수 있다.

엄청나게 심플해졌다.

그 전엔 [피] 점수도 쌓아야 하고 20점 쌓으면 [피투성이]를 터트리고 그 이후에 60점까지 쌓으면 [피칠갑]에 몇 초 지나면 [피] 점수가 깎이고…….

뭐 이런 내용이 주르르륵 나열되어 있었는데, 그 내용이 전부 사라졌다.

[피] 점수를 따로 관리하는 대신 [혈기] 능력치에 연동되도록 한 게 큰 것 같다.

아, 그러고 보니 쏠쏠하게 잘 써먹던 [피보라]가 사라졌다.

[출혈] 옵션도 없어졌고, 성장한다는 언급도 지워졌다.

대신 생긴 게 [피바람]인가…….

그런데 이게 뭐지? [피보라] 같은 건가?

다른 [혈기] 능력과 마찬가지로 상세한 설명이 없어서, 한 번 써 봐야 알 수 있을 것 같았다.

"[피바람]!"

휘오오오오!

[전쟁검]을 빼든 채 [피바람]을 활성화하자, 핏빛 돌풍이 내 주변에 휘몰아치기 시작했다.

이 새로운 능력을 어떻게 다뤄야 할지는 직접 써 보자마자 자동적으로 알게 되었다.

"기본적으로는 [피보라]의 거친 버전인가."

[피]의 밀도가 떨어져 [피보라]보다는 방어에 쓰기 조금 껄끄러웠지만, 공격력과 공격 속도는 몇 배나 뛰어난 능력이었다.

그런데 이 [피바람]보다는 전투력 향상이 더욱 와닿았다.

체감이 다르다.

"민수 말마따나 괴물이 다 됐네."

아무튼 마음에 들었다.

그 고생을 한 보람이 있다.

그럼에도 솔직하게 기뻐만 할 수 없는 건, 역시 [피투성이 피바라기] 때문이다.

"시련이 이게 끝일까?"

아닐 것 같은데.

나는 착잡한 심경으로 죽어 넘어진 흡혈귀의 시체를 내려다보았다.

그래도 한 가지 의외였던 건, [피투성이 피바라기]가 내게 마지막으로 남긴 말이었다.

"마지막까지 인간으로 남아 보여라, 라고 했지."

피바라기는 내가 흡혈귀로 타락하는 걸 원치 않는 듯했다.

동시에 나를 시련의 구렁텅이로 밀어 넣다니, 대체 어떻게 돼먹은 인성, 아니 성좌성인지.

좋아하는 애를 괴롭히는 어린 사내애 같은 느낌이려나?

아니, 어쩌면 그냥 조롱하는 것일 수도 있겠다.

한 번 해 볼 테면 해 보라는 식으로 말이다.

이것도 어린 사내애 같은 느낌이긴 하네.

나는 [피투성이 피바라기]가 알게 되면 격노하고도 남을 생각을 속으로만 삼켰다.

"…아무튼 먹을 건 먹어야지."

그 고생을 했는데 보상이…….

아니, 따지고 보면 보상 자체는 괜찮긴 하다.

사실상 기본 능력치 2배뻥을 받았는데 이걸 두고 손해 봤다고 하면 도둑놈 심보지.

하지만 나는 아직 배가 고프다.

도둑놈 심보고 자시고 더 먹어야겠다.

따라서 나는 원래 하려던 짓을 다시 하기로 했다.

"어우, 사장님 옷 좋으시네."

나는 흡혈귀의 시체에서 옷부터 벗겨 내었다.

흡혈귀 주제에 어디서 구한 건지 어린 드래곤의 가죽으로 만든 정장을 입고 있었다.

이걸 해체해서 내 사이즈에 맞춰서 수선하는 것만으로도 재봉과 가죽 가공의 랭크가 오를 것만 같은 기분 좋은 예감이 들었다.

다만 옥에 티는 가슴께에 난 구멍.

이럴 줄 알았으면 심장 꿰뚫지 말걸.

아, 이거 못 뚫었으면 내가 죽었겠지.

말을 말자.

그렇게 재킷과 바지를 벗기고 나니, 속옷이 나왔는데 흡혈귀 주제에 까칠까칠한 건 싫었는지 부드러운 소재로 만든 좋은 물건이었다.

쓰읍. 벗길까, 말까.

나는 주변을 두리번거렸다.

괜찮다, 세탁하면 돼.

샥.

*　　　　*　　　　*

흡혈귀의 루팅을 마치고, 나는 저택의 지하로 내려가 한 번 싹 훑었다.

스스로를 귀족이라고 칭하길 즐기는 종족답게, 주거 공간의 가구부터 내장재에 이르기까지 전부를 꽤 좋은 것들로 도배해 놓았다.

이걸 전부 태웠더라면 좀 아까울 뻔했다.

나는 망치나 끌 등의 공구를 꺼내 되도록 상하지 않게 주의하며 내장재를 조심스럽게 해체했다.

마룻바닥을 뜯고 벽의 벽돌도 하나하나 해체하고 붙박이장도 못 하나하나 뽑아 가며 작은 상처 하나 안 남도록 집중해 작업했다.

이 작업에 얼마나 심혈을 기울였냐면 평소에는 쓰지도 않던 [혈기] 능력인 [피 식히기]까지 켤 정도였다.

[달의 지식] 마법인 [투시]도 효율적인 작업에 큰 역할을 했다.

마지막으로 [비밀 교환+]도 한 번 돌려 보았지만 별달리 발견된 건 없었다.

뭐, 아쉽지는 않다. 이미 레벨도 올릴 대로 올렸고 귀한 자재와 재료들도 손에 넣었으니.

"그럼!"

나는 손을 들어 올리며 [신비] 마법을 발동시켰다.

"쾅!"

[신비한 기둥]

[가장 오래된 흡혈귀 저택]이 지반부터 완전히 무너져 내리기 시작했다.

그리고 머지않아, 퀘스트 완수 버튼이 생겨났다.

"이거 지금 누르면 안 되겠지……?"

퀘스트 공통 보상에 레벨 +1이 있는데, 나는 이미 한계 레벨에 도달한 상태다.

호기심에 눌러 보고 싶은 마음이 아주 없는 건 아니다.

그렇지만 만약 그냥 한계 레벨에 도달했다고 보상 자체가 증발해 버리면?

울 거야, 나.

울어 버릴 거라고.

우느니 완수 버튼을 누르는 건 다음 층계에 내려가고 난 이후로 미루도록 하자.

[미궁 금화: 492개]

사실 미궁 금화도 충분히 남아 있어서 군이 미리 누를 필요가 없기도 하다.

음? 금화 숫자가 이상하지 않냐고?

아니다. 이게 맞다.

흡혈귀를 죽인 후, [듀얼!]의 효과로 미궁 금화 200개를 얻었기 때문이다.

대상이 강할수록 많은 미궁 금화를 얻을 수 있는 능력인데, 한 번 승리에 200개나 들어 올 정도면 이 흡혈귀는 대체 얼마나 셌다는 거야?

그야 엄청 셌지.

하하하.

아무튼 그 덕에 썼던 미궁 금화를 그대로 돌려받는 셈이 됐다.

그럼 이제 얻을 건 다 얻었으니, 돌아가도록 하자.

집으로?

아니, 치유의 샘물로.

8장

—

제17층

　16층에 있던 오래된 흡혈귀 저택은 내가 모두 분쇄해 두었기에, 다른 사람들은 비교적 새 저택에서 간간이 기어 나오는 저레벨의 구울 정도만 상대하면 됐다.

　그렇다 보니 치유의 샘물 방어는 무난하게 돌아가고 있었다.

　아니, 다시 보니 그냥 무난한 정도가 아니다.

　자기들끼리 근무표 짜서 돌리면서 쉬는 사람들은 불 피워 놓고 바비큐를 하질 않나, 어디서 구한 건지 술을 먹고 왁자지껄 떠들고 있질 않나, 체력 높아서 취하지도 않을 텐데…….

　그러면서도 구울이 좀 모였다 싶으면 교대로 방어선에 나서서 정리 좀 하고 다시 와서 텐트 쳐 놓고 자거나 해먹 걸어 놓고 흔들거리는 모습도 보인다.

　하, 참.

할 거 다 하면서 노니까 뭐라고도 못 하겠고.

아니, 난 꼰대가 아니므로 배알이 꼴리지는 않는다.

아니라면 아니다.

4서폿 몫으로 쳐진 텐트에 갔더니, 이수아와 김이선이 나를 맞이했다.

"얼굴만 보고 바로 또 가시겠네요?"

그런데 얼굴 보자마자 이수아, 꼬맹이가 정곡을 찔렀다.

내가 17층의 공략을 미리 올려놓았기 때문에 이런 말을 하는 거다.

미리 올려놓은 공략 내용은 다음과 같다.

'제가 먼저 내려가 정찰해 볼 테니, 천천히들 내려오시길.'

이미 7층에서 한 번 내 경험과 다른 전개를 맛봤다.

17층은 또 7층과 유사한 층계다 보니, 같은 일이 일어나지 않으리란 법이 없다.

그래서 대충 뭉개고 저런 말이나 한 줄 써놨는데, 이런 반응이 돌아올 줄은 솔직히 몰랐다.

그래서 나는 헛웃음을 지으며 대꾸해 주었다.

"뭐, 다음에 또 보면 되지."

[행운의 여신] 때문에 이수아가 이상하게 낯설다.

가장 편하게 생각하는 상대라고 이 녀석 모습을 취했다는데, 정작 여신 때문에 이수아 본인과 어색해지다니.

하여간 여신님의 민폐가 여간하지 않다.

"그건 그렇지만요."

이런 내 속내를 아는지 모르는지.

아니, 알 수가 없지.

이수아가 느끼는 건 그냥 내 태도에서 느껴지는 위화감일 뿐, 내가 왜 이러는지는 알 방법이 없을 터였다.

여하간 나 때문인지 이수아에게서도 묘하게 평소의 경박함이 느껴지지 않는다.

그때였다.

"언니?"

"히익?!"

김이선이 이수아를 부르자, 이수아는 작은 비명 같은 걸 질렀다.

뭐지? 왜 이러지?

"그, 잘 다녀오세요! 아니, 이 인사말은 좀 이상한가? 이선아! 너도 선생님한테 인사드려!"

"네, 언니. 다음 층에서 뵐게요, 오빠."

녀석들의 인사에, 나는 가볍게 손을 내저었다.

"그럼 다음에 또 보자고."

나중에 알게 된 사실이지만, 유상태는 술에 취한 채 잠들어 있었고 김명멸은 불침번 후 근무취침 중이었다고 한다.

그런데 진짜 술은 어디서 구한 거야……?

*   *   *

원래 17층은 오크 종족이 점령한 층계다.

모험가는 오크 세력의 중심지라 할 수 있는 오크 성채의 지하실에 위치한 출구로 빠져나가야 한다.

물론 성채를 점령하고 출구를 확보해 당당히 내려가는 것도 방법이긴 하다.

　하지만 이곳의 최종 보스라 할 수 있는 오크 워로드는 100레벨이 넘는 괴물이다.

　강력한 보스 하나만 남아 있다면 모험가들이 힘을 모아 어떻게든 처치했겠지만, 여기가 괜히 성채가 아니다.

　오크 군대가 이곳에 주둔하고 있다.

　대장군 휘하의 직속 부대로, 그 전투력은 병사 하나하나가 정예롭다.

　그 때문에 회귀 전의 모험가들은 맞서 싸울 의욕을 잃고 잠입이나 성동격서 따위의 방법을 동원했다.

　말이 성동격서지, 실제로는 여러 모험가 집단이 거의 동시에 침입하다가 한쪽이 들켜서 다른 쪽이 상대적으로 쉽게 잠입할 수 있었던 것에 불과하지만.

　뭐, 지금도 그 방법을 쓸 수는 있다.

　잠입에 성공한 모험가가 공략을 자세하게 써줬으니까.

　성채 어느 방향이 잠입에 더 유리하고, 쓸만한 비밀 통로의 위치까지 다 알고 있다.

　그러나 나는 그 방법을 사용하지 않을 계획이었다.

　나는 오크 워로드를 잡으러 왔다.

　그럴 생각으로 왔다.

　그럴 생각으로… 왔는데…….

　"여긴 또 왜 이러냐."

　와아아아아아─!

두두두두두!

쾅! 쾅!

이곳은 전쟁터였다.

엥?

*　　　　　*　　　　　*

상황을 파악하는 데까지 시간이 조금 필요했다.

"이게 이렇게 되네."

원래 오크가 평정해 다른 종족이 없어야 할 지난번의 17층과 달리, 이번 17층에는 두 개 종족이 오크와 경합하고 있었다.

그 두 개 종족이란 바로 엘프와 드워프였다.

엘프와 드워프?

"역시 나 때문인가."

17층의 환경이 지난번과 달라진 원인은 나다.

그게 아니라면 달리 설명할 방법이 없었다.

원시 고대 엘프와 원시 고대 드워프를 도운 게 이런 식으로 돌아오게 된 게 틀림없다.

"이게 이렇게 될 줄이야."

사실 7층에서 한 번 겪어 본 일이긴 했고 어느 정도 예상을 하기도 했지만, 정작 이런 현실과 맞닥뜨리니 곤혹스러움이 먼저 느껴졌다.

아무튼 나는 말도 통하고 친분도 쌓아 둔 엘프 쪽 진영으로 향했다.

"오! 영웅이 왔구나!"

그러나 나는 엘프 성채에 접근하기도 전에 먼저 알현실에 납치당했다.

여긴 당연히 [고대 엘프 사냥꾼]의 알현실이겠지?

나는 그렇게 생각하고 눈을 떴지만, 눈앞의 광경은 내가 생각했던 것과는 조금 달랐다.

세계수가 도시 중심에 놓였고 살아 있는 나무 위에 올려진 건축물들이 여기저기 있을 것 같았는데, 그런 건 없고 그냥 사람 사는 도시처럼 보였다.

정확히는 그 도시가 내 발아래에 있었고, 나는 허공에 뜬 상태에서 누군가와 마주하고 있었다.

잠깐 고민하던 나는 그 상대에게 조심스럽게 말을 걸었다.

"혹시 고대 엘프 사냥꾼님이십니까?"

"그러하다!"

이 성좌님은 또 왜 하이 엘프 모습의 김이선 모습을 하고 계신 건지 모르겠다.

"네 신비가 초월 수준에 이르렀더구나! 매우 기꺼운 일이다!"

평소 김이선의 이미지와 달리 활달한 몸짓을 겸한 적극적인 의사 표현 덕에 전혀 다르게 느껴진다는 게 그나마 좀 위안이라고 해야 하나.

"그대에게 선물을 주고픈 마음은 굴뚝 같지만 그러기가 쉽지 않다! 나의 아이들은 종족 역사상 손가락에 꼽을 만한 역경에 처해 있으니!"

무슨 말인지 금방 알아챘다.

"오크입니까?"

"오크와 드워프다!"

"와우."

설마 삼파전이었을 줄이야.

"좋지 않군요."

"그래, 좋지 않다! 그러니 도움을 바란다! 영웅의 도움을!"

고대 엘프 사냥꾼의 눈이 빛났다.

"당연히 공짜가 아니다! 보상을 약속하지!"

나는 고개를 끄덕였다.

"제게 계책 하나가 있습니다만."

"말해 보거라!"

"드워프와 동맹을 맺을 수는 없습니까?"

고대 엘프 사냥꾼의 활달함이 처음으로 그쳤다.

"쉽지 않은 일이다. 그 솔직하지 못한 깍쟁이가 나와 동맹을 맺으려 들지 모르겠구나. 더욱이 그 난쟁이와 나는 이미 몇 차례 다퉜다."

목소리는 낮아졌으나 그것은 단순한 불쾌감이나 분노 때문이 아니었다. 오히려 시무룩한 느낌이 강했다.

역시.

"그 다툼이 오크보다도 심각한 겁니까?"

"그렇지는 않다. 그렇지는 않으나… 대화에 응하지 않고 있어."

고대 엘프 사냥꾼은 씁쓰레하게 말했다.

"만약을 위해 나도 아이들에게 드워프를 공격하지는 말라 명을 내렸고, 그 쪼그마한 것도 나와 같은 생각인지는 모르겠으나 여태까지 공격받은 적은 없었다."

사냥꾼의 말을 들으며, 나는 혼자 속으로 생각했다.

혹시 둘이 싸우게 된 계기가 사냥꾼 쪽의 어투 때문이 아닐까?

깍쟁이나 난쟁이, 쪼그마한 것 같은 호칭을 듣고도 광부가 그냥 넘어가 주지는 않았을 것 같다.

뭐, 그건 그거고.

"제가 고대 드워프 광부와 그, 친분? 비슷한 것이 있으니 어떻게든 창구를 마련해 보겠습니다."

이건 이거지.

"정말인가? 그렇다면 부탁한다! 동맹을 성립시켜 준다면 보상이 있을 것이다!"

"알겠습니다."

나는 고개를 끄덕였다.

＊　　　　＊　　　　＊

더 시간 낭비할 것도 없다.

나는 곧장 드워프 성채로 향했다.

아니나 다를까, 또 바로 고대 드워프 광부의 알현실로 끌려갔다.

내가 생각하던 드워프 알현실하고는 또 달랐다.

거대한 용광로, 쉴새 없이 흘러내리는 쇳물… 이런 건 하나도 없고 그냥 사람 사는 도시를 위에서 내려다 보는 광경일 뿐이었다.

"네놈, 욕망을 초월 수준에 올리다니 보기보다 욕심이 많은 놈이로군."

왜 또 광부 성좌는 유상태의 모습이래.

항의하고 싶은 마음은 한가득이지만 대체 누구한테 항의해야 할지 모르겠다.

그건 그렇고, 유상태 버전의 광부는 수염이 덥수룩한 게 이상하게 호감 가는 인상이다.

뭐지? 왜지? 왜 호감이 가지?

"그래, 욕심쟁이 녀석. 뭘 바라고 왔느냐? 공교롭게도 지금은 전시라 네게 내어 줄 것이 없다."

전에, 그러니까 15층의 비밀 세계에서는 좀 더 떽떽거렸던 것 같은데, 아무래도 상황이 힘들어서인지 광부 성좌도 그 성질이 한풀 꺾인 것처럼 보였다.

"엘프와 동맹을 맺으실 생각은 없습니까?"

나는 거두절미하고 본론부터 질렀다.

고대 드워프 광부는 내가 이런 말을 하리라곤 예상조차 못 했는지 당황한 듯 두 눈을 껌벅거리다 이렇게 외쳤다.

"없다!"

"그러시군요."

"그렇다!"

나는 광부를 물끄러미 바라보았다.

그러자 광부는 내키지 않는 듯 미간을 찌푸렸다가 이렇게 말했다.

"…하지만 상호 불가침 조약 정도라면 맺을 의향이 있다."

"그러시군요."

나는 고개를 끄덕였다.

설득할 필요 없어서 좋네.

"그럼 맺으시죠, 상호 불가침 조약."

내 말에 광부가 코웃음 쳤다.

"네게 그럴 권한이 있기나 하나?"

"있으니까 말했죠."

"그래? 그럼… 진행시켜!"

15층에서 겪은 것도 있고, 고대 엘프 사냥꾼의 뒷담 때문에 이렇게 쉽게 풀릴 거라고는 예상 못 했는데 의외로 시원하게 길이 열렸다.

그렇다고 아직 방심할 때는 아니다.

아무래도 사냥꾼과 광부, 둘이 직접 만나면 또 싸움이 날 것 같아서 나는 그냥 커뮤니티 점수를 써서 계약서 한 부를 만들었다.

계약서 내용은 단순하게 적었다.

1. 오크 세력을 물리칠 때까지 엘프 세력과 드워프 세력은 서로를 공격하지 않는다.

이게 전부였다.

사냥꾼의 말대로라면 이제까지도 서로 공격을 안 했다고 하니, 이 조건의 계약을 맺는 건 별로 어렵지 않으리라.

그런데 의외의 부분에서 난관이 있었다.

"왜 내가 먼저 사인을 해야 하지?"

"그야 동맹 제의를 차고 상호 불가침 조약으로 바꾸신 게 광부 성좌시니까요?"

"쳇!"

내 필사의 설득 끝에 간신히 마음을 돌려 놓긴 했지만 말이다.

역시 네고시에이터 이철호야. 가차 없지.

…아니, 농담이다.

애초에 대화의 계기만 있었어도 맺어질 조약에 내가 한 다리 걸친 것뿐이었다.

그저 사냥꾼이 말을 좀 함부로 하고 광부가 성질을 좀 심하게 부려댔을 뿐.

이렇게 생각하고 보니 내가 없었으면 영영 맺어지지 않을 조약 같기도 하네.

역시 네고시에이터 이철호야!

*   *   *

나는 광부의 조인을 받은 계약서를 들고 엘프 성채로 갔다.

"왔구나! 어찌 됐지?"

"이렇게 됐습니다."

내가 내민 계약서를 받아든 사냥꾼은 미소를 지으며 고개를 끄덕였다.

"좋다!"

실망하거나 시무룩해하지도 않는 걸 보니, 사냥꾼도 처음부터 동맹은 기대도 안 했나 보다.

그저 문서로 상호 불가침 조약이 이뤄진 것만으로도 기꺼운지, 계약서에 조인하면서 흡족한 미소를 지우지 않았다.

"고생했다. 이것은 그대의 헌신에 대한 응당한 보답이다."

[신비한 폭탄의 축복: [신비한 폭발] 시전 시 폭발이 2회 일어난다.]

오.

사실상 신비한 폭발의 위력을 두 배로 올려 주는 유용한 축복에, 나는 기분이 좋아졌다.

"감사합니다."

"무얼, 말했듯 응당한 보답이네."

내 감사에 사냥꾼은 고개를 크게 끄덕였다.

*　　　　*　　　　*

"그년한테서 뭔가 받은 모양이로군! 질 수 없지!"

상호 불가침 조약이 이뤄졌다는 것을 알리기 위해 고대 드워프 광부에게 갔더니, 광부는 이상한 소리를 하면서 내게 축복을 하나 걸어 주었다.

[무한 욕망: 욕망이 소모된 상태라면 천천히 욕망이 회복된다.]

원래는 욕망을 소모하면 [욕망 반환]을 쓰지 않는 한 회복되지 않는데, 이 축복은 소모된 욕망을 천천히나마 다시 회복시켜 주는 효과가 있었다.

비록 회복량은 하루에 1 정도로 매우 느렸지만, 이게 어디냐 싶다.

"감사합니다."

"감사할 것 없다! 난 그년에게 지고 싶지 않은 것뿐이야! 그게 무엇이든!!"

이상한 변명 같은 소리였지만 나는 굳이 지적하지 않았다.

이걸 지적했다간 또 지난번처럼 10분 동안 욕을 먹어야 할 테니 말이다.

"그럼 이제 오크 워로드를 처치하면 되겠군요."

"그게 말처럼 그렇게 쉽게 되겠냐?!"

광부가 코웃음을 쳤다.

"제가 처치하면 어쩌시겠습니까?"

"넌 레벨 업 하겠지! 그걸로 끝이다!"

왜 맞는 말을 하지?

쳐 맞는 말!

누가?

물론 오크 워로드가!

아무튼 사냥꾼으로부터 오크를 처치할 때 보상을 주겠노라는 언질은 이미 받았고, 광부도 이상한 소릴 하긴 해도 보상 안 줄 성좌는 아니다.

게다가 어차피 나는 레벨 업을 위해 오크 워로드를 잡아야 하는 상황.

"잘 풀려서 다행이군."

엘프와 드워프, 두 세력을 오가며 뽑아 먹을 수 있는 건 전부 뽑아 먹겠다는 내 비밀스러운 계획의 초석이 단단히 다져지는 순간이었다.

내 계획상으로는 두 세력이 동맹을 맺는 게 가장 좋았지만, 상호 불가침 조약도 나쁘진 않다.

중립적인 사절인 척 양 세력 모두를 드나들며 보상을 받을 수 있는 건 매한가지니까.

"좋아, 그럼 가 볼까?"

나는 곧장 오크 성채를 향해 출발했다.

＊　　　　＊　　　　＊

"뭐어어어어어!"

쿵! 쿵! 쿵!

오크 군단병이 일제히 투창을 던진 후 사각 방패를 앞세우고 열 맞춰서 진군했다.

"루라라라라라라!!"

두두두두두!

그리고 그렇게 마련된 모루 위에 단단한 망치로 기능하는 것이 오크 중기병대였다.

미궁 상층에서 빈약한 무장을 한 오크 용병들만 본 초보 모험가가 가장 당황하는 것이 이것이다.

무장이 좋다!

오크 군단병의 무장만 봐도 그렇다.

서로서로 붙어서 커다란 사각 방패로 전신을 가리고 있는 데다 방패로 가려지지 않는 부분은 철저히 무장하고 있다.

눈가리개는 물론 뺨까지 감싸는, 거의 풀페이스에 가까운 투구를 쓰고, 강철로 된 흉갑을 갖춰 입고 있으며 강철 각반까지 끼고 있다.

방어구만 좋나? 그것도 아니다.

한 명당 투창을 적어도 세 개는 지참하고 있어, 이걸 오크의 근력으로 일제히 던지면 어지간한 기사라도 돌격을 머뭇거릴 터였다.

게다가 근접전에 들어서면 오크라는 종족의 이미지와는 영 다른 짧은 검을 뽑아 드는데, 군단병의 밀집 진형을 갖춘 채 싸우는 데에 특화되어 있다.

오크 중기병대는 또 어떤가?

중기병 자체의 무장은 군단병과 크게 다르지는 않았다. 다만 사각 방패와 투창 대신 양손으로 쥐는 굵고 긴 마상창을 들었을 뿐이다.

그보다 인상적인 것은 말의 무장이다.

오크라는 무거운 종족을 태우기에 적합한, 크고 튼튼하고 사나운 육식 말에는 두터운 마갑이 덮여 있었다.

단순히 그 중량으로 들이받기만 해도 어지간한 보병은 그 자리에서 꿰뚫려 버릴 것이 빤히 보였다.

이러한 오크 성채 야전 부대는 분명 강력한 전투 능력을 지닌 우수한 군대였다.

회귀 전의 모험가 선배들은 이러한 오크 야전 부대의 모습을 확인한 것만으로 전의를 잃고 야전에서의 승부를 포기하고 잠입으로 대전략을 틀었을 정도다.

원래는, 그러니까 회귀 전에는 이미 엘프와 드워프 세력이 오크들에게 밀려 소멸하고 이 계층 자체가 오크의 것이었을 정도니 놀랄 일은 아니다.

내 도움이 없었더라면 7층의 엘프는 그냥 마을 수준의 세력만이 남아 있었을 것이고, 드워프도 크게 다르지 않았을 것이다.

아마 두 종족 다 내가 오기 전에 멸망해 버리는 게 원래 전개였겠지.

하지만 내 도움을 받고 전보다 강성해지는 엘프와 드워프 세력은 살아남아 각기 성채를 세울 정도로 융성했다.

그럼에도 불구하고 오크에 비해 다른 두 종족의 열세는 부정할 수 없을 정도로 명확했다.

만약 이 전쟁이 삼파전만 아니라면, 이미 오크는 적 성채를 포위하고도 남았을 것이다.

엘프와 드워프는 이미 야전에서의 주도권을 잃고 성채에 틀어박힌 지 오래였으니.

고대 엘프 사냥꾼은 몰라도, 고대 드워프 광부의 기세가 많이 꺾인 건 이런 전세 때문이었으리라.

하지만 그 전세는 이제부터 바뀔 수밖에 없게 된다.

"이얍!"

나는 오크 중기병으로부터 빼앗아 든 거대 마상창을 횡으로 힘차게 휘둘렀다.

콰직!

"크릭!"

"*끄라락!*"

오크 군단병 한 부대가 마상창에 맞아 휩쓸렸다.

그렇다, 한 놈이 아니라 한 부대.

사각 방패로 유기적이며 견고한 방어태세를 갖춘 부대 한 덩어리를 한꺼번에 휩쓸어 버린 거였다.

그 와중에 마상창도 부러지고 말았지만, 나는 신경 쓰지 않았다.

"롸아아아!"

살아남은 군단병이 장군의 명령을 받아 일제히 투창을 던졌다.

나는 굳이 투창을 피하지 않았다.

뚜다다당!

내 정면에 떠오른 투명한 방패가 투창을 막아 줄 것을 알고 있었기 때문이다.

이 방패, [부유하는 투명 방패]는 내가 [살아 있는 욕망]을 사용해 만들어 냈다.

지구의 문명이 멸망하기 전, 크게 히트한 영화에 등장한 방패에서 아이디어를 얻은 아이템이다.

다만 나의 [부유하는 투명 방패]와 그 '캡틴 방패'에는 다른 점이 세 개나 있었다.

이름 그대로 일단 투명하고, 무중력 상태인 것처럼 저 혼자 공중에 둥실둥실 떠 있을 수 있다는 두 가지 특징이 그러했다.

마지막으로 가장 큰 특징은 내가 따로 지시하지 않아도 자동으로 움직여 나를 따라다니며 내게 날아드는 공격을 알아서 막아 준다는 점이었다.

이런 기능을 다는 것도 [살아 있는 욕망]으로 인공 지능을 달아 줬기에 가능한 거였다.

처음에는 '살아 있다' 는 게 그런 뜻인지 몰랐지…….

AI 기술은 멸망 전 인류도 꽤 발전했었는데, 이제는 다 옛이야기다.

가능했다면 비행 기능 달린 전신 철 갑옷을 만들고 싶었지만, 그건 너무 비쌌다.

이 방패 만드는 것도 꽤 버거웠다. 막 아무 데나 던져도 자동으로 돌아오게 만들고 싶었는데, 그랬으면 다른 기능을 포기해야 했을 거다.

원하는 기능을 추가하고 버거운 건 포기하고 하다 보니 영화에 나오는 그 방패와는 영 달라지고 말았지만, 성능 자체에는 만족하고 있다.

뚜다다당!

따다다당!

하늘을 까맣게 보이게 만들 정도로 집중적으로 날아드는 투창을 하나도 안 남기고 이렇게 깨끗하게 쳐 내는 것을 보면 만족을 안 할 수가 없다.

"끄릭?! 끄릭!"

군단병들의 경악 어린 표정이 나를 즐겁게 했다.

말이 투명한 방패지, 저들에게는 기적처럼 보일 것이다.

아닌가?

아니면 말고.

오크 군단병의 투창 공격이 어느 정도 잦아들자마자, 나는 땅에 박힌 투창을 잡고 적에게 던지기 시작했다.

퍼억! 퍼억!

내가 던진 투창은 나무로 만든 사각 방패를 관통하고도 모자라 군단병 서넛 정도는 가볍게 꿰뚫은 후에나 멈췄다.

"끄락!"

"크허억!"

투창을 맞은 오크 군단병의 비명이 한 타이밍 늦게 들렸다.

그 비명을 들으며 나는 쓴웃음을 흘렸다.

"역시 오크 군단병 정도로는 경험치도 안 들어오는군."

이미 115레벨을 찍고도 100레벨도 안 되는 군단병에게서 경험치를 바라는 것 자체가 양심 없는 짓이긴 하지만, 아쉬운 건 아쉬운 거다.

"그래도 소득이 없는 건 아니니까."

이것들을 해치우면 성좌님들이 보상해 주시기로 했거든.

그래서 나는 계속해서 투창을 던졌다.

퍼억! 퍼억!

용맹하기로 유명한 오크 군단병의 낯빛에 핏기가 가시는 것이 여기서도 보였다.

곧 끝나겠군.

나는 다음 투창을 집어 들며 생각했다.

*　　　*　　　*

"아녕하세요!"

"아녕하세요!!"

오크 군대를 분쇄하고 엘프 성채로 다가가자, 이번에는 알현실로 납치당하는 대신 엘프들이 나를 환영했다.

그런데 환영의 인사가… 좀 그렇다?

"우가가! 우가우!!"

"우가가! 우가우!!"

드워프 성채로 갔을 때는 환영의 인사가 이랬다.

이상하다. 내가 알기론 드워프어가 이런 식은 아니었던 것 같은데…….

게다가 기분 탓인지 어디서 들어 본 것 같기도 하다.

그거야 뭐 아무튼.

나는 두 종족의 성채에서 영웅이자 두 종족을 잇는 가교로 대접받았다.

물론 오크 군단병과 중기병대를 분쇄한 보상도 따로 받아 냈다.

[신비] +7

[욕망] +7

이뿐만이 아니었다.

"말이 안 통하니 답답하기 짝이 없군. 이거나 먹고 떨어져라!"

고대 드워프 광부로부터 [드워프어] 능력을 얻은 건 덤이었다.

드워프 성채에 오래 머물며 배워도 되는 거니 아마 미궁 금화로 환산해도 그리 비싼 능력은 아니었으리라.

그리고 그렇게 드워프어 능력을 얻은 후, '우가가 우가우'의

의미를 이해하게 되었다.

나였다.

아니, 1인칭 대명사라는 의미가 아니라 나, 그러니까 이철호를 가리키는 단어였다.

"뭐가 어떻게 돼서 이렇게 된 건지 모르겠는데……."

잘 생각해 보니 나는 원시 고대 드워프들에게 내 소개를 한 적이 없다.

원시 고대 드워프들이 멋대로 나를 '우가가 우가우'라고 불렀을 뿐이다.

드워프들이 문명을 세우고 언어를 얻으며 원시 시대의 별 뜻 없는 외침들은 다 사라져 버렸지만, '우가가 우가우' 만큼은 나를 가리키는 단어로 끈질기게 남은 듯했다.

그리고 거기에 고대 드워프 광부의 입김이 닿아 있을 것은 거의 확실하다시피 했다.

"역시 새침데기……."

"뭐, 임마?!"

내 혼잣말에 고대 드워프 광부, 정확히는 광부 성좌가 깃든 드워프 장로가 반응했다.

"아, 듣고 계셨습니까? 그런데 제가 누굴 두고 새침데기라 했는지는 모르시지 않습니까?"

"이놈이……."

그러나 내 반론에 할 말이 없는 듯, 지난번처럼 10분에 걸친 욕설이 쏟아지지는 않았다.

"그보다 동맹에 대해서는 어떻게 생각하십니까? 아직도 마음이 안 바뀌셨습니까?"

"상호 불가침 조약 맺은 지 몇 시간이나 지났다고 벌써 마음이 바뀌냐?!"

고대 드워프 광부가 화를 버럭 냈다.

"1시간도 안 됐죠?"

"…그래, 1시간도 안 돼서 오크 군단을 격파하고 왔군. 너 잘났다."

극찬받았습니다. 감사합니다.

"하지만 다음은 그렇게 쉽게 안 될 거다. 그동안 공격을 부하들에게 맡기고 성채를 지키고 있던 오크 챔피언이 나올 테니 말이다!"

오크 챔피언?

오크 워로드가 아니라?

에이, 착각하셨겠지.

아니면 내가 잘못 들었거나.

하지만 진짜 챔피언이 나온다면 대박이다.

어떻게 기대를 안 할 수가 있을까?

더 강한 몬스터는 더 높은 경험치를 보장하니 말이다!

물론 더 위험하기야 하겠지만, 이상하게 큰 걱정은 안 된다.

나는 오히려 웃으면서 광부 성좌에게 이렇게 말하기까지 했다.

"걱정해 주시는 겁니까? 감사합니다."

"뭐, 뭣?! 이놈이!!"

[고대 드워프 광부]랑 같이 있다 보면 내가 이씨 성에 이름이

노미인 것 같다,

　아니, 이씨 성인 건 맞지만 말이다.

　　　　　　*　　　　　　*　　　　　　*

　나는 왜 고대 드워프 광부가 그런 말을 했는지, 오크 챔피언
을 맞닥뜨리고 나서야 깨달았다.

　회귀 전의 17층에는 성좌가 직접적으로 끼어들 여지가 없다시
피 했다.

　당시의 17층은 오크에게 이미 점령된 층계였으며 모험가들은
그 권위에 도전할 마음조차 품지 못하고 출구까지 숨어들어 빠
져나가야 했으니.

　그러나 이번의 17층은 다르다.

　엘프 세력과 드워프 세력이 건재하며, 두 세력 모두 각자의 성
좌가 보우하고 있다.

　이 말이 뜻하는 바를 나는 좀 더 빨리 깨달아야 했다.

　그것은 오크의 배후에도 성좌가 있으리라는, 어찌 보면 당연
하기까지 한 사실이었다.

　"하찮은 필멸자가 위대한 존재 간의 전쟁에 끼어드는군! 네
놈! 하찮은 자야! 아무리 잡성좌들을 잔뜩 섬긴들 별 의미가 없
음을 몸에 새겨 주마!"

　오크 챔피언.

　챔피언이란 단어는 대전사라는 뜻이다.

　놈이 누구의 대전사인지는 간명했다.

[위대한 오크 투사].

이보다 훨씬 나중에나 등장해 모험가들의 앞을 끊임없이 가로막는 성좌가 오크 성채를 영역으로 삼아 머물고 있으리란 걸 추론했어야 했다.

쾅!

"큭!"

내 [체력]은 100을 넘어 초월적인 수준인데다, [전쟁검★]의 전투력 보너스 덕에 방어력은 그 두 배 이상이다.

그럼에도 불구하고, [위대한 오크 투사]의 성검인 [위대한 오크 투사의 대퇴부 뼈]를 든 오크 챔피언은 나를 볼링 핀 날리듯 날려 버렸다.

성검이 왜 성좌의 뼈냐? 그게 검이긴 하냐?

태클을 걸고 싶은 부분이 한두 군데가 아니지만, 위력만큼은 장난이 아니다.

"설마 이것도 [피투성이 피바라기]의 시련인 건 아니겠지?"

에이, 설마.

아니, 혹시?

[피투성이 피바라기가 불쾌한 오해라고 말합니다.]

아, 계셨습니까?

어째 행운의 여신이 조용하더라니만.

내가 그렇게 긴장감 없이 잡념이나 떠올리고 있을 때, 긴장의 끈을 확 잡아당기는 일이 일어났다.

[성좌 퀘스트: 무례에 대한 징벌]

[피투성이 피바라기는 자신을 잡성좌라고 지칭한 무례한 필멸

자를 그냥 두고 보길 원치 않습니다. 징벌하십시오.]

[승리시: 영광]

[실패시: 죽음]

영광 또는 죽음이라니.

심플한 거 봐.

하하…….

웃을 일이 아니잖아.

죽기 싫어진 나는 이쯤 해서 전력을 다하기로 했다.

[피 끓이기]

[혈기 왕성]

여기까지는 흔히 쓰던 콤보다.

그러나 오늘은 여기에 [혈기] 100 능력을 추가해 보기로 했다.

[피투성이 깃발]

쿵!

전장에 깃대부터 깃발까지 온통 선홍빛인 깃발이 꽂혔다.

깃발이 펄럭일 때마다 핏방울이 후둑후둑 떨어지고 있다.

보기에는 좀 섬뜩하지만, 괜히 [혈기] 100 능력이 아닌지라 효과는 절륜했다.

전투력 상승, 즉 전투에 필요한 모든 능력의 상승.

힘과 용기가 끓어오른다.

자신감이 차오른다.

동시에 모든 감각이 예리하게 벼려지고, 손끝의 세포 하나하나까지 내 의도대로 통제할 수 있게 되었다.

이 깃발 아래에서, 나는 도저히 질 자신이 없다.

"큭, 너는… 당신은!"

오크 챔피언의 반응은 반대였다.

성좌의 비호를 받고 세상 모든 것을 거꾸러뜨릴 수 있으리라 믿어 의심치 않았던 그 기세는 어디로 간 건지.

오크 챔피언은 뒷걸음질을 치기 시작했다.

"아무래도 성좌님에 대해 아는 것 같은데요?"

대답은 돌아오지 않았다.

나는 혀를 찼다.

오크 챔피언씩이나 되어서 깃발 하나에 쫄 줄은 몰랐는데.

내가 생각했던 것보다 [피투성이 피바라기]가 대단한 성좌였던 모양이다.

그건 그렇고 오크 챔피언의 반응이 이래서야.

내 계획이 완전히 틀어졌다.

챔피언을 상대로는 적당히 져 주고 워로드를 끌어낼 생각이었는데. 이렇게 되어 버리면 오크 워로드를 방심시키는 건 무리다.

뭐, 이렇게 된 이상 정면에서 때려 부수는 수밖에 없겠지.

쉽게 가는 방법에 대한 미련을 벗어던진 나는 나른한 어투로 오크 챔피언에게 말했다.

"시간 없다. 얼른 끝내자."

나는 자연스럽게 늘어뜨리고 있던 빈 왼손을 들어 올려 오크 챔피언을 가리켰다.

그리고 이렇게 선언했다.

"[신비한 기둥]."

쿠웅!

폭발적으로 내뿜어진 신비의 섬광이 번쩍이고, 세워진 거대한 빛의 기둥이 오크 챔피언의 퇴로를 막았다.

"크, 크억! 비겁, 한!"

왜? [혈기]로만 싸우라는 규칙은 없었잖아?

잡성좌 여럿한테 후원받는다고 뭐라 그러더니 선택적으로 비난하는 건가?

이렇게 도발하진 않았다.

"[신비한 폭발]."

왜냐하면 말보다 마법이 빠르기 때문이다.

펑! 펑!

[신비한 폭탄의 축복]으로 인해 신비한 폭발이 두 번 연속으로 터졌다.

"큭, 크악! 크라락!!"

도주로는 이미 막힌 데다 이대로 막고만 있다간 신비 마법에 의해 갈아 먹히다 죽을 것이라는 걸 뒤늦게 깨달은 건지, 오크 챔피언이 마지못해 내게 덤벼들었다.

"그래야지."

나는 가볍게 미소 지으며 오크 챔피언이 휘두르는 [대퇴부 뼈]에 [전쟁검★]으로 맞섰다.

펑!

폭발에 가까운 위력의 공격을 받았음에도, 내 몸은 뒤로 밀려 나가지 않았다.

오히려 그 기세를 이용해 강하게 회전하면서 오크 챔피언의 왼쪽 어깨를 베었다.

[체력]이 모자랐다면 오크 챔피언의 일격을 정면에서 맞받은 시점에서 오른팔이 터져 나갔을 테고.

[민첩]이 모자랐다면 적의 일격을 이용하지 못하고 그 자리에 나뒹굴었을 것이며.

[솜씨]가 모자랐다면 기껏 균형을 잡고 회전력을 이용한 일격을 허공에 날리고 끝났으리라.

그러나 내 [체력], [민첩], [솜씨]는 모두 충분했고, [근력]은 당연히 모자랄 리가 없었다.

여기에 [피 끓이기]와 [혈기 왕성], [피투성이 깃발]로 공격력이 몇 배나 불어나기까지 했다.

퍼억!

그 덕에 성좌의 가호를 입은 오크 챔피언에게 결정적인 일격을 날릴 수 있었다.

"끄아아악!"

왼쪽 어깨가 잘려 나가 끔찍한 비명을 지르는 오크 챔피언이었지만, 아직 싸움이 끝난 것은 아니었다.

왜냐하면 다음 순간 잘려 나갔을 터인 오른쪽 어깨가 새로 쑥 돋아나 왔기 때문이다.

게다가 비명은 나를 방심시키기 위해 내지른 것이기라도 한 건지, 그 자리에서 펄쩍 뛰며 곧장 반격하려고까지 했다.

"누가 뛰래?"

그러나 그것은 오크 챔피언의 오판이었다.

[신비한 활의 축복]을 받은 [신비한 화살]이 드르르르륵 쏟아져 나갔다.

차라리 신비한 머신건이라고 하는 게 더 어울릴 그 연사 앞에서, 이미 허공에 뜬 상태인 오크 챔피언은 회피는커녕 방어도 제대로 못 했다.

뛰어드는 기세마저 신비한 화살의 탄막에 밀려 죽어 버리자, 나는 오크 챔피언의 착지 예상 지점으로 파고들었다.

"적시타다!"

빠악!

일부러 [전쟁검★]의 칼날이 아닌 칼등으로 오크 챔피언을 날려 보낸 건 자비를 베풀기 위해서가 아니었다.

날려진 오크 챔피언이 처박힐 곳은 바로 퇴로를 막고 선 신비한 빛의 기둥 속이었다.

그리고 챔피언이 기둥 안에 처박히자마자.

"처먹어라."

나는 [신비한 기둥]의 마무리 일격을 발동시켰다.

쾅!

기둥은 나타날 때보다도 더 화려한 빛과 폭음을 내며 폭발했다.

[신비]의 힘이 가득한 폭발로 인해, 오크 챔피언의 전신이 단한 순간만에 너덜너덜해졌다.

저 정도면 죽었겠지.

"끄어……!"

하지만 오크 챔피언은 끔찍한 고통에 신음성을 흘릴지언정 아직 죽지는 않은 상태였다.

마무리를 할 생각이었는데, 이걸 또 사니 아무리 나라도 당황하지 않을 도리가 없었다.

설마 이게 오크 챔피언의 진면모였나?

[인간+] 이상의 생존력이 [오크+]의 능력이기라도 한 건가?

그런 망상이 들 정도로 내 마음속에서 위기감이 차오르기 시작했다.

당연히 아니다. 오크한테 그런 능력이 있을 리 없다.

하지만 그냥 오크나 오크 워로드가 아닌 오크 챔피언은 처음 상대하는 거였다.

데이터가 없었다.

오크 워로드를 끌어내서 한꺼번에 상대해야겠다느니, 힘을 아껴서 방심을 시켜야 되겠느니 하는 여유는 온데간데 없이 날아가 버린지 오래다.

[혈기 왕성]까지 켜고 [혈기]를 펑펑 써 댄 탓에, 전투를 질질 끌어서는 안 됐다.

만약 이대로 [혈기]가 바닥나면? 전신이 펑 터져 죽는 건 내 쪽이 될 공산이 컸다.

자, 그럼 어떻게 해야 할까?

오히려 [혈기]를 더 투자해 단번에 밀어붙여 끝내야 할까? 아니면 이제부터라도 [혈기]를 아껴 장기전을 대비해야 할까?

정보가 없기에 어느 쪽을 골라야 할지 확신할 수 없는 상황.

그런데 내게는 고민할 시간조차 그리 길게 주어지지 않았다.

"뤄어어어어!!"

[신비한 기둥]을 폭파하자, 기둥에 가로막혀 못 오고 있던 오크 중기병대가 돌격해 오기 시작했다.

기둥 폭파로 마무리를 지을 생각이었는데, 그게 어긋나고 나니 상황이 이렇게 돌아가네?

그뿐만이 아니었다. 중기병대보다 속도가 확연히 느리긴 하지만, 군단병들도 서로 몸을 단단히 붙인채 이쪽으로 진군해 오고 있었다.

"롸아아아아아!"

마지막으로 성채에 서서 고함을 지르고 있는 저 거대한 오크는 워로드가 틀림없다.

지금이라도 성채에서 뛰어 내려올 것처럼 꿈틀대는 걸 주변 부하들이 말리고 있다.

모두 오크 챔피언을 구하기 위해 나선 것이리라.

물론 오크 중기병대와 군단이 내 목숨을 위협할 수는 없다.

하지만 저들이 목숨을 버려 시간을 끄는 것 정도는 충분히 할 수 있었다.

게다가 언제든 워로드가 참전할 수 있다는 것도 부담이다.

저거 레벨도 높고 엄청 센데.

그래도 1;1이면 이길 자신이 있지만, 지금 상황상 맞붙게 되면 오크 챔피언의 협공을 받게 될 게 빤했다.

사실 살아 나가는 법이야 간단하다.

오크 챔피언을 놔주면 된다.

엘프 성채건, 드워프 성채건 어디라도 들어가면 오크 챔피언도 더 쫓아오진 못할 것이다.

아무리 [피투성이 피바라기] 성좌라도 이걸 패배라 하진 않겠지.

피바라기 성좌는 내게 승리하라고 했지, 챔피언을 반드시 죽여 없애라고는 하지 않았으니까.

그렇다면 이대로 놓아 보내도 되는 걸까?

하지만 미련이 내 발목을 무겁게 만들고 있었다.

이렇게 챔피언을 놓치고 마는 건가?

너무 아까운데?

차라리 나도 목숨을 걸면 어떻게든 되지 않을까?

만감이 교차하던 그때, 빛의 화살이 전장을 가로질렀다.

정확히는 [신비한 화살]의 무리였다.

누가 발사했는지는 명확했다.

엘프였다.

"오크 챔피언을 도망치게 두지 마라! 놈은 영웅의 사냥감이다!"

그렇게 외치는 엘프는 낯이 익은 상대였다.

다름도 아니라 고대 엘프 사냥꾼이 자주 몸을 빌리는 엘프였으니.

알현실이 아니라 그냥 엘프 성채에서 나와 이야기할 일이 있을 때, 저 몸으로 나와 대화하곤 했다.

이제 보니 저 엘프가 고대 엘프 사냥꾼의 챔피언이었던 모양이다.

엘프 챔피언이 이끄는 신비 궁병대가 일제히 쏘아 낸 [신비한 화살]의 비는 오크 중기병대의 진로 위에 쏟아져 내리며 그 돌진을 가로막았다.

"크락!"

"크아아!"

오크 중기병대 선두의 몇몇은 화살 비를 무시하고 돌격을 감행하려 하였으나, 결국 버티지 못하고 낙마하거나 말이 먼저 쓰러져 버리거나 했다.

그리고 그 뒤에 이어 튀어나온 것은 드워프 공성 부대였다.

"쏴라, 쏴!"

거대한 발리스타를 끌고 나온 공성 부대는 성에나 쏴붙일 무식하게 커다란 화살을 오크 군단병에게 무턱대고 쏴 붙였다.

"카라락!!"

"카학!"

방패를 세우고 발맞춰 진군하던 군단병은 방패 채로 꿰뚫려 아예 진형이 붕괴되고 말았다.

"네놈! 이 녀석아! 이거나 들고 가든지!!"

공성 부대를 이끌고 필드에 나온다는, 제정신으로는 보통 못할 미친 짓을 지휘한 것이 틀림없는 드워프 챔피언, 아니, 드워프 광부가 내게 외쳤다.

나를 향해 휘리릭 날아드는 무언가를 나는 쉽게 잡아챘다.

이건… 삽?

[오크잡이]

분류: 삽

제한: 없음

위력: +100

상태: [오크잡이: 오크 대상으로 3배 피해]

그러나 평범한 삽은 아니었다. 광부 성좌의 [욕망]으로 빚어낸 것이 틀림없는 아이템이었다.

"이거라면 가능하지."

나는 [신비한 기둥]에 의한 피해를 거의 다 회복해 가는 오크 챔피언을 향해 뛰었다.

삽날에 신비한 빛이 피어올랐다.

[신비한 칼날]이다.

"엘프와 드워프의 공동 작업이로군."

그럼 오크 챔피언이 웨딩 케이크가 되는 셈인가?

나는 내가 역한 상상을 하고 말았다는 것을 인정하고, 재빨리 머리를 흔들어 머릿속을 리셋 했다.

"비, 비겁한 놈! 하나만 해라!"

간신히 일어난 오크 챔피언이 치를 떨며 외쳤다.

아픈 곳을 정확히 찌르는 일침이었다.

"닥쳐라! 그리고 죽어라!!"

그래서 나는 반론하는 대신 그냥 폭력을 썼다.

퍽!

신비한 빛으로 반짝이는 [오크잡이]가 오크 챔피언의 머리통을 날렸다.

그럼에도 불구하고 나는 안심할 수 없었다.

"…설마 머리까지 재생하진 않겠지."

내 불안은 곧 현실이 되었다.

분명히 시체가 되어야 했을 터인 오크 챔피언의 몸통에서 새로운 머리통이 쑥 하고 나오는 게 아닌가?

"이런 식빵맨?!"

그렇다고 좌절할 내가 아니다.

나는 오크 챔피언의 몸을 이번에는 깍둑썰기 해 버리기 위해 신비한 빛으로 번쩍이는 [오크잡이]를 머리 위로 들어 올렸다.

그때였다.

"항, 항복한다!"

오크 챔피언의 입에서 예상치 못한 한 마디가 튀어나왔다.

"항, 항복?"

순간적으로 나는 상황을 받아들이지 못했다.

오크가 항복이라니.

몬스터가 항복?

그게 시스템상 허용이 되나?

[성좌 퀘스트: 항복한다!]

[위대한 오크 투사의 챔피언이 당신에게 항복합니다. 당신은 명예로운 전사로서 자비롭게 항복을 받아들일지, 끝까지 싸울지 결정할 수 있습니다.]

[항복을 받아들인다: 명예를 얻으리라!]

[받아들이지 않는다: 저주를!]

아, 성좌라서 가능한 건가?

잘 모르겠다.

아무튼 이제 어떻게 하지?

경험치가 좀 아쉽긴 하지만, 고작 몇 레벨 올리자고 성좌와 끝까지 가 버리는 것도 부담스럽다.

고작 몇 레벨이 아니긴 하지만…….

"어떻게 합니까?"

나는 기본에 충실하기로 했다.

모를 때는 물어본다.

기본 중의 기본이다.

이럴 때 알아서 하라는 상사는 들이받아도 무죄다.

[피투성이 피바라기가 무례에 대한 사죄를 받으라고 합니다.]

아, 그러고 보니 애초에 [피투성이 피바라기]가 끼어든 게 오크 챔피언의 발언 때문이었지.

"사죄해라. 그럼 항복을 받아 주마."

나는 그렇게만 말했지만, 챔피언의 눈치는 빨랐다.

"사죄한다! 그대는 뛰어난 성좌를 배후에 두고 있다! 결코 잡 성좌 따위가 아니라!"

곧장 포인트를 집어서 사죄하는 걸 보니, 아무래도 오크 챔피언 본인도 본인 발언에 찔리는 부분이 있었던 모양이다.

나는 고개를 끄덕였다.

"네 사죄, 그리고 항복을 받아들인다!"

그러자.

─오크 챔피언을 상대로 승리하셨습니다.

─레벨 업!

─레벨 업!

─레벨······

어?

아!

직접 경험해 보는 건 처음이라 눈치채는 게 늦었지만, 그러고 보니 적의 항복을 받아 내서 승리해도 멀쩡히 경험치가 나왔지.

애초에 몬스터를 상대로 항복을 받아 낸다는 경우가 거의 없다시피 해서 나도 생각이 안 날 수밖에 없었다.

레벨: 120

그런데 왜 이렇게 레벨이 많이 올라?

성좌 챔피언이라 그런가?

아, 알았다. 아직 24시간이 안 지나서 [휠 오브 포춘] 경험치 2배 효과가 남아 있었네.

여기에 [행운] 100 능력인 [사업운]으로 경험치 2배뻥까지 받았다.

그 덕에 17층에 온 첫날에 한계 레벨까지 찍어 버리고 말았다.

게다가 이게 전부가 아니었다.

"이걸로 만족하셨습니까?"

[피투성이 피바라기가 무례를 범한 자의 굴욕에 흡족해합니다.]

아, 만족하셨구나.

[성좌 퀘스트: 무례에 대한 징벌]의 보상이 뜨는 걸 보니 그랬다.

승리시 보상이 영광인데, 과연 이게 뭘까?

[피투성이 피바라기가 검을 높이 치켜들어 너 자신을 영광되이 하라고 합니다.]

그때, [피투성이 피바라기]의 메시지가 떠올랐다.

나는 그 말대로 했다.

그러자 [전쟁검★]을 높이 들어올리자, 그 검신이 핏빛으로 물들며 변화했다.

[피투성이 피바라기의 전쟁검★★]

전쟁검을 다루는 동안 전투력이 [혈기]만큼 상승하며, [혈기]를 소모해 [피바람]을 일으킬 수 있다.

승리를 거두면 소모한 [혈기]가 완전히 회복된다.

[전쟁검★]에 별 하나가 더해지며 효과도 한 줄이 더 추가됐다.

안 그래도 [혈기] 능력을 펑펑 써서 소모가 심했는데, 그 모든 소모가 단번에 회복되었다.

"감사합니다."

[피투성이 피바라기]로부터 대꾸는 돌아오지 않았다.

하여간 태도가 일관적이셔.

그러고 보니 시련인지 뭔지가 대체 뭐냐고 물어보지 못했던 게 갑자기 생각났지만, 물어봤자 어차피 대답해 주지 않으리란 걸 나는 이미 알고 있었기 때문에 별로 후회되진 않았다.

         *   *   *

[피투성이 피바라기]가 떠나고 나자, 이번에는 [위대한 오크 투사]의 목소리가 들렸다.

[이제 내 차례인가.]

다른 성좌의 저런 태도를 보니 역시 [피바라기] 성좌는 끗발 좀 날리나 보다.

[퀘스트 완료를 눌러라.]

아, 그러고 보니 [위대한 오크 투사]의 성좌 퀘스트 보상도 있었지.

나는 완료 버튼을 눌러 보았다.

ㅡ새로운 능력치를 얻었습니다.

ㅡ[명예]

아니, [명예]를 줄 줄이야.

'명예를 얻으리라'는 말이 진짜였네.

상태 메시지에선 능력치라고 표현했지만, 사실 능력치라고 하기에도 애매했다.

미배분 능력치의 배분이 불가능하고, 명예로운 행동을 함으로써 올릴 수 있다고 하니 말이다.

[명예를 드높이는 자, 누구에게서든 존중을 얻으리니. 그대가 명예를 귀히 여긴다면 그대 또한 귀히 여겨지리라.]

[위대한 오크 투사는 괜히 어렵게 말했지만, 어딜 가든 [명예] 능력치로 그 세계의 작위나 훈장을 구입해서 달면 대접받을 수 있다는 뜻이었다.

충계를 이동해 해당 작위나 훈장이 쓸모없어지면 다시 [명예] 능력치로 교환할 수도 있다.

이런 점에 있어서는 [욕망]과 비슷한 점도 있다고 할 수 있겠다.

현재 내 [명예] 능력치는 70.

16층에서 흡혈귀 귀족을 잡고 20점, 여기서 오크 챔피언의 항복을 명예롭게 받아 준 것이 50점이라고 한다.

이 정도면 기사나 준남작 등을 자칭할 수 있다.

아마 100점 정도는 채워야 남작 작위를 받을 수 있을 거다.

"내가 패배했으니 여기서는 우리가 물러나겠다."

내게 항복한 오크 챔피언은 시무룩하게 선언했다.

그렇게 선언하자마자, 당당히 서 있던 오크 성채가 그 자리에서 뿌옇게 변하더니 없어졌다.

없어지는 건 오크들도 마찬가지였다.

오크 군단병, 오크 중기병대, 오크 워로드에 오크 챔피언까지.

오크 챔피언이 사라지기 직전에, 녀석은 들고 있던 성검, [위대한 오크 투사의 대퇴부 뼈]를 내려놓으며 허망한 목소리로 말했다.

"이것은 이제 그대의 것이다. 명예로운 승리의 영광이 그대와 줄곧 함께하기를."

그 말을 남기고 오크 챔피언은 사라져 버렸다.

어, 그럼 이건…….

내 건가?

"이겼다!"

"우리의 승리다!!"

내가 그런 생각을 하고 있으려니, 뒤에서 조용히 있던 엘프와 드워프가 갑자기 각자의 언어로 외쳤다.

그렇다.

이겼다.

와, 만세.

*　　　　　*　　　　　*

엘프와 드워프의 상호 불가침 조약은 오크를 물리칠 때까지 유효했으므로, 오크가 패퇴한 지금은 무효가 되었다.

그럼 이제 둘이 전쟁하나?

그렇진 않았다.

오히려 데운 맥주와 건포도 빵을 서로 나누며 축제를 벌이고 있었다.

왜 하필 데운 맥주와 건포도 빵이지?

나는 누구한테든 항의하고 싶었다.

하지만 이 자리에 사냥꾼 성좌와 광부 성좌가 있었기에 조용히 입을 다물었다.

"영웅이여! 그대의 활약으로 아이들이 큰 위기를 벗어났다!"

"그 싸움, 내 삽 없었으면 어쩔 뻔했어? 내가 살려 준 줄 알아."

"그러니 나는 그대에게 감사를 표하고자 한다!"

"그러니 나한테 고마워하라고. 자, 얼른!"

엘프 챔피언과 드워프 챔피언이 교대로 말하는 걸 듣고 있으려니 잠깐 정신이 가출할 것 같았다.

아무튼 나는 두 성좌에게서 보상을 받았다.

그것은 바로 [하이 엘프+]와 [로우 드워프+]의 종족 변경권이었다.

로우 드워프는 드워프계의 하이 엘프 비슷한 존재다.

그런데 왜 하필 '로우' 드워프? 말만 들으면 좀 그렇다.

하지만 광부가 이야기하기를 땅 밑을 파고드는 드워프는 가장 고귀한 자가 가장 아래를 향해 나아가니 로우 드워프가 맞다고 했다.

땅 밑에는 보석이 있는데, 하늘 위에는 뭐가 있냐고 되묻는데, 뭐 할 말이 없긴 하더라.

좌우지간, [하이 엘프+]는 [하이 엘프]의 능력에 +가 하나씩 붙은 느낌이다.

그러니까 [신비 마법 친화+++], [정령 지배력++], [하이 엘프의 영육+]이 되었다.

[신비 마법 친화++]는 [신비 마법] 위력 +25%였는데, +++가 되면서 +30%로 강력해졌고, [정령 지배력++]은 '보다 강력한'이라는 문구가 들어갔다.

[하이 엘프의 영육+]은 특기할 만한데, [신비] +40%였던 보너스가 +50%가 되는 대신 [근력]과 [체력] 페널티도 5%씩 더해져 —25%씩으로 바뀌었다.

아, 그러고 보니 [질병 면역 강화]는 +가 안 붙었네. 이건 좀 아쉽다.

[로우 드워프+]의 종족 능력은 [욕망의 주인+++], [살아 있는 석상++], [로우 드워프의 물욕+], [독 면역 강화]였다.

[욕망의 주인+++]은 [욕망 구현]과 [살아 있는 욕망]의 욕망 효율을 30% 증가시켜 주는 능력이었다.

[살아 있는 석상++]은 [석화]에 걸린 상태에서도 평소와 다름없이 움직일 수 있고, 본인이 자의적으로 [석화] 상태가 될 수도 있는 능력이다.

더불어 평소에도 [체력]으로 인한 방어 보너스가 +25% 상승하며, [석화] 상태라면 +50% 상승한다.

[로우 드워프의 물욕+]은 [민첩]이 −50% 되는 대신 [솜씨]와 [욕망]이 +25% 되는 능력이다.

[민첩]이 너무 많이 깎여서 좀 그렇긴 하지만, 일반 기술 올릴 때는 좋겠다 싶다.

[독 면역 강화]는 2랭크 미만의 독에는 완전 면역, 5랭크 미만의 독에는 99.99% 면역을 얻는다. 5랭크 이상의 독에도 저항력을 얻는다.

이 화려한 보너스를 [인간+]일 때는 얻을 수 없다는 게 아쉽긴 하다.

[인간+]도 이제는 별로 안 밀리거든.

하지만 필요할 때마다 적재적소로 활용할 수 있는 보너스다 보니 다 기껍다.

아, 맞다. 전리품도 빼놓을 수 없지.

전리품이라고 해 봤자 오크의 성검 하나뿐이지만, 이 하나가 크다.

[위대한 오크 투사]는 무슨 생각인지 내가 이 성검을 쓰는 걸 허가해 주었다.

그 덕에 성검의 이름과 능력에 대해 알 수 있게 되었다.뭐… 이름이야 이미 알고 있었지만.

[위대한 오크 투사의 대퇴부 뼈★]

적에게서 치명적인 피해를 입었을 경우, [명예]를 소모하여 피해를 무효화 할 수 있다. 이렇게 소모된 [명예]는 천천히 회복된다.

처음부터 ★급인 데다, 효과도 아주 좋다.

오크 챔피언이 어째 아무리 치명상을 입혀도 되살아나는 것처럼 보인다 했더니만, 그 비밀이 이 성검에 있었던 셈이다.

아무튼 만족스러운 전리품이다.

한 손으로 들 수 있는 둔기여서 [전쟁검★★]과 함께 쓸 수 있으며, 전투 시엔 별 쓸모가 없는 자원인 [명예]를 활용할 수 있는 것도 좋았다.

효과를 내 의지대로 발동할 수 있다는 것도 좋다.

[인간의 끈기]를 활용해 [극한 상황에서의 괴력] 조건을 달성한 후 그 뒤에 입는 치명상만 이걸로 회피하는 방식의 운용도 가능할 것 같았다.

그리고 또, 오크 성채가 없어진 자리에 18층으로 통하는 출구가 뻥 뚫렸다.

온갖 고생 다 하며 목숨 걸고 성채 안으로 숨어들어 가야 했던 지난번의 모험가들이 보면 땅을 치며 욕할 만한 상황이다.

나는 두 종족 성좌의 허락을 얻어, 17층에 내려온 모험가들이 곧장 18층으로 내려갈 수 있도록 배려했다.

대신 이번에도 각 종족의 성채에 머물 수 있는 건 나 하나로 한정된다.

물론 나는 17층에 오래 머물 것이다.

일반 기술 랭크를 확 올릴 기회니 말이다.

특히나 드워프가 원체 이런저런 기술에 뛰어난 면모를 보이는 종족이니만큼 기대가 크다.

*   *   *

내 기대는 충족되었다.

그동안 내가 자체적으로 수련하거나 엘프에게 전수받은 것과는 다른, 땅과 산과 동굴에서만 단련할 수 있는 일반 기술들.

그러니까 [채광], [제련], [야금], [보석 세공] 등의 기술들을 드워프로부터 배우고 익히고 숙달시킬 수 있었다.

게다가 기존에 익히고 있었던 기술, 그러니까 [철공]이나 [석공], [건축] 등의 기술도 드워프의 도움을 받아 9랭크까지 올릴 수 있었다.

이러한 기술들의 단련에는 높은 [솜씨]가 필수 불가결했기 때문에 나는 [로우 드워프+]로 종족 변화를 꾀했다.

그런데 [로우 드워프+]가 되는 데에는 의외의 장벽이 있었다.

[민첩]이 반토막 나는 게 일단 가장 체감이 컸지만, 이건 예상한 대로여서 금방 적응이 됐다.

더 큰, 그리고 예상치 못했던 장벽이란 바로 팔다리의 길이였다.

아니, 다리 길이 자체는 별로 신경 안 쓰였다.

드워프의 선반 앞에 붙어 일하려면 오히려 짧은 다리가 편리했으니까.

그런데 그냥 팔을 쑥 뻗었을 때 닿아야 하는 곳에 닿지 않는 건 영 적응하기가 힘들더라.

물론 종국에는 결국 적응하고 말았지만.

드워프 쪽에서 얻은 것만 강조했지만, 사실 엘프 쪽에서 얻은 것도 적은 편은 아니었다.

17층의 엘프는 7층 시점에서보다 지식과 기술을 더욱 발전시

컸다.

더불어 도시 구성원 엘프들의 레벨이 오르면서 좀 더 다양한 소재를 접하고 활용하는 방법을 찾아냈다.

그것을 배우고 응용하는 것만으로도 그간 막혀 있던 랭크를 뚫는 데에 큰 도움이 되었다.

엘프에게서 배울 수 있었던 것 중 가장 인상적인 것은 [신비한 옷감]의 방직과 가공이었다.

말만 들어도 감이 잡히겠지만, [신비]의 힘을 녹여 넣은 옷감이다.

씨앗에서부터 [신비]의 힘에 노출 시켜 키운 [신비한 나무]의 잎을 먹인 [신비한 누에]에게서 [신비한 명주실]을 자아내고, 이 실을 짜 [신비한 옷감]으로 만든다.

그런데 이 과정에서 운 좋으면 [신비한 황금 명주실]을 만들 수 있고, 이 실로 옷감을 짜면 [신비한 황금 옷감]이 나올 확률이 대폭 늘어난다.

여기에서 또 아주 희박한 확률을 뚫으면 [신비한 천금 옷감]이 나오기까지 한다.

솜씨는 몰라도 운이 좋기론 동렙 최고인 내가 안 나설 수가 없는 노릇 아닌가?

엘프 전사들이 득시글대고 챔피언까지 돌아다니는 엘프 소굴, 그러니까 엘프 성채에서 로우 드워프 상태로 옷감을 짜는 걸 발견하면 나라고 생각해도 무방하다.

그렇게 한참 동안 [신비한 천금 옷감]의 생산에 도전하고 있으려니, [신비한 누에]의 수급이 달리게 되었다.

그래서 나는 [양잠]에까지 손을 뻗고 말았다.

그런데 [양잠]을 잘하려면 질 좋은 뽕나무 잎 수급이 중요했다.

필연적으로 나는 [원예]까지도 손을 뻗었다.

이러한 내 노력은 결코 헛되지 않았다.

기어코 전대미문의 업적을 세워 버리고 말았으니 말이다.

"아니, 이게 진짜 된다고?"

"오오, 영웅이시여!"

[신비한 천금 누에]를 생산해 내고 만 것이 바로 그것이었다.

120에 달하는 높은 [행운]과 180에 달하는 [솜씨] 덕에 달성한 기적적인 성과였다.

하지만 나는 아직 만족하지 못했다.

"이걸로 실을 뽑고 천까지 짜면 대체 뭐가 나올까? 그리고 그 천으로 옷을 만들면?"

기대가 안 될 수 없었다.

그러려면 더 많은 [신비한 천금 누에]를 만들어야 했고, 그걸 위해 더욱더 많은 [신비한 황금 나무]를 키워 내야 했다.

나는 일어섰다.

갈 길이 멀었다.

*　　　　*　　　　*

어느 날, 잠에서 깨어 눈을 떴을 때.

불현듯 깨달음이 찾아왔다.

"나는 모험가야!"

나는 침상에서 벌떡 일어났다.

"모험가는 모험을 해야 해!"

이러고 있을 때가 아니었다.

다른 모험가들은 이미 18층에 내려보낸 상태였다.

물론 18층의 공략은 써서 올려 두었다.

8층과 유사한 층계니만큼, 정글을 돌며 충분히 레벨을 올리면 어렵지 않게 클리어할 수 있을 것이다.

하지만 18층의 출구를 가로막고 있는 레이드 보스는 어쩔 것인가?

그걸 누가 해치워 줄까?

내가 해치워야 한다.

그것이 가장 희생이 적게 나올…….

아니지. 괜히 내숭 떨지 말자.

그냥 내가 먹고 싶다.

그거라도 먹어야 레벨이 오르지!

결코 일을 너무 많이 벌여 수습이 안 되어 답답한 마음에 이러는 게 아니다.

계획을 짠 건 좋지만 옷감을 짤 양의 충분한 [신비한 천금 누에]를 모으는 작업이 너무 아득하게 느껴져서 이러는 게 아니다!

…사실 그렇긴 하다!

그것도 그렇지만, 그동안 모험가로서의 본분을 지나치게 등한시했다는 자각이 갑자기 확 몰려와 견딜 수가 없었다.

"그래, 가자!"

레이드 보스 독식하러!

딴 놈 못 준다, 그거!!

                    *   *   *

그렇다고 내가 17층에서 시간 낭비를 한 거냐면 그렇지는 않았다.

일단 흡혈귀 자작을 잡느라 100 미만으로 떨어졌던 미배분 능력치가 다시 세 자릿수로 올라온 것은 물론, 이전보다 훨씬 더 불어나기까지 했다.

미배분 능력치: 255

아쉽게도 세 배에는 못 미쳤지만, 두 배는 한참 더 불어났다.

하지만 이런 능력치보다, 기술을 단련해 얻어 낸 결과물이 더 귀하게 여겨졌다.

노력이 들어가서 그렇겠지.

어쨌든 [원예], [양잠] 등의 새로 익힌 기술과 랭크를 바짝 올린 [방직], [재봉]을 통해 만들어진 정장이 바로 이거다.

[신비한 천금 가죽 정장]

분류: 정장

제한: 120레벨

보호: +255

상태: [불꽃 저항], [타격 피해 반감], [자동수복], [신비한 갑옷

강화: [신비한 갑옷] 사용 시 소모 [신비] 절반]

[어린 드래곤 가죽 정장]을 해체해 뽑아낸 가죽을 겉감으로

쓰고, 엘프 성채에서 짜낸 [신비한 천금 옷감]을 안감으로 써서
재단한 정장 한 벌.

일견 이미 [불꽃 초월]을 지닌 내게 [불꽃 저항]은 별 쓸모가
없어 보일지 모르겠지만, 사실은 그렇지가 않다.

불을 처맞을 때마다 알몸이 되어야 하는 내 심경을 헤아려
본 적이 있는가?

하지만 이 정장을 입고 있으면 그럴 일이 없다.

…없을 것이다.

…아예 없진 않겠지만.

여하튼.

이 정장에 달린 보호 수치는 치명타를 얻어맞을 확률을 줄여
주고 받는 피해 또한 감소시켜 준다.

그런데 여기에 [타격 피해 반감]까지 추가되면서 둔기에 의한
피해는 거의 걱정할 필요가 없어졌다.

게다가 불의의 사태 때 이 정장이 불타거나 찢어지거나, 아무
튼 손상을 입었을 때, 그 손상이 자동으로 수복되는 자동 수복
기능도 생겼다.

뭐지, 이거?

사실은 주재료가 나노 머신인가?

뭐, 마법이지만 말이다.

정확히는 [신비]다.

마지막으로 [신비한 갑옷 강화] 옵션이 화룡점정을 담당한다.

이거 입고 [신비한 갑옷]을 쓰면 정장이 신비한 빛으로 반짝여
서 예쁘다.

물론 예쁘기만 한 건 아니고, 다른 [신비 마법] 먼저 쓰느라 좀 아꼈던 [신비한 갑옷]을 펑펑 쓸 수 있게 해 주는 옵션이라 성능 자체도 뛰어나다.

　하지만 예쁜 게 더 중요하지.

　이 정도면 최종템 하나 뽑아낸 것 같은데?

9장
—

제18층

　사실 나는 이 정장을 만들어 내고도 아쉬움을 많이 느껴야 했다.

　이 정장의 천을 짜내는 데에 [신비한 천금 명주실]의 비율은 10% 정도였고, 나머지는 [신비한 황금 명주실]로 때웠다.

　그렇게 해서 [신비한 천금 옷감]이 나온 것도 사실 운이 좋았다고 볼 수 있었다.

　하지만 만약 [천금 명주실]의 비율이 더 높았다면? 그렇게 해서 더 높은 수준의 천을 뽑아냈다면?

　나는 어디까지 만들 수 있었을까?

　이게 못내 아쉬웠다.

　그러나 이 과정에 얼마나 많은 시간이 들지를 생각하면 다른 것보다 아득함이 먼저 찾아왔다.

일찍이 미련을 끊어 내고 모험부터 하기로 강행한 것도 그런 이유다.

"나중 가면 더 좋은 재료들이 나오니까."

그 재료들을 쓰면 더 쉽고 빠르게 기술의 랭크를 올릴 수 있게 되고, 그러면 더 높은 등급의 결과물을 싸게 뽑아내는 선순환이 이뤄진다.

그저 고집 하나 때문에 17층에 몇 년씩 틀어박혀 있을 이유가 없었다.

"이별에 슬퍼하지는 않겠다. 다시 볼 수 있음을 믿고 있으니까."

"속이 다 시원하군! 썩 꺼져!"

엘프 챔피언은 그나마 의연한 모습을 보였지만, 드워프 챔피언은 달랐다. 내게 얼굴을 보여 주려고도 하지 않았다.

나도 굳이 억지로 보려 하지 않았다.

10분 내내 쌍욕을 먹고 싶진 않았기 때문이다.

"예, 그럼 다음에 다시 뵙죠."

나는 그렇게 17층을 뒤로 했다.

*   *   *

[17층의 모험가 751명 중 생존하여 18층까지 내려온 모험가는 7백, 5십, 1명입니다.]

역시나 18층에 가장 늦게 내려온 모험가는 나인 모양이다.

하긴 내가 다 먼저 내려보냈으니 당연하지.

18층은 앞서 언급했듯 8층과 유사한 층계다.

모험가들이 정글을 돌며 충분히 레벨 업을 한 후 힘을 모아 출구를 막고 있는 거대 보스를 물리치는 구성으로 되어 있다.

원래는 그랬다는 이야기다.

내가 온 이상 그렇게 놔두지 않을 테니.

[유상태]: 오셨군요.

마침 유상태의 [텔레파시]가 날아왔다.

내가 온 줄 어떻게 알았냐는 의문은 제기할 필요가 없다.

마지막으로 내려올 사람은 나 혼자니.

생존자 수 공지가 내가 내려왔음을 알리는 공지나 마찬가지였다.

[이철호]: 예, 어르신.

평소라면 이 대답에 제발 어르신이라고 하지 말아 달라는 답이 올 법도 한데, 이제는 체념이라도 한 건지 그런 말이 날아오진 않았다.

[유상태]: 저희 넷은 레벨 업을 끝내고 일반 기술 단련 중에 있습니다.

오, 역시. 내가 키운 정예 서포터들이야.

[유상태]: 위치는 오크 정예 용병대 맞은편 정글입니다만, 오시겠습니까?

[이철호]: 일단 확인할 게 있어서요. 곧 찾아가겠습니다.

유상태에게 적절한 답문을 보내고, 나는 우선 거대 보스부터 찾아갔다.

다행히 거대 보스는 아직 멀쩡했다.

[붉은 볏 바위 뱀]

이 거대한 뱀은 닭 볏처럼 생긴 붉은 볏을 머리에 달고 있는 것을 제외하면, 8층의 거대 보스였던 가시 꼬리 바위 뱀과 유사하게 생겼다.

다른 점은 두 개.

이 녀석은 적을 노려보는 것만으로 돌로 만들어 버릴 수 있는 강력한 [석화] 능력을 지녔다.

또 하나, 크기다. 가시 꼬리 바위 뱀의 두 배 정도는 되어 보이는 거대함이 보는 사람을 압도한다.

아, 하나 더 있다. 레벨이 더 높다. 그것도 훨씬.

이 녀석을 죽이는 법은 간단하다.

희생을 각오하고 여럿이서 달려들어 어떻게든 비늘을 깨고 죽이는 것.

가시 꼬리 바위 뱀 때와 같다.

하지만 그 난이도는 가시 꼬리 바위 뱀 때와는 비교가 안 된다.

일단 공격력이 훨씬 높은 데다, 가시 꼬리 공격 두 방을 버틸 방어력을 갖춰도 [석화]를 당해 버리면 답이 없어져 버린다.

게다가 이 뱀의 지능도 얕볼 게 아니어서, 단단해 보이는 적은 [석화]시키고 가시 꼬리로 처치할 수 있을 것 같으면 그냥 꼬리로 찌르고 만다.

그나마 [석화]는 고유 능력 등으로 해제할 수 있긴 하지만, 그것도 이겼을 때나 가능하다.

전투에서 이기고 나면 바위 뱀이 [석화]시킨 석상들을 한입에

삼켜 버리기 때문이다.

그러므로 전력을 충분히 갖추고 단번에 쓰러뜨린다는 생각으로 도전에 임해야 한다.

이것이 내가 직접 올린 공략법이다. 내가 올렸지만, 내겐 필요 없는.

[이철호]: 여러분 레벨 충분히 올리셨죠?

나는 커뮤니티 전체 공지를 올렸다.

[이철호]: 깼니다?

빠악!

나는 바위 뱀의 대가리를 깼다.

가시 꼬리로 찔러 봐야 새로 장만한 [신비한 천금 가죽 정장]을 꿰뚫을 수도 없는 데다, [석화]는 로우 드워프로 변신하면 아무 소용없다.

물론 [로우 드워프의 물욕+] 때문에 [민첩]이 반토막이 나서 좀 답답함이 느껴지긴 했다.

반토막 나도 60이라 그렇지. 이 정도면 뛰어가서 뱀 대가리 깨는 데엔 아무 부족함이 없었다.

뭐? 바위처럼 단단해? 나도 그래. [석화]됐거든.

아니, 이게 아니라.

그 단단한 대가리도 [전쟁검★★]으로 후려치니 깨지더라.

—레벨 업!

아무튼 레벨은 올랐다.

그야 17층에서 오크 챔피언 잡았을 때 경험치가 한계까지 차올랐으니 당연한 거였지만.

실제 경험치는 아주 찔끔 차올랐다.

그나마 이것도 [사업운]과 [휠 오브 포춘] 경험치 보너스 뽑아서 올린 거였다.

하긴 8층에서 [가시 꼬리 바위 뱀] 잡고도 레벨은 안 올랐었지. 경험치는 올랐지만.

뭐 이런 걸 굳이 독점하겠답시고 헐레벌떡 18층으로 내려왔는지 모르겠다.

화장실 갈 때 마음 올 때 마음 다르다는 게 이런 경우인가.

뭐, 어쨌든.

[이철호]: 아, 뱀은 죽었어도 눈알의 [석화] 능력은 남았으니 좀 기다렸다가 오세요.

이 눈알이 또 쓸모가 있다.

방패 같은 데다 달고 마력을 공급해 주면 [석화 광선]을 뿅뿅 쏘게 만들 수 있다. 아니면 깜짝 상자 같은 데다 넣고 쓰든가.

다만 후처리를 좀 잘해야 하는데… 신경 써서 관리해 주지 않으면 금방 썩어 버린다.

"뭐, 인벤토리 안에 넣어 두면 괜찮겠지."

나는 바위 뱀의 안구를 슥슥 빼다 인벤토리 안에 던져 넣었다.

[이철호]: 뱀 눈알 처리 완료했습니다. 19층 가실 분들 오셔도 됩니다.

8층의 가시 꼬리 바위 뱀 대가리 안에는 성검, 그러니까 [피투성이 피바라기의 전쟁검]이 들어 있었는데 이번엔 그런 게 없어서 좀 아쉽긴 했다.

그렇다고 이번 전투에 벌어들인 게 적지는 않았다.

[사업윤]: 전투 승리시에 얻는 미궁 금화/경험치 2배.

이 [사업윤] 능력이 [듀얼!]을 걸어서 얻는 미궁 금화까지 2배로 불려 주더라.

이 덕에 미궁 금화를 100개나 먹었다.

가만, 그런데 [듀얼!]이 적용된 게 이번이 두 번째 아니었나?

하… 능력 발동 조건이 빡세다고 생각하긴 했지만, 이렇게 드물게 써먹게 될 줄이야.

뭐, 이번이 마지막 기회인 것도 아니고 또 먹을 기회가 있겠지.

그럼에도 나는 아직 배가 고팠다. 하긴 미궁 금화가 성검에 비할 바가 아니지.

혹시 이 층계에 다른 비밀이 있으려나? 나중에 정글을 좀 돌아봐야겠다.

지금? 지금은 따로 할 일이 있었다. 나는 나보다 훨씬 큰 죽은 뱀을 올려다봤다.

이렇게 큰 사체이니만큼 얻어 낼 것도 많겠지. 뱀 가죽, 뱀 고기, 뱀 뼈와 뱀 비계. 다 귀중한 재료다.

"쓰읍."

나는 입가에 흐르는 침을 닦고 갈무리 작업에 돌입했다.

*　　　　*　　　　*

[유상태]: 아니, 먼저 볼 일이라는 게 보스 처치셨습니까?

유상태의 답문이 느지막하니 돌아왔다.

다른 애들은 왜 조용하나 싶긴 한데, 답은 나 스스로 발견할 수 있었다.

유상태가 가장 커뮤니티 점수가 높아서 대표로 보내는 거겠지.

탈모 대책 위원회… 가 아니라 '회복된 사람들' 이 몰아 주는 커뮤니티 점수가 장난 아니라고 들었다.

물론 내가 압도적인 1위긴 하지만, 실시간 영상 랭킹은 종종 지기도 한다.

나는 유상태의 [텔레파시]에 대꾸하지 않았다.

어차피 뱀 갈무리도 끝나 가는 참이었다.

남은 부위를 적당히 인벤토리에 밀어 넣은 나는 뱀을 잡기 전에 유상태가 말한 장소에 갔다.

"오셨군요."

나를 가장 먼저 발견한 건 김이선이었다. 타닥타닥 타오르는 모닥불 탓인지 눈동자가 불타는 것처럼 보였다. 어째선지 조금 무서웠다.

"와, 선생님!"

그에 비해 꼬맹이는 여전히 하찮았다. 행운의 여신이 말했던, 내가 가장 편하게 여기는 대상이 이 녀석이라는 소리가 갑자기 혹 떠올랐다.

틀린 말은 아니었구만.

진짜 편하긴 하다.

"오셨습니까!"

"잘 오셨습니다, 선생님!"

남자들의 땀내 나는 인사말이 이어졌다.

특히 [고대 드워프 광부] 성좌가 유상태의 모습을 취한 게 갑자기 떠올라서 웃음이 나오려고 했다.

뭐, 굳이 참을 것도 없지.

피식 웃은 나는 모닥불 곁에 털푸덕 앉았다.

"이건 선물입니다. 한 꾸러미씩 가지고 가시죠."

그리고 인벤토리를 뒤적거려서, 17층에서 챙겨온 [황금 명주실]을 4서폿에게 건넸다.

어차피 나는 [천금 명주실] 아니면 취급 안 해서 쓸 일이 없었던 물건이지만, 아직 쪼렙인 이들에게는 넘치도록 좋은 재료 아이템이리라.

"역시 선생님! 고마워요, 선생님!"

"감사해요, 오빠."

"잘 쓰겠습니다!"

"잘 쓰겠습니다!!"

가지각색의 감사 인사를 들으며, 나는 내심 챙겨 오길 잘했다고 생각하며 고개를 끄덕였다.

*　　　　*　　　　*

나는 18층을 샅샅이 뒤졌다. 항상 하는 비밀 탐사다.

그러면서도 아직 18층에 남아 있는 사람들에게는 명주실이나 잡광석 등, 일반 기술 단련에 필요한 아이템을 나누어 주었다.

나보다 먼저 19층으로 내려가 버린 성질 급한 사람들이 아예 없진 않았지만, 상당수가 남아서 레벨을 마저 올리거나 기술 단련에 힘쓰고 있었다.

내가 딱히 통제하지 않아도, 이제 다들 레벨과 일반 기술 랭크의 중요성을 몸으로 깨달았기 때문일 거다.

"감사합니다, 회귀자님!"

"고맙습니다!"

이 감사의 말이 그냥 하는 말이 아니라 진심이 담긴 것도 그런 까닭이겠지.

딱히 봉사 같은 게 아니라 인벤을 비울 겸 잡템을 나눠 주는 거지만, 이렇게까지 고마워하니 또 보람이 느껴지긴 한다.

그것과는 별개로, 이번에는 별다른 비밀이 발견되지 않았다.

8층에선 무려 성검이 나와서 살짝 기대했었는데, 조금 아쉽다.

나는 새삼스럽게도 이제야 [서브 퀘스트: 가장 오래된 흡혈귀 저택 파괴] 보상을 받아들였다.

퀘스트 보상으로 레벨 하나가 공짜로 오르고 미궁 금화 100개가 나왔다.

이로써 내 레벨은 122가 됐다.

미궁 금화는 592개로, 막대하다고 표현해도 될 만한 양이 됐지만 나는 계속 아껴두기로 했다.

불리한 전투 앞에서 [절대 명중]이나 [절대 회피]를 몇 개씩 사서 쓸 생각을 하고 있기 때문이다.

다시 생각해 봐도 공격 한 번에 미궁 금화 100개씩 던지는 건 진짜 오바긴 했다.

그래도 어쩌겠는가? 그 한 방으로 내 목숨을 건질 수 있다면 미궁 금화가 아깝겠는가?

그보다 더 귀한 것도 안 아깝지. 내 목숨이 훨씬 아깝다.

어쨌든 18층에도 별 게 없다는 걸 알게 되었으므로, 나는 바로 19층으로 내려가기로 했다.

별 성과를 못 거두긴 했지만, 이번만큼은 이 결과가 그리 아쉽지 않았다.

19층은 어차피 1인용 층계니만큼, 내 레벨에 맞는 몬스터가 잔뜩 나올 테니까.

18층에서 몇 레벨 못 올렸다고 아쉬워할 상황이 아니란 말이지.

"자, 그럼 레벨 업이나 좀 하러 가 볼까?"

나는 19층으로 향했다.

10장

—

제19층

19층은 9층과 유사한 '아홉 개의 방' 구조의 층계로 이뤄져 있다.

1 2 3

4 5 6

7 8 9

이 구조다. 레벨 업을 하겠다고 기세등등하게 1번 방에 들어왔던 나는 1분 후, 혼자 이렇게 투덜거리고 있게 되었다.

"…이건 좀 심하지 않나?"

나는 이제까지 미궁이 층계에 내려온 모험가 전체의 평균 레벨에 맞춰서 몬스터들을 배치한다는 가설을 세웠다.

이 가설은 이제껏 참인 것처럼 보였다.

이제껏 참인 것처럼 보였다는 말은 곧 이제는 거짓이 되었다는 말이기도 했다.

적어도 이 19층, 나 혼자 내려온 이 층계에서만큼은 완벽히 빗나간 가설이 되어 버리고 말았다.

"레벨이 아니라 전투력이었나?"

16층과 17층을 거치며, 내 전투력은 급격히 강해졌다.

흡혈귀 귀족, 오크 챔피언 같은 강적들을 앞에 두고 어쩔 수 없이 가용 자원을 전력 강화에 투자했기 때문이다.

그 투자는 효용을 보여, 나는 살아남는 것에 그치지 않고 급격히 강해졌다.

물론 전리품으로 성검을 얻거나, 엘프와 드워프 두 종족의 지원을 받아 일반 기술의 폭을 확 넓히고 그 수준 또한 전체적으로 끌어올린 덕도 봤다.

그리고 그 결과가 이건가?

'아홉 개의 방' 중 첫 번째 방.

그러니까 가장 쉬워야 하는 방.

그 방에서 내가 마주친 건 [대형 오닉스 골렘]이었다.

9층의 9번 복층 방에서 마주쳤던 오닉스 골렘의 대형판으로, 당연히 레벨도 훨씬 높고 처음 마주치자마자 날리는 빔의 위력도 강력하다.

그런 놈이 두 마리 나왔다.

내가 들어가자마자 둘 다 반갑다고 동시에 빔부터 쏘더라.

덕분에 첫 방에서부터 [인간의 끈기]와 [극한 상황의 괴력]을 켜고 시작해야 했다.

이게 뜻하는 바는 무엇이냐.

골렘의 파괴 광선이 [부유하는 투명 방패]를 분쇄하고 [신비한 갑옷]이 걸린 [신비한 천금 가죽 정장]의 보호까지 뚫고 내게 치명상을 입혔다는 뜻이다.

하긴 대형 오닉스 골렘의 파괴 광선은 200레벨도 단번에 눕히는 위력을 지니고 있다.

그걸 동시에 두 발을 맞았으니 버틸 재간이 있나.

인간이 아니라 다른 종족의 모습으로 들어갔으면 바로 죽어 버렸을 것이다.

물론 괴력 커진 다음에는 바로 반격으로 두 마리 다 파괴해 버렸지만……

이런 놈들이 첫 번째 방에서부터 굴러 나왔다는 것 자체가 암시하는 바가 컸다.

이 층계의 벽과 문에 [투시]가 안 먹히는 것도 미궁이 노렸다고 생각되는 점 중 하나였다.

아무리 나라도 아무런 사전 정보 없이 털레털레 문부터 열어 본 건 아니었다.

사실 9층에선 그러긴 했지만, 이번 19층에서는 꼼꼼하게 [투시]를 사용해 미리 정찰을 시도했다.

그 결과가 이거다.

기습 공격을 얻어맞고 죽을 뻔했던 것!

"나를 죽일 셈인가?"

나는 미궁을 욕했다.

그러나 곧 그만뒀다.

이제껏 얼마나 많은 모험가들이 미궁에 쌍욕을 토했던가.

그러나 그것이 무의미한 일이란 것은 굳이 증명할 필요조차
없다.

아무리 욕해 봤자 미궁은 변하지 않으니까. 그러니 욕하는 데
에 쓸 시간을 다른 곳에 쓰는 게 훨씬 의미 있다.

예를 들자면…….

"잘까."

나는 그 자리에 철푸덕 쓰러져 정신을 잃었다.

아, 이게 아니고.

잤다.

…잔 거라니까?

*　　　*　　　*

"됐군."

충분한 수면을 취한 후, 나는 돌려돌려 돌림판을 돌렸다.

결과.

[휠 오브 포츈: [민첩] 2배]

그렇다. 내가 굳이 수면을 택한 이유, 그것은 경험치 2배에 맞
춰져 있던 휠 오브 포츈의 효과를 바꾸기 위해서였다.

"[민첩]이라……."

나쁘지 않다.

나쁘지만 않다.

어쩌지?

여기서 하루 더 묵고 가야 하나?

[행운의 여신이 네 [행운]을 믿으라고 합니다.]

"아, 오셨군요."

[행운의 여신이 왔다고 합니다.]

[행운의 여신]이 돌아온 걸 보니, [피투성이 피바라기]가 떠났다는 확신이 든 모양이다.

그렇다면 이게 피바라기의 시련도 아니라는 뜻인데…….

"아니, 이게 시련이 아니라고?"

누구한테든 따지고 싶은 마음은 굴뚝같지만, 성좌한테 따지고 들 수는 없는 노릇.

"후……."

나는 심호흡을 통해 흐트러지려던 마음을 다시금 가다듬었다.

"알겠습니다, 여신님. [민첩]이 필요한 상황이 온다는 거로군요."

[행운의 여신이 그럴지도 모른다고 합니다!]

아니, 그게 무슨.

…아니다.

행운의 여신은 행운의 여신일 뿐, 절대 예지의 여신이 아니다.

확신이 있을 리가 없지.

"아무튼 알겠습니다."

다시금 심호흡을 한 나는 2번 방의 문을 열었다.

번쩍!

문을 열자마자 뭔가 날아왔기 때문에, 나는 재빨리 피했다.

피할 수 있었다!

이것이 [민첩] 202의 영역인가!

물론 [전쟁검★★]을 통해 강화된 전투력도 영향을 미치긴 했겠지만, [민첩]이 [휠 오브 포츈] 등의 각종 보너스로 보정받아 200을 넘긴 덕분일 거다.

근거도 있다.

내가 피한 게 빛이었기 때문이다.

와, 내가 빛을 피하다니.

그런데 어쩨 익숙한 공격이다 싶어, 눈을 들어 적의 모습을 확인해 봤더니 거대 오닉스 골렘 3마리가 나를 반겼다.

"야호."

어쨌든 첫 공격만 피하면 별거 없는 놈들이다.

사실 별거 있는 놈들이지만 상대가 나라서 별거 없는 게 맞다.

빠각!

콰직!

쿵!

세 마리의 거대 오닉스 골렘은 다음 파괴 광선 쿨이 돌아오기 전에 쓰러지고 말았다.

1번 방에선 죽을 뻔했는데, 2번 방은 이렇게 쉽게 해결하다니!

"이게 [행운]의 힘인가……!"

[행운의 여신은 이것이 [행운]의 힘이라고 힘차게 외칩니다!]

조용히 계셨으면 혼자 감탄하고 말았을 텐데, 어쩨 여신 때문에 맥이 빠진다.

"아무튼 감사합니다."

[행운의 여신이 아무튼은 뭐냐고 묻습니다.]

나는 대답하지 않았다.

　　　　*　　　　　*　　　　　*

　3번 방 클리어 후, 나는 갈등에 휩싸였다.

　"아, 5번 방을 가, 그냥 여기서 나가?"

　'아홉 개의 방' 구조 탓에, 3번 방 다음에는 5번이나 6번, 아니면 출구로 나가는 수밖에 없다.

　이 말은 곧, 4번 방을 못 가고 바로 5번 방에 감으로써 갑자기 치솟는 난이도를 견뎌야 한다는 뜻이기도 했다.

　1번 방은 죽을 뻔했고, 2번 방은 상대적으로 쉽게 깼다.

　문제는 3번 방이었다.

　네 마리의 거대 오닉스 골렘이 나온 거야 어떤 의미에서는 예상한 일이기도 했다.

　문제는 골렘의 배치였다.

　2번 방까지 내 정면에서 몰려오던 골렘들이 사각형 방의 각 구석을 점하고 있었다.

　그리고 내가 문을 열고 들어가자마자 내 정면 쪽의 골렘은 즉각 파괴 광선을 발사했지만, 문 쪽에 위치한 골렘들은 그렇지가 않았다.

　첫 파괴 광선을 피하고 반격하러 안쪽으로 향하자, 그제야 기습적으로 시간차 파괴 광선을 발사했다.

　너희들 배구하니? 내가 공이야?

　다행히 피하긴 했는데, 아슬아슬하게 피했다.

　게다가 완벽히 피할 수 있었던 것도 아니었다.

하나는 아슬아슬하게 허벅지를 지지고 지나갔으니.

3번 방도 이랬는데, 내가 과연 5번 방에서 안 죽고 넘어갈 수 있을까?

"하아……."

오랜만에 능력의 한계가 느껴진다.

나는 상태창을 열었다.

[이철호]

레벨: 124

"…6레벨이 남았단 말이지."

이번 층계의 한계 레벨은 130레벨.

다른 모험가라면 그깟 레벨 여섯 개, 다음에 올리면 그만이라고 말하겠지만 내 경우는 그렇게 말할 수 없었다.

기본적으로 나 혼자 너무 레벨이 높은 탓에 이런 개인 층이 아니면 올릴 기회가 별로 없기 때문이다.

게다가…….

"난 모험가잖아?"

이제껏 회귀 지식, 그것도 다른 사람을 통해 얻은 간접 경험으로 미궁을 돌파해 온 나다.

이것을 과연 순수한 모험이라고 할 수 있을까?

목숨의 위협을 감수하고 미지의 세계에 발을 들이는 것이 바로 모험 아니겠는가?

모험가라면 모험을 해야지, 언제까지 안전빵만 믿고 갈 것인가!

"그래, 가자."

나는 마음을 정했다.

"이것만 하고."

그렇다고 일부러 아무 준비도 안 하고 모험심만으로 나아가는 건 미련한 짓이다.

모든 준비를 만전으로 마쳐 놓고 모험에 나서는 것이 현명한 모험가가 가져야 할 태도 아니겠는가?

그래서 나는 그간 미뤄 놨던 파워 업을 지금 다 해치우기로 했다.

일단 기분 나빠서 미뤄 놨던 [지식] 문제부터 해결하도록 할까.

나는 자리에 가부좌를 틀고 앉았다.

꼭 이런 자세를 취할 필요는 없지만 어디까지나 기분 문제다.

왜냐하면 지금 발동할 능력이 능력이기 때문이다.

[신비한 명상]

명상은 가부좌가 국룰 아니겠는가?

*　　　　*　　　　*

결과.

[지식 108]

[지식]이 올랐다!

와, 잘됐네!

[신비한 명상]을 써 본 건 이번이 두 번째지만, 제대로 잘돼서 다행이다!

―[불변의 정신++]이 상태 이상 [■ ■]에 저항합니다.

―저항 성공!

아, 신경 쓰지 마!

[지식]이 올랐으면 됐지, 뭐!

음? 그런데 잠깐.

"…[불변의 정신++]?"

[불변의 정신]에 달린 +는 하나가 아니었나?

나는 상태창에서 그간 체크하지 않고 있던 항목, 그러니까 고유 능력 쪽을 열어 보았다.

고유 능력: [불변의 정신++], [비밀 교환++]

둘 다 +에서 ++로 바뀌어 있었다.

언제?

"120레벨 때겠지……?"

아니, 이걸 왜 몰랐지?

잘 생각해 보니 모를 만도 했다.

17층에서 120레벨 찍은 후, 고유 능력을 의식하고 쓸 일이 하나도 없었기 때문이다.

[불변의 정신]을 쓸 일을 없었던 건 좋은 일이었지만, 17층도, 18층도 비밀이 하나도 안 나왔었다.

층마다 비밀이 나와야만 한다고 미궁 헌법에 실려 있는 건 아니지만, 괜히 손해 본 느낌이 뒤늦게 드는 게 신기하다.

아무튼 내용을 확인해 보자, 이런 내용이 떴다.

[불변의 정신++]: 외부의 정신적 상태 이상 발생 시도에 대해 더욱더 완벽하게 저항할 수 있다. 이 효과는 모험가가 살아 있을 때만 유효하다.

바뀐 게 없는데?

아, '이전보다 더'가 '더욱더'로 바뀐 건가?

그럼 바뀐 게 없는 게 맞는데?

"아무튼 더 좋아진 거겠지."

나는 그러려니 하고 말았다.

그보다 중요한 건 이쪽이다.

[비밀 교환++]: 비밀의 냄새를 맡을 수 있다.

모험가의 비밀을 하나 밝힘으로써 비밀을 들은 대상에게서 원하는 비밀을 하나 알아낼 수 있다. 이 효과는 중첩될 수 있다.

비밀의 유무를 미리 알 수 있는 수단이 추가됐다!

하필 냄새라는 게 좀 신경 쓰이긴 하지만 이게 어디냐 싶다.

맨날 다른 사람 눈치 보면서 '나는 회귀했다.'를 중얼거리고 다니는 것도 하루 이틀이지.

하지만 이제 그럴 필요가 없어졌다.

냄새가 나면 그때서야 '나는 회귀했다'라고 중얼거려 주면 그만이다!

아, 너무 좋다.

매우 만족스럽다!

이것이야말로 내 모험가 삶의 질을 올려 주는 강화가 아니겠는가!

"좋다, 좋아!"

나는 큭큭 웃으며 상태창을 끄려고 했다.

그러다 문득, 나는 동작을 멈췄다.

고유 능력 말고도 바뀐 게 있음을 뒤늦게 깨달았기 때문이다.

레벨: 130

그건 바로 레벨이었다.

이게 왜 올라 있지?

그것도 층계 한계 레벨까지 올라가 있는 데다, 경험치 바도 끝까지 꽉 채워져 있었다.

이게 대체 어찌 된……?

"무슨 일이 일어난 겁니까, 여신님?"

나는 진상을 알 만한 인물, 아니. 성좌에게 물어보기로 했다.

[행운의 여신이 ■■가 또 ■■했다고 말합니다.]

아, 역시?

지난번에 [신비한 명상]을 사용했을 때도 같은 일이 일어났었다.

하지만 그때는 주변에 뭔가 시체 조각 같은 게 주변에 흩어져 있었는데…….

[행운의 여신은 네가 너무 세게 때려서 ■■가 흔적도 없이 증발했다고 웃음을 참으며 말합니다.]

아, 그렇구나.

내가 너무 세게 때려서…….

…내가 때렸다고?

나는 두 차례쯤 고개를 갸웃거렸지만, 아무리 애써도 생각이 나진 않았다.

"…뭐, 레벨 올랐으면 좋은 거지."

굳이 깊이 생각할 거 없지 않은가.

좋은 게 좋은 거지.

나는 그렇게 결론을 내렸다.

"답해 주셔서 감사합니다."

어쨌든 증언해 준 여신에게 감사의 말을 건네며, 나는 [행운] 능력치를 130까지 올렸다.

[행운의 여신이 나야말로 고맙다고 말합니다!]

자, 그럼.

이제 오늘의 메인 메뉴를 즐겨 보실까?

그건 바로 [지식] 100 능력이 뭐가 나왔는지 확인하는 일이다.

나는 [지식]에 집중했다.

그런데 [해의 지식]도, [달의 지식]도, [별의 지식]도 내게 응답하지 않았다.

그 대신, 완전히 새로운 [지식]이 내게 자리 잡았음을 나는 뒤늦게 알게 되었다.

그것은 바로……

"[색의 지식]."

그 단어를 소리 내어 입으로 말한 순간.

—불변의 정신++]이 상태 이상 [■ ■]에 저항합니다.

—저항 성공!

상태 메시지가 방금 위험한 일이 있었음을 알려 주었다.

머리는 그다지 아프지 않았다.

[지식]을 처음 알게 되었을 때는 그저 17의 [지식]이 더해진 것만으로 정신이 나갈 정도였는데, 이런 걸 보면 확실히 [불변의 정신++]이 강해진 걸 실감할 수 있었다.

덕분에 이 지식이 얼마나 위험한 건지 알게 된 동시에, 지금의 '나'는 안전함을 깨닫게 되었다.

그러나 이 안전은 내가 이것을 '알고' 있을 때만 유효하다는 것을 잊어서는 안 된다.

이 [지식]에서 비롯된 능력을 사용한다면?

그 이상 내 안전은 담보받지 못할 것이다.

[색채 초환]: 목격하면 미쳐 버리고 접촉하면 뭐든 붕괴시키는 [색채The Colour]를 불러들인다.

능력의 이름에 초환이 떡하니 들어가 있음에도 이게 [별의 지식]에 포함되지 않는 이유는 그 방향성이 완전히 다르기 때문이다.

[별의 지식]은 성좌와 연결되어 성좌에 닿아 성좌와 닮아 가며 그 끝엔 자신이 성좌에 오르는 것을 궁구하는 지식이다.

그러나 [색채 초환]은 다르다.

[색채].

이것과 닿는 것은 불가능하다.

이것과 닮는 것은 불가능하다.

이것을 통해 성좌에 오를 일은 없다.

그 어떤 언어도 통하지 않고 그 의지조차 완전히 불가해한, 생물도 무생물도 빛도 신도 아닌 존재.

입자도 아니고 파동도 아니며 관측될 때만 의미를 지니나 그 순간 관측자가 곧장 붕괴해 버려 곧바로 무의미해지는 존재.

이것을 불러내는 건 완전히 무의미한 행위다.

의지를 지니지 않기에 제어 또한 불가능하다.

생명을 지니지 않기에 생태 또한 알 수 없다.

빛이 아니기에 방향성을 지니지 않고.

신이 아니기에 경배하는 것조차 불가능한 존재.

그저 유해하기만 한 것.

이것이 [색채]다.

*　　　　　*　　　　　*

[색채] 같은 것을 일부러 불러내는 행위를 광기라는 두 글자로 함축하기에는 지나치게 부족하다.

완전히 무너져 내려 아무것도 바라지 않게 됨과 자신을 포함한 모든 것을 무너뜨리고자 하는 의지가 혼재할 때만이 가능할 텐데.

간곡한 바람과 바라지 않음이 한 사람의 마음에 동시에 존재한다는 것이 가능이나 한가?

그러한 인간을 그저 단순히 '미쳤다'라고 표현하는 것이 과연 옳을까?

이러한 의문은 전혀 중요한 것이 아니다.

이런 지식이, 이런 마법이 존재한다는 것.

그리고 이 아는 것만으로도 ■■에 걸릴 정도로 위험한 지식이 그저 [지식] 능력치를 100까지 올리기만 하면 곧장 뇌에 꽂힌다는 것.

이것만으로 [지식], 그러니까 [위대한 지식]은 지나치게 위험하다.

이런 걸 뿌리고 다닌다는 건 아무것도 모르는 아이의 손에 부싯돌을 쥐여 주고 인화성 가스로 가득 찬 방 안에 들여보내는 것과 마찬가지다.

"대체… [비의 계승자]는 뭐 하는 놈이지?"

[행운의 여신이 내가 하고 싶은 말이 그거였다고 강변합니다.]

아, 그러시군요.

그런데 3층에서 나한테 그런 놈 성상을 만지게 하셨던 분이 누구시더라?

갑자기 지나간 일에 울분이 터졌지만, 어쨌든 결과적으로 지금까지 [지식]을 쏠쏠히 잘 써먹긴 했지.

게다가 내 정신도 [불변의 정신] 덕에 멀쩡했으니 뭐… 됐다 치자.

아무튼 결론은, 이 [색채 초환]이라는 마법은 전혀 쓸 게 못 된다는 것이었다.

그저 [비의 계승자]와 [위대한 지식]의 끝없는 악의만 되새길 수 있었을 뿐.

아, 미배분 능력치 투자 없이 공짜로 [지식]을 올렸고 그렇게 올린 [지식]으로 더 센 불질이 가능해졌다는 의의 정도는 있으려나.

기억은 안 나지만 어쨌든 층계 한계 레벨까지 올릴 수 있었던 건 덤으로 쳐 두자.

엄청나게 불쾌한 경험이었지만 이득은 봤다.

뭐 그렇게 정리할 수 있겠다.

…그런데 이게 이득은 맞나?

왜 좀 손해 같지?

*　　　　　*　　　　　*

[지식] 100 능력이 완전히 내 기대를 배신했기에, 나는 다른 방식으로 파워 업을 꾀해야 했다.

일단 기본 중의 기본. 능력치 투자부터 해야겠지.

나는 4대 기본 능력치를 130까지 쭉 끌어올렸다. 그러자 자연히 [혈기]도 올랐다.

사실 [혈기]를 올리면 기본 능력치가 따라서 올라가지 않을까 싶어서 시도해 보기도 했는데 그건 안 되더라.

이렇게 따지면 [혈기]가 대단히 비싼 능력치인 셈이 되지만, 실제로 그 값을 하니 뭐라고 할 수도 없다는 점이 좀 분하다.

물론 [혈기] 자체가 좀 수상하긴 하지만, [지식]보다야 나으니 뭐.

그리고 첫 번째 방에서 완파된 [부유하는 투명 방패]를 [욕망 반환]으로 되돌리고, 새로운 장비를 만들기로 했다.

애초에 방패는 그대로 두고 [무한 욕망]을 통해 [욕망]을 회복해서 추가로 [욕망 장비]를 만들겠다는 것 자체가 욕심이었다.

[욕망]을 다루는데 욕심이 너무 많아선 안 된다니.

하하하, 재밌네. 하하하하.

…아니, 재미없다.

그런데 [욕망 구현]이나 [살아 있는 욕망]을 내 필요에 따라 쓰는 것도 쉽지가 않다.

내가 필요로 하는 것과 욕망하는 것은 다르기 때문이다.

진짜 옛날부터 바라던 것, 마음속 깊은 곳에서부터 욕망하던 것이 아니면 [욕망 구현]은 제대로 발현되지 않았다.

그러니 내 필요와 욕망을 최대한 합치시키는 것이 중요했다.

지금 내게 필요한 건?

아마도 [민첩].

내가 옛날부터 원하던 건?

철인 스타크의 강철 정장!

어, 뭔가 그림이 그려질 것도 같은데?

결과적으로 만들어진 것은 이것이었다.

[철인의 강철 부스터 부츠]: 부스터를 내뿜어 순간적으로 가속하여 일시적으로 비행할 수 있다. 비행하는 동안 부스터 에너지를 소모한다. 부스터 에너지는 시간이 지나면 회복된다.

내가 만들고 싶었던 건 인공 지능이 탑재되고 하늘을 날아다니며 미사일과 광선을 발사해 대는 전신 강철 갑옷이었다.

하지만 지금의 내 [욕망]으로는 부츠 하나를 만드는 것이 고작이었다.

당연히 미배분 능력치를 투자해 [욕망]을 쭉 땡긴 것은 물론이거니와, [로우 드워프+]로 종족을 바꿔서 [욕망의 주인+++]과 [로우 드워프의 물욕+] 효과까지 받았다.

그럼에도 나는 여러모로 욕망과 현실을 타협할 수밖에 없었다.

하긴 미궁에서 비행 능력이 좀 비싼 축에 속하긴 하지. 몬스터도 비행 능력 하나 받은 걸로 레벨이 적어도 20% 정도는 더 높게 체크 될 정도니 뭐.

그나마 이 부츠도 [부스터]로 순간적인 비행만 가능하게 하는 식으로 최대한 싸게 만든 거였다.

"하긴 인간의 욕망에는 끝이 없지."

나는 아쉬움을 털어 버리려 노력하며 부츠를 신어 보았다.

"오, 오오?"

처음 부츠 능력을 활성화시켜서 허공에 떠오를 때만 해도 좋았다.

부스터를 써서 앞으로 휙 나아갈 때는 신났다.

그 다음이 만만치가 않았다.

푸악! 펑!

"으악!"

나는 또 부스터의 제어에 실패하고 미궁의 벽에 머리를 박아야 했다.

초월적인 [솜씨]와 [민첩]을 지니고도 이게 이렇게 제어가 안되다니!

사실 이것도 욕심의 문제였다.

부스터의 출력을 낮추면 해결될 문제였지만, 나는 그럴 생각을 못 하고 있었다.

아니, 안 하고 있었다.

"연습을 하면 극복할 수 있지 않을까?"

이런 생각을 하고 있었기 때문이다.

그런데 내가 맞았다.

이번엔 내가 맞았다!

푸악! 촤아악!

"차!"

237번째 비행 끝에, 나는 내가 원하는 기동을 해내는 데에 성공했다.

부스터의 방향을 제어해 전방으로 빠르게 돌진한 후 몸의 자세를 바꿔 발부터 벽을 향하도록 한 다음 벽을 박차고 더 빠른 속도로 발진!

사방이 벽으로 가로막힌 미궁 방을 마치 핀볼처럼 마구 튕기면서도 별다른 피해를 입지 않은 채, 심지어 공격을 위한 자세 제어까지 성공해 냈다.

"핫하! 하니까 되네!!"

나는 성취감에 몸을 떨면서 이번에는 칼까지 휘두르는 연습을 하기 위해 [전쟁검★★]을 꺼내 들었다.

그리고 그 직후, 나는 모든 동작이 이전보다 쉬워진 것을 경험했다.

"아."

[전쟁검★★]의 전투력 강화가 자세 제어에까지 영향을 미친 덕이었다.

조금만 생각하면 당연한 일이었는데…….

"아니!"

나는 거칠게 고개를 저었다.

"그럼 속도를 더 올리면 되지!"

[전쟁검★★] 없이 자세 제어가 가능해졌으니, 검을 든 채로는 더 빠르고 강맹하며 복잡하고 섬세한 자세 제어가 가능할 것이 틀림없다!

그래서 해 봤다.

해 봤더니… 됐다!

"크! 이게 인간이지!"

자고로 인간은 실수로부터 배우는 법!

아스파탐을 처음 발견해 낸 과학자는 위궤양 치료제를 개발하려다 실수로 화학물이 묻은 손을 핥고 그 업적을 세웠다고 했다.

그 외에도 수많은 과학자들이 실수로 자기 손을 핥고 새로운 물질을 발견해 냈다.

그러니까… 그거다!

아무튼… 그렇다!

"야호!"

부스터 기동이 너무 신나서 딴 생각이 안 나!

＊　　　　＊　　　　＊

130레벨에 도달한 나는 일단 [행운]을 130 찍었고, 전투력을 올린답시고 기본 능력치를 모두 올려 [혈기]도 130을 찍었다.

여기에 원하는 형태의 부츠를 만들기 위해 [욕망]도 130을 만들어 버렸다.

그렇다면? [신비]를 130으로 안 올리는 것도 뭔가 균형이 안 맞고 이상한 일 아니겠는가?

그래서 나는 [신비] 또한 130까지 찍었다.

[신비]가 추가로 올라갔으니, 그럼 이제 [지식]을 올려야겠지?

하지만 [지식]은 올리고 싶지가 않았다.

당장 반나절 전에 [색의 지식] 같은 ■■가 나왔는데 또 뭐 쳐 나오라고 [지식]을 올린단 말인가?

누구 좋으라고?

게다가 어차피 [신비한 명상]을 하면 [지식]도 [신비]만큼 오르는데, 굳이 미배분 능력치를 투자할 이유도 없었다.

그렇다면 지금 [신비한 명상]을 하면 되지 않을까 싶기도 하지만, 그러고 싶지는 않았다.

왜냐하면 벌써 두 번이나 공짜로 레벨이 올랐다.

그렇다면 귀납적으로 추론해 볼 때, 세 번째 쓸 때도 레벨이 오르지 않을까?

이 가설이 참이라면 이미 층계 한계까지 레벨이 오른 지금 [신비한 명상]을 하는 건 그리 현명한 선택이 아니었다.

"한 23층쯤에서 하면 되겠네."

나는 그러기로 했다.

그렇게 생각하던 나는 새삼스러운 사실을 깨달았다.

어? 130레벨 찍었네?

"그럼 5번 방 들어갈 필요 없는 거 아닌가?"

그런 유혹이 잠깐 들었지만, 나는 그 유혹에서 금방 벗어났다.

"비밀이 어디 있을지 모르는데… 싹 다 훑어보고 나가야 후회가 안 남지."

모험!

물론 이대로 나가면 실컷 투자한 자원이 아깝기도 하다는 건 말할 것도 없으므로 말하지 않았다.

*   *   *

기왕 모험에 나서는 거 만전의 상태로 가자는 취지하에, 나는 낮잠을 자기로 했다.

그리고 한숨 푹 자고 일어난 결과.

"…내가 제정신이 아니었구나."

원래 미친 사람은 본인이 미친 줄 모른다고 하던가.

그게 딱 잠들기 전까지의 나였다.

뭔가… 좀… 많이 이상하긴 했지…….

[불변의 정신++]이 많이 막아 주긴 했어도 [지식] 100 능력이 내게 어떤 정신적인 영향을 끼쳤다는 것을 정신이 맑아진 지금에야 깨달을 수 있었다.

[불변의 정신++]으로 업그레이드됐어도 이 정도였는데, 만약 ++가 아니라 +였으면?

생각하기도 싫다.

하지만 어쨌든 지금의 나는 정상 상태가 되었다.

…된 거 맞겠지?

아니, 된 거 맞다.

아니더라도 됐다고 믿자.

[철인의 강철 부스터 부츠] 다루는 연습과 잠깐의 낮잠으로 벌써 한나절이라는 시간을 써 버렸다.

고작 5번 방 뚫는데 시간을 더 쓸 순 없다.

"가자."

준비는 끝났다. 이제 문을 열기만 하면 된다.

나는 5번 방으로 향하는 문을 열었다.

결과.

"승리!"

생각해 보면 내가 1번 방에서 고전했다고 생각한 건 파괴 광선을 정면에서 받아 냈기 때문이다.

처음부터 피하려고 마음을 먹었다면 그렇게 고전하지 않았을지도 모른다.

물론 3번 방에서도 아슬아슬하게 광선이 스쳐 지나가긴 했지만, 그건 말 그대로 아슬아슬했을 뿐이었다.

게다가 예상치 못한 기습을 당하기도 했지.

그러나 지금, 나는 오히려 더 높아진 [민첩]과 전투력을 확보했고 거기다 새 부츠까지 신었다.

설령 여섯 개체의 거대 오닉스 골렘이 동시다발적으로 파괴 광선을 쏜다고 해도 피해 낼 자신이 있었고, 실제로 피해 내기도 했다.

그래서 여섯의 골렘을 순식간에 처치하는 데에도 별 어려움이 없었다.

뭐, 내가 5번 방 입장에 불안해했던 이유는 어디까지나 미지의 공포 때문이었다.

그리고 미지의 공포는 대부분 알게 되면 별거 아니라는 결론에 이르게 된다.

가끔은 아니지만, 이번에는 보통의 경우에 속하게 된 모양이다.

"이거, 이대로면 9번 방까지 뚫어도 되겠는데?"

나는 자신에 차서 중얼거렸다.

하지만 방을 뚫는 것보다 먼저 해야 할 일이 있었다.

"냄새가 나는군."

이 5번 방. 냄새가 난다.

"이것이 비밀의 냄새인가?"

처음 맡아 보는 냄새였으나, 그렇기에 더더욱 확실한 신호였다.

이 세상 그 무엇과도 다른 냄새. 그렇기에 뭐라고 비유하기도 좀 이상한 냄새.

향긋하지도 않지만 고약하지도 않은, 그러나 맡자마자 '그' 냄새가 난다고 뇌리에 콕 박히는 그런 냄새였다.

이것이 비밀의 냄새가 아니라면 오히려 놀랄 정도였다.

그렇기에 확인을 거치지 않을 수는 없었다.

"나는 회귀자다."

나는 나지막하니 중얼거렸다.

그러자 아니나 다를까, 가장 냄새가 심하게 나는 곳이 내 비밀과 반응해 [비밀 교환++] 아이콘을 띄웠다.

"역시."

나는 미소 지었다.

이 5번 방을 뚫는 게 정답이었다.

*   *   *

5번 방의 비밀은 바로 [미궁 인장]이었다.

[미궁 인장: 레벨 한계 상향 5]

지하로 뚫린 구멍 속으로 몸을 던지자, 잠깐의 낙하 후 작은 방이 나왔고 그 방 중앙에 세워진 제단 위에 이 인장이 방치되어 있었다.

어찌 보면 친절하기까지 한 구성이다.

그렇다면 뭔가 함정이 있지 않을까?

하지만 내 코는 아무 냄새도 맡지 못했다.

함정이나 저주 같은 게 걸려 있다면 비밀의 냄새가 났을 텐데, 그러지 않은 걸 보니 진짜 그냥 비밀을 찾은 보상인가 보다.

뭐, 아무리 미궁이라도 이런 게 아주 없진 않지.

회귀 전 시점의 김민수도 이런 것을 몇 개 찾아내서 먹기도 했다.

[음습하고 기괴한 인형사]의 성검도 이런 식으로 찾아냈던 것 같은데…….

그건 나중에나 생각해도 될 일이고.

일단은 인장이다.

11장

—

제20층 (1)

인장을 쓰는 법은 간단하다. 그냥 집어서 내 몸에 찍으면 된
다. 도장 찍듯이 말이다.

그러나 그 행동은 간단하지만 작지 않은 후폭풍을 남긴다.

…고 들었다.

"엄청나게 아프다고 했었지."

일단 아프다.

그냥 엄살처럼 느껴질 수 있는 발언이지만, 지난번의 선배 모
험가의 입에서 나온 말이다.

팔다리가 날아가거나 짓이겨지거나 찢어발겨지거나, 불에 지
져지거나 얼어붙거나 하는 걸 일상적으로 당하는 사람의 입에
서 나온 말이란 소리다.

그런 사람이 쇼크사를 걱정할 정도의 고통이라니, 아무리 나

라도 긴장을 안 할 수가 없다.

더불어 인장을 한 번 찍으면 그 부위에 더는 인장을 찍을 수 없다. 머리 전체가 한 부위, 손부터 시작해 팔죽지까지가 한 부위, 몸통이 한 부위, 다리도 한쪽씩 한 부위 취급.

그러니 한 모험가가 찍을 수 있는 인장의 숫자는 6개뿐이라는 의미가 된다. 다행히 내가 지금 발견한 레벨 한계 상향 인장에는 그런 제한이 없는 모양이긴 했지만······.

대신 이런 인장을 찍을 땐 더 아프다고 했지. 그래서 모험가들 사이에서 가장 평가가 안 좋은 인장이 레벨 한계 상향 인장이었다.

이걸 찍는다고 층계 레벨 한계가 사라지는 것도 아닌 데다, 어차피 한계까지 레벨을 올리는 것도 마음대로 되는 게 아니다.

그런데도 쇼크사의 위험을 감수하고 이 인장을 찍는 게 과연 잘하는 짓이냐는 논리다.

"뭐, 그렇게 투덜거리던 모험가 중에 인장 안 찍고 그냥 버리는 사람을 못 봤지만."

인장을 본 이상 안 찍고 넘어갈 순 없다. 그것이 모험가의 생리다.

그리고 나도 모험가다. 그러니 찍는다.

각오를 굳힌 나는 왼쪽 손등에 인장을 꾹 박았다.

그러자 고통이··· 어라? 아프지 않다.

왜지?

지지지직 하는 소리와 함께 인장이 타들어 가며 손등으로 파고들고 있었지만, 내게는 아무런 고통이 느껴지지 않았다.

마침내 인장이 완전히 타 내 손등 속으로 모습을 감췄음에도, 나는 인장의 무게가 사라진 느낌밖에 받지 못했다.

설마 나한테는 인장이 안 통한다거나, 뭐 그런 거 일 리는 없지.

[불꽃 초월]

아무래도 3층에서 손 덜덜 떨어 가며 미궁 금화 100개 주고 산 이 능력이 또 효력을 발휘한 모양이다.

"뭐! 대충 예상은 했지만!"

나는 거짓말을 했다. 미안합니다.

아무튼 이로써 레벨 한계가 5레벨 더 올라갔다. 그렇다면 해야 할 일은 한 가지.

"레벨을, 올린다."

여기서 5번 방으로 돌아가 6번 방으로 통하는 문을 열고 출구를 향해 나아간다는 선택지는 방금 사라졌다.

오히려 내가 나아가야 할 방향은 반대편.

4번 방으로 간다.

그래야 '아홉 개의 방' 공식 루트대로 7, 8번 방을 돈 후 6, 9번 방을 클리어할 수 있으니까.

*　　　　　*　　　　　*

예상대로 4번 방에는 다섯 개체의 거대 오닉스 골렘이 배치되어 있었다.

당연히 쉽게 클리어 성공.

다음 7번 방에는 다섯 개체의 거대 오닉스 골렘이 배치되어 있었다.

…응? 다섯? 여덟이 아니라?

이상함을 느낀 나는 즉시 몸을 날렸다.

굳이 부스터 부츠까지 동원해서 회피 행동을 취하자, 굵직한 파괴 광선이 방금 전까지 내가 서 있던 장소를 긁고 지나가는 것을 목격할 수 있었다.

"!"

지식으로만 알고 있던 존재, 크리스털 골렘의 등장이다.

이 골렘은 투명하다.

크리스털이 원래 투명한 소재라는 점도 있지만, 그래도 빛의 굴절 때문에 완전히 안 보일 수는 없는 노릇이다.

그러나 이 크리스털 골렘은 움직임을 취하기 전까지는 완전한 은신 상태다.

미궁 식으로 말하자면 능력 칸에 [투명]이 적혀져 있는 셈이랄까.

크리스털로 만들어서 투명한 게 아니라, 투명한 골렘을 크리스털로 만들었다는 인상이다.

그 골렘을 발견한 순간, 나는 혀를 차지 않을 수가 없었다.

"이런 걸 또 이런 층에 배치하다니."

미궁에서는 다이아몬드보다 수정이 비싸다.

신기하게 느껴질지 모르겠지만, 이건 미궁에서만 통용되는 기준 때문이다.

다이아몬드의 제1특성이 [단단함]이고 수정은 [투명함]이라서다.

특성의 우선도가 제작물에 미치는 영향을 생각했을 때, 제작자 입장에서는 수정을 더 선호할 수밖에 없다.

게다가 수정에는 물의 마력을 담을 수도 있어서 가치가 더 올라가는 면도 없지 않다.

수정이 다이아몬드보다 훨씬 무르지만, 그거야 제작물의 레벨을 높이면 해결되는 문제다.

소재의 단점을 커버할 수 있는 수단까지 있으니만큼, 그 가치가 우상향을 그릴 수밖에 없는 셈이다.

그러니 크리스털 골렘은 박살 내서 그 잔해만 주워 가도 돈이 꽤 된다.

미궁 금은동화는 미궁과의 거래에만 통용되며 모험가끼리 쓸 만한 신용화폐가 없다 보니, 정확히는 돈이 된다는 말은 틀렸고 물물 교환할 때 좋게 쳐주는 거지만.

그게 그거 아니겠는가?

그거야 뭐 아무튼.

이미 주지의 사실이라 생각하지만, 19층도 9층과 마찬가지로 처치한 몬스터의 잔해가 사라져 버린다.

이러니 내가 욕을 안 하고 배기겠는가?

"야! 수정 내놔!"

안 줄 거 뻔히 알면서도 나는 억울함을 참지 못하고 이렇게 외치고 말았다.

파파파팍!

나는 크리스털 골렘을 처치했다. 당연히 크리스털은 남지 않았다.

대신 경험치를 많이 줬다. 어느 정도로 많이 줬냐면, 거대 오닉스 골렘의 2.5배 정도로 많이 줬다.

―레벨 업!

이 정도면 사실상 크리스털 골렘 덕에 레벨 업 한 거나 마찬가지다.

"오오."

이런 걸로 기분이 좋아지는 나도 나다 싶긴 하지만, 뭐 아무렴 어떠랴.

"8번 방 가 볼까!"

나는 레벨만 올리면 그만이다!

그렇게 의욕에 차 8번 방에 들어가 봤더니, 이번엔 아무 것도 없었다.

아니, 이건 그 패턴이다.

"크리스털 골렘 네 마리!"

아무것도 안 보이지만 그럼에도 파괴 광선을 피할 수 있었던 건, 오닉스 골렘과 크리스털 골렘의 공통된 특성 덕이다.

이놈들은 공격할 대상이 지정되면 그 대상이 있는 지점에 파괴 광선을 날린다.

그러니 발사 순간에 재빨리 피하면 어떻게든 피할 수는 있다는 소리다. 반응해서 피하면 늦고 발사될 것 같다 싶을 때 냅다 몸을 던져야 피할 수 있다.

그래도 못 피하는 경우가 부지기수다.

나처럼 휠 오브 포춘으로 [민첩]이 두 배가 된 데다, 새로 만든 부스터 부츠까지 있어야 그나마 노리고 쓸 수 있게 되는 곡예라고 할 수 있었다.

단 하나 마음에 걸리는 문제가 있긴 있다.

내가 잘못 피해서 골렘 쪽으로 뛰어 버리면 오히려 광선을 정면에서 얻어맞게 된다는 점인데……

이건 뭐 어쩔 수 없지. 방법이 없다.

그냥 한 대 맞고 [인간+]의 특성을 활용하는 수밖에는……

*　　　*　　　*

9번 방.

우려하던 사태가 일어나고 말았다.

이번에도 아무것도 없어 보이는 방.

나는 곧장 회피 행동부터 취했다.

그런데 부스터 부츠를 이용해 위로 솟아오르면 괜찮을 거라고 생각했는데, 그렇지가 않았다.

크리스털 골렘이 내 바로 머리 위에 박혀 있었기 때문이었다.

아니, 이런 패턴은 없었는데.

9번 방보다 6번 방을 먼저 갔어야 했나?

그런 생각이 주마등처럼 지나갔지만, [인간의 끈기] 덕에 죽지는 않았다.

도리어 [극한 상황의 괴력]만 터졌을 뿐.

나는 괴력을 활용해 골렘들을 파괴했다.

이미 골렘들의 위치를 기억했으니, 광선에 또 맞을 일은 없었다.

―레벨 업!

"후아!"

[위대한 오크 투사의 대퇴부 뼈★]를 꺼내 치명상을 회복하며

나는 긴 숨을 토해냈다.

이걸로 132레벨인가.

6번 방을 깨도 다음 레벨 업은 힘들 테니 19층에서의 레벨 업은 이걸로 끝인 셈이다.

아직 좀 아쉽긴 하지만, 이 정도면 졸업이라 쳐도 무방하겠지.

"음… 아니지."

내겐 아직 한 가지 수단이 더 남아 있다.

[신비한 명상].

하지만 이 능력을 여기서 쓰는 게 과연 정답일까?

두 번 일어난 일이 세 번째에도 일어날 거라고 확신한다면, 고작 3레벨 올리자고 이 능력을 쓰는 건 그리 좋은 판단이 아닐 가능성이 컸다.

더군다나 20층부터 22층까지는 내 레벨이 높든 낮든 그리 큰 문제가 안 될 가능성이 컸다.

그러니 이 능력은 1인용 층계인 23층에서나 쓰는 게 좋을 것이다.

23층에서도 이번 19층과 비슷한 일이 일어난다면, 예상보다 버거운 층계가 될 가능성이 있으니까.

더불어 층계 입구 로비에 배치된 치유의 샘물을 써서 [지식]과 접촉한 부작용을 최소화할 수 있다는 점도 좋다.

"그래, 거기서나 쓰자."

그렇게 판단을 마친 나는 벌떡 일어났다.

"19층이나 마저 깨야겠군."

나는 6번 방으로 향했다.

일곱 개체의 거대 오닉스 골렘이 나를 맞이했지만, 지금으로써는 너무나도 쉬운 상대일 뿐이었다.

19층 클리어.

출구 쪽에 있는 치유의 샘물에 머리를 적신 나는 곧장 20층으로 향했다. 한숨 자고 간다든가, 개인 정비를 한다든가 하는 건 필요 없었다.

왜냐하면 20층이니까.

*   *   *

지금까지의 학습 효과로, 모험가들은 20층이 10층과 비슷할 거라고 예상하곤 했다.

그야 3층과 13층이 비슷하고, 4층과 14층이 비슷하고…….

이런 경험을 일곱 번이나 반복했으니 그렇게 예상하는 것도 무리는 아니었다.

하지만 여기 와서 미궁은 모험가들의 예상을 배신해 버린다.

다시 한번 미궁 바깥, 문명 멸망 전의 시대로 돌아가 볼 수 있을 거라 기대했던 모험가들의 꿈은 산산이 부서진다.

그야말로 망치로 세게 두들긴 다이아몬드처럼.

기대가 박살 난 모험가들은 한동안 좀비처럼 지내게 되지만, 이것도 지난번에는 그랬다는 이야기다.

이번에는 그러지 않았다.

그 이유는 당연히 내게 있다.

바로 내가 공략이라는 이름의 스포일러를 때렸기 때문이다.

20층은 오히려 11층과 비슷하다고 할 수 있다.

대신 하위 성좌들과 알현할 수 있었던 11층과 달리, 20층에서는 직업 성좌들과 알현할 수 있다는 점이 달랐다.

당연하다면 당연한 이야기지만, 여기서 직업이라는 것은 미궁 바깥과는 그 개념이 많이 다르다. 미궁에서의 직업은 생계를 이어 나가기 위해 갖는 것이 아니라, 미궁을 돌파하는 데에 필요로 하는 역할을 가리키는 것에 가깝다.

일행의 가장 앞에 서서 적들을 막아서고 직접적인 공격을 통해 적을 쓰러뜨려 길을 여는 전사 계열 직업.

아군이 시간을 끄는 동안 정신을 집중해 강력한 마법으로 적 집단에게 큰 피해를 주는 마법사 계열 직업.

전투가 끝난 후, 혹은 전투 중에 상처를 입은 아군을 치유하거나 상태 이상을 제거하는 치유사 계열 직업.

전투 시작 전, 혹은 전투 중에 아군의 능력을 높이거나 적을 약화시켜 전투를 더욱 유리하도록 돕는 버퍼, 혹은 디버퍼 계열 직업.

아군 전투원들이 적들의 시선을 끄는 동안 문을 열거나, 상자를 따거나, 함정을 해체하거나, 설치하는 등의 작전 목표를 달성하는 로그 계열 직업.

그 외 등등.

20층에서는 이러한 일련의 직업을 담당하는 성좌와 계약해 필요한 능력이나 능력치를 얻는 것이 가능하다.

여기서 유념해야 할 것은 자신이 원하는 성좌와 계약할 수 있는 것이 아니라는 점이다.

오히려 그 반대다.

성좌 측이 원하는 모험가를 골라 계약하는 것에 가깝다.

뭐, 이런 건 다른 성좌와 별로 다른 점이 없지만, 직업 성좌가 좋은 점은 따로 있다. 직업 성좌는 자신과 계약한 모험가가 다른 성좌와 계약하더라도 상관하지 않고, 다른 성좌들 또한 직업 성좌와의 계약을 그리 문제시하지 않는다.

즉, 합법적인 중복 계약이 가능하다는 뜻이다.

그렇다고 이걸 절대적인 규칙처럼 여겨서는 안 된다.

직업 성좌임에도 다른 성좌와의 계약을 방해하거나, 모험가에게 저주를 내리거나, 직접적인 해코지를 하는 등 좀 극단적인 짓을 하는 성좌가 있다.

원래는 멋모르고 알현하러 갔다가 곤란에 처할 수도 있었겠지만, 이쪽에는 회귀 지식이 있다.

당연히 문서로 작성해 커뮤니티에 올려놓았다.

공략을 보고 그런 성좌를 거르면 그만이다.

게다가 11층에 이어 이번에도 나는 상담소를 운영할 계획이다.

모험가들은 나와 상담한 후 적절한 성좌와 계약할 것을 추천받아 갈 것이다.

어지간히 고집 센 모험가가 아닌 이상, 잘못된 선택을 할 가능성을 최대한 없앤 시스템이다.

사실 나도 20층은 처음이고 직업 성좌와 계약해 본 적이 있는 것도 아니다.

이런 내가 상담을 할 자격이 있을까 싶긴 하지만, 그렇다고 또 누구한테 자격이 있냐고 물으면 역시 나 외엔 없다는 결론에 이르게 된다. 아무리 이론뿐이더라도, 그 이론이나마 알고 있는 건 나뿐이니 말이다.

게다가 이 고생을 자처함으로써 내가 얻는 것이 있기도 해서, 안 할 수도 없다. 그게 뭐냐면, 아홉 층을 거치며 달라졌을 모험가들의 정보 갱신이다.

이 정도 레벨이면 거의 모든 모험가의 고유 능력이 강화됐을 가능성이 컸다. 어지간하면 그냥 능력이 조금 강화되고 끝이지만, 유상태 어르신처럼 극단적인 강화 형태가 나타나기도 하니 그냥 넘어갈 수가 없다.

상태 이상 제거 능력이 왜 갑자기 상태 이상 부여로 강화되는 거냐고… 아무튼 그런 의미에서도 한 번 쫙 훑어 줄 필요가 있다.

요는 그거다.

나도 정보를 얻고, 저들도 정보를 얻는다. 이만한 호혜 관계가 어디 있겠느냔 말이다.

이거야 원, 공평하기 짝이 없군.

『강한 채로 회귀』 3권에 계속…